Valentin Moritz

Kein Held

Badischer Landwirtschafts-Verlag GmbH
Freiburg im Breisgau

VALENTIN MORITZ

KEIN HELD

Badischer Landwirtschafts-Verlag GmbH
Freiburg im Breisgau

Valentin Moritz, geboren 1987 und aufgewachsen in Südbaden, studierte Literaturwissenschaft an der FU Berlin. Er veröffentlichte Prosa in Zeitschriften, Anthologien und kleinen Einzelpublikationen, zuletzt »Bahía Salvador« (Sukultur). 2015 Literaturpreis Prenzlauer Berg und Einladung zur Autorenwerkstatt des Literarischen Colloquiums Berlin, 2018 zum Klagenfurter Literaturkurs. Er lebt in Berlin. »Kein Held« ist sein erstes Buch.

Nur weg, egal wohin! Hauptsache raus aus dem Dorf. Wie so viele junge Leute zieht es Valentin Moritz aus der Enge seiner südbadischen Heimat in die Ferne. Nach Stationen rund um den Globus landet er in Berlin. Neukölln und Niederdossenbach – dazwischen liegen Welten. Der Kontakt zur Heimat – eher sporadisch.

Das ändert sich mit dem 90. Geburtstag von Valentins Großvater Josef Mutter schlagartig: Der Alte möchte die eigene Lebensgeschichte aufschreiben und bittet seinen Enkel um Unterstützung. Und so wird der gemeinsame Blick in die Vergangenheit des Landwirts, der bäuerlichen Großfamilie und des Dorfes auch für den Enkel zum Anlass, sich wieder seinen Wurzeln zuzuwenden. Wie sein Großvater begibt sich auch Valentin Moritz auf Spurensuche und zeichnet in eindrücklichen Bildern und authentischer Sprache nach, was seine Kindheit und Jugend auf dem Land ausmachte.

KEIN HELD ist ein bewegendes Generationenbuch über das, was uns alle prägt – von Anfang an, ob wir wollen oder nicht. Darüber hinaus ist **KEIN HELD** ein engagiertes Zeitzeugnis gegen Krieg und Faschismus – und *für* das Erinnern.

La pire des attitudes est l'indifférence.

Die schlimmste aller Haltungen ist die Gleichgültigkeit.

STÉPHANE HESSEL

Merveilleux

Ich frage mich, wovon er träumt. Wo ist er? Dem Körper ist nichts anzusehen. Liegt hier in seinem Zimmer, friedlich, und hinter den geschlossenen Augenlidern sind nur leichte Bewegungen auszumachen. Ich halte seine Hand. Sie ist wärmer als erwartet. Aus dem Wohnzimmer höre ich die Stimmen meiner Mutter und meiner Tante Johanna. Draußen zwitschern Vögel. Ansonsten Stille. Durch das Fenster wirft die Sonne ein Trapez aufs Laminat.

Seitdem ich alleine bei ihm am Bett sitze, hat er sich nicht mehr bewegt. Kein Murmeln, kein Zetern. Seine Atmung geht ruhig und regelmäßig, doch ab und zu setzt sie aus, und ich ertappe mich dabei, wie ich mit ihm gemeinsam die Luft anhalte und zähle. Warte. Und nichts passiert. Das war's jetzt, denke ich, das war der letzte Atemzug, und als ich den Gedanken im Kopf formuliere, läuft mir ein kalter Schauer über den Rücken. Aber dann springen die Organe doch noch einmal an, Blut rauscht, die Lungenflügel ziehen sich zusammen und dehnen sich wieder aus, Sauerstoff strömt durch die Nase. Der Brustkorb hebt sich, senkt sich, Kohlendioxid entweicht, wobei sich die alten Lippen aufplustern und leicht flattern, was komisch aussieht. Als würde er *auf etwas pfeifen*. Aber vermutlich kommt das einfach daher, dass sie ihm das künstliche Gebiss rausgenommen haben. Er braucht es nun nicht mehr. Vor zwei Wochen hat er aufgehört zu essen.

Es fällt mir schwer, den Greis vor mir mit dem Bild, das ich von meinem Opa habe, in Einklang zu bringen. Der strenge Ausdruck um die Mundwinkel, das spitze Kinn über den knochigen Schultern und die große, hakenförmige Nase, die aus seinem mageren Gesicht hervorsticht.

Wie ein alter Vogel sieht er aus, Haut und Knochen, nur ein paar krause Federn fehlen. Die Hände dagegen scheinen unverändert. Groß sind sie, gepflegt und kräftig. Keine groben Pranken, aber Bauernhände, ganz eindeutig, auch wenn jetzt die Haut darüber spannt, als wäre sie aus Pergament. Ein wenig glänzen sie von dem Öl, mit dem meine Mutter sie eingerieben hat, damit die trockene Haut nicht aufreißt.

Plötzlich geht ein Ruck durch seinen Körper. Das Gesicht unverändert. Die Augen geschlossen. Als ich seine Stimme höre, erschrecke ich, wie rau und kehlig sie klingt. Dabei sollte ich mich längst daran gewöhnt haben. Er murmelt etwas, das ich nicht verstehe. Ich richte mich in meinem Stuhl auf.

»Was?«, sage ich und erschrecke erneut, diesmal darüber, wie belegt meine eigene Stimme ist. Ich räuspere mich, sage: »Brauchst du was?«

Die Antwort ist ein einzelner, irgendwie wohliger Laut.

»Jaja«, sage ich, drücke seine Hand und versuche, meinen Worten einen beruhigenden Klang zu geben. Als würde ich mit einem Kleinkind sprechen. Wenn er wirklich etwas braucht, wenn er Schmerzen hat, würde das anders klingen, denke ich.

»Den Stimmbändern fehlt das Schmiermittel«, meinte der Pfleger. Er spritzte dem Alten Morphin und erklärte meiner Mutter, wie sie ihn immer wieder umlagern und seine Füße betten soll, damit er sich nicht wundliegt. Morphin, Morphium, Morpheus – der griechische Gott der Träume.

»... gibt auch schlechte Zeiten«, murmelt mein Opa. »Musst wissen ...«

»Ja«, sage ich. Ermunternd.

»... allein sein ... bös sein ... Weißt du?«

»Ich weiß.«

Ich setze mich in meinem Stuhl auf, rücke näher heran, um ihn besser zu verstehen. Zwischendurch ist er hin und wieder aus seinem Dämmerzustand aufgetaucht, wenn auch nur für kurz. Oft spielte in diesen seltenen wachen Momenten »die Mutti« eine Rolle. Wobei nicht deutlich wurde, ob es um seine Mutter ging oder um Erna, seine Frau, die er immer »Mutti« nannte, wie es auch ihre neun gemeinsamen Kinder taten. Sie sind alle nochmal zu Besuch gekommen in den letzten Tagen, mit Enkeln, Enkelinnen, Urenkelinnen und Urenkeln. Die Pflege übernehmen die Frauen, wie soll es anders sein. Wobei meine Mutter, die Älteste, die Hauptlast trägt. Sie cremt ihm Hände und Füße ein, legt ihn um, überprüft den Katheter, befeuchtet ihm Mundhöhle und Lippen mit einem großen Wattestäbchen. Ich bewundere sie dafür. Wie aufreibend und anstrengend die letzten Wochen und Monate für sie gewesen sein müssen, kann ich nur ahnen. Trotzdem wirkt sie, abgesehen von einer gewissen Grundanspannung, sehr ruhig. Vielleicht ist sie auch erleichtert. Es kann jetzt jeden Moment so weit sein. »Wenn der Geruch aus dem Mund schlecht wird, dann geht's zu Ende«, meinte der Pfleger.

»Opa?«, flüstere ich und horche. Sein großes Ohr ist ganz nah. Anders als bei den meisten alten Männern wachsen nur ein paar kurze Härchen aus seiner Ohrmuschel, vielleicht lässt er sie entfernen? Keine Antwort. Er ist wieder eingeschlafen.

Ich öffne das Fenster. Für Mitte Februar ist es überaus frühlingshaft. Ein Traktor rumort. Im Baum vor dem Fenster flattern die Vögel. Von hier aus geht der Blick Richtung Süden, nichts als Felder, bei guten Wetterbedingungen sogar Alpensicht. Hier ist er zu Hause. Hier wollte er sterben. »Ich bin vorbereitet zu gehen«, sagte er, als wir vor einigen Wochen noch telefonierten, »es ist alles geregelt.«

Jetzt gibt es nichts mehr, was geregelt werden müsste, und nichts, was ich für ihn tun könnte. Sein Körper trocknet aus. Aber in seinem Kopf, da blitzen noch immer die Neuronen, da ackert das limbische System – weiterhin ist dort alles möglich. Dort kann er fliegen. Dort kann er die Wüste durchqueren, ohne auch nur einen Schluck zu trinken. Er kann durch die Zeit reisen. Ein Superheld sein, der Präsident von Amerika oder der erste Mensch auf dem Mars – was auch immer das träumerische Chaos zwischen den Synapsen ihm vorschlägt. Es ist verrückt, wenn ich mir vorstelle, welche Abenteuer sein Geist gerade erleben mag, obwohl sich sein Körper immer mehr dem Wassermangel ergibt. Wobei seine Träume bestimmt Anderes zum Inhalt haben, Einfacheres. Vermutlich ist er gerade dabei, als Bub den Stall mit seinem Vater auszumisten. Oder, was wahrscheinlicher ist, er sitzt am Steuer eines Fahrzeugs – eines Unimogs, Bulldogs oder eines britischen Jeeps. Vielleicht ist er im Krieg, in Gefangenschaft oder mit Erna im Italienurlaub, da schau, der qualmende Vesuvio, oder er ist als alter Mann beim Schwimmen im Thermalbad, wer weiß. Vielleicht tanzt er? Das würde ich mir wünschen. *Ihm* wünschen.

Als ich mich wieder dem Bett zuwende, spüre ich sofort seinen Blick. Er hat die Augen geöffnet, ganz klein sind sie und verschleiert.

»Wer ist da«, krächzt er, und bevor ich antworten kann, fragt er plötzlich laut und deutlich: »Ist Wasser drin?«

Ich setze mich wieder neben ihn, nehme seine Hand.

»Hä?«, will er wissen, fordernd.

»Ja«, sage ich, und um ihn zu beruhigen: »Das Wasser ist drin.«

»Okay.« Er scheint sich zu entspannen.

»Alles gut.« Das Herz schlägt mir bis zum Hals.

Nach einer Minute regt er sich wieder, versucht sich sogar aufzurichten, wenn auch vergeblich.

»Wasserhose!«, verstehe ich, weiß aber nicht, was er meint. »Wasserhose, wo sind die?«

»Was willst du, Opa? Wasserhose?«

»Dort oben!«, schimpft er. Ein Finger hebt sich vage in den Raum.

»Wo?«, frage ich laut, damit er mich hört.

»Oben. Ganz dort oben. Oben rechts.«

Ich schaue mich um.

»Hast du gesehen?«

Und dann weiß ich endlich, was er meint, und springe auf, laufe ins Wohnzimmer, wo sich noch immer Johanna und meine Mutter unterhalten.

»Also«, sage ich und muss lächeln, »ich glaube, er will baden.«

*

»Austrocknen ist ein angenehmer Tod«, sagte der junge Pfleger vom Sozialdienst. Als er reinkam, nahm er seine türkise Wintermütze nicht vom Kopf, was mich irritierte. Nicht so sehr aus Pietätsgründen – immerhin, so vermutete ich, hatte er bestimmt gut ein Dutzend solcher Termine täglich, daher verstand ich seine zerstreute Pragmatik. Aber irgendetwas stimmte daran nicht. Vielleicht waren es auch sein lascher Händedruck, seine Zahnlücke oder der Nudelsaucenfleck auf dem weißen Hemdsärmel, die mich beschäftigten. Jedenfalls erwischte ich mich dabei, wie ich dachte: Pflegenotstand hin oder her, junger Mann, aber so geht das nicht! Mit Bommelmütze! Also bitte! Und dann kam ich mir plötzlich sehr alt vor und in einem Versuch, diese Gedanken ganz schnell ungeschehen zu machen, heftete ich mich an seine Lippen, nickte zu allem, was er sagte und lächelte dankbar, als wäre er vom ADAC und mein Opa ein altes Cabriolet, mit dem wir in einem unwirtlichen Schwarzwaldtal liegengeblieben waren.

»Wenn der menschliche Körper austrocknet«, sagte der Pfleger, »schüttet er Endorphine aus.«

Er sagte: »Trockenheit im Rachen. Eingerissene, spröde Mundwinkel. Weißlich-bräunlich belegte Zunge.«

»Man muss neidisch sein«, sagte er. »Die wenigsten haben es so schön. Zu Hause, im Kreis der Familie.«

Er sagte: »Unruhezustände. Dekubitus. Herzrasen.«

Er sagte: »Herr Mutter, haben Sie Schmerzen?«

Er sagte: »Konzentrationsschwäche. Raue Stimme. Morphin.«

Und dann sagte er: »Zwei Tage. Maximum. Er will gehen, aber sein Körper, der ist zäh.«

Er verabschiedete sich per Handschlag. In der Tür drehte er sich noch einmal um und ließ uns wissen: »Die meisten Leute sterben im Winter. Wenn das letzte Laub von den Bäumen abgefallen ist.«

Das klang sehr klug, geradezu poetisch. Und ich hatte ja keine Ahnung, weder vom Sterben noch von der Poesie. Der einzige tote Mensch, den ich jemals gesehen hatte, war meine Oma väterlicherseits. Sie war in der Friedhofskapelle im offenen Sarg aufgebahrt worden. Wächsernes Gesicht. Sehr seltsam für mich als Zwölfjährigen. Aber darüber hinaus hatte sich der Tod bisher nur indirekt in mein behütetes, inzwischen dreißigjähriges Leben verirrt.

Die Balkontüren im Wohnzimmer waren geöffnet. Ich trat hinaus auf die Holzplanken und schaute dem Pfleger nach. Er fuhr nicht den typischen Kleinwagen in Pflegedienstrot, sondern ein flottes Mercedes-Coupé, türkisfarben wie seine Mütze. Auf die Schlaglöcher in der Auffahrt achtete er nicht, so dass der Wagen ein paar Mal auf der Stelle hopste wie ein Lowrider. Unten an der Kapelle bog er ab nach Schwörstadt, und das Motorengeräusch wurde leiser.

Ein alter Nussbaum thront, umzingelt von Maulwurfshügeln, auf der abschüssigen Wiese zwischen Hof und Kapelle. Er musste dort schon gestanden haben, als meine Großeltern vor über fünfzig Jahren mit dem Bau des Aussiedlerhofs begannen. An seinen kahlen Ästen hing noch etwas altes Laub. Oder waren es bereits die ersten frischen Blätter des Frühlings?

*

Er wirkt jetzt hellwach.

»Ah, der Valentin ist da«, sagt er. »Das ist gut.«

»Vati, das geht jetzt aber nicht mit dem Baden«, sagt meine Mutter.

»Warum denn nicht?«, braust er sofort auf.

»Ja –«, sie weiß nicht recht, was antworten. »Das ist gefährlich, weißt du. Wenn du hinfällst, zum Beispiel.«

Nach einer kurzen Pause murmelt er: »Aber letztes Mal ...«, und verstummt.

Johanna steht in der Tür mit verschränkten Armen. Sie lässt meine Mutter sprechen, aber ich sehe, wie unentschlossen sie ist. Leise, sodass er es nicht hören kann, erklären mir die beiden, dass er vor zwei Tagen schon einmal baden wollte.

»Jetzt schläft er ja fast nur noch«, sagt meine Mutter, »aber davor hat er auch immer wieder Wünsche geäußert.«

»Befehle«, brummt Johanna, und aus diesem einen Wort spricht so viel Zerrissenheit ihrem Vater gegenüber, dass ich schlucken muss. Seine Kinder hatten es nicht leicht mit ihm, aber für Johanna, die den Hof übernommen hat und ihn seither am meisten um sich hatte, war es sicherlich am kompliziertesten. Es musste eben immer nach seinen Vorstellungen gehen. Meine Mutter lacht: »Der kann halt immer noch ganz schön rabiat sein.«

Sie haben ihn also vorgestern zu zweit in die Wanne getragen. Etwas kräftiger sei er noch gewesen als jetzt. Gott sei Dank sei nichts passiert.

»Der Valentin ist stark!«, tönt es da vom Bett her. »Mit dem geht's schon.«

Ich schaue meine Mutter an. Die Ruhe von zuvor ist verschwunden. Nervös läuft sie durch den Raum, beginnt Kompressen und Salben auf dem Nachttisch zu sortieren.

»Also, Opa«, sage ich laut, »ich glaub, das wird eher schwierig.« Und etwas leiser zu meiner Mutter: »Aber wenn ihr es doch zu zweit geschafft habt?«

Keiner sagt etwas, nur der Alte, der wird jetzt richtig wütend, fängt an zu zetern. »Was soll das denn jetzt«, meckert er, und, hoppla, das haut einen ganz schön vom Hocker, was für einen herrischen Ton der noch immer draufhat, auch wenn es seinen schwachen Körper sichtlich Energie kostet. Aber meine Mutter und meine Tante versuchen weiter abzuwiegeln. Das Risiko sei zu groß, es wäre unverantwortlich. Wobei sie genauso wie ich wissen, dass es nicht mehr der Zeitpunkt für Sicherheitsbedenken ist. Sie ertragen einfach die Vorstellung nicht, es könnte etwas passieren, das ihm Schmerzen bereitet, das ihn leiden lässt.

Dann ändert sich sein Ton. Er beginnt zu betteln, zu flehen: »Lasst mich doch. Bitte, lasst mich doch noch einmal!« Und immer wieder. Es ist herzzerreißend. Vor uns liegt ein Mann, der trotz aller Schicksalsschläge sein Leben stets nach dem eigenen Willen gestaltete, doch jetzt neigt sich die Kraft dem Ende zu. Er ist hilflos, dem Schicksal ausgeliefert. Absolut. Und wir mit ihm.

Meine Mutter schließt das Fenster. In meinem Hals steckt ein dicker Kloß. Die Stimme meines Opas ist jetzt nur noch ein Wimmern. Von draußen dumpf das Geräusch eines vorbeifahrenden Autos. Jemand räuspert sich. Und dann spüre ich, dass der Widerstand gebrochen ist.

*

Die Wohnung wirkte sehr aufgeräumt. Abgesehen von der Zettelwirtschaft auf den Tischen. Unter den ausgeschnittenen Zeitungsartikeln und verschiedenen Dokumenten fanden sich auch unzählige, meist französische oder englische Sinnsprüche, die er irgendwo aufgeschnappt hatte. Scheinbar wahllos hatte er sie auf allen möglichen Papierfetzen oder Briefumschlägen notiert, doch wenn das Thema passte und er sich an ein Zitat erinnerte, hatte er binnen Sekunden den entsprechenden Schnipsel parat und las den Spruch vor. Dazu nickte er andächtig oder urteilte: »Ha, so ein Blödsinn aber auch.«

Ich muss mir die Dinge genau anschauen, dachte ich. Einprägen. Festhalten. Bevor alles mit ihm verschwunden sein würde. Die Fotos an der Wand neben seinem Schreibtisch, große, kleine, in ovalen und eckigen Rahmen, sepia, schwarz-weiß oder in matter Farbe sowie einige wenige ausgedruckte Digitalfotografien. Darauf seine knapp vierzig Enkel(innen) und Urenkel(innen). Seine neun Kinder. Seine Frau Erna. Ihre Eltern. Seine Eltern. Er als Knirps. Mit den Geschwistern. Das älteste Foto musste etwas mehr als hundert Jahre alt sein und zeigte ein Porträt seines Vaters in Uniform.

Der Bodenläufer vorm Schlafzimmer lag zusammengerollt in einer Ecke. Jetzt konnte er nicht mehr darüber stolpern, er würde sein Bett nicht mehr verlassen. Er würde sich nicht mehr in den Rollstuhl setzen, geschweige denn mit den Krücken auf den Flur staksen, wo der Rollator geparkt war. Diese Dinge hatten ihren Zweck erfüllt. Jetzt hieß es nur noch warten.

So saß ich also da, während im Zeitraffer der Rest der Verwandtschaft ihn besuchen kam. Meist blieb er weggetreten. Mit den Stunden wurde ich zum Experten, konnte beschreiben, wie er sich verhielt, wie es ihm ging. Gemeinsam lauschten wir seinen Atemgeräuschen, gemeinsam zählten wir die Sekunden. Gemeinsam fragten wir uns, wer ist dieser Mensch? Und jeder und jede musste für sich allein eine Antwort finden.

*

Meine Mutter lässt die Wanne ein, das Rauschen des Wassers erfüllt die Wohnung. Vertreibt die Stille. Ich bin mir sicher, er kann es hören.

Johanna hat zuerst eingelenkt. »Ach, komm, egal«, sagte sie. »Den Wunsch können wir ihm jetzt auch noch erfüllen.« Und meine Mutter stimmte zu, sichtlich erleichtert darüber, dass nun eine Entscheidung getroffen war. Mir ging es ganz genauso. Man hätte schon der Empfindsamkeit eines Sandsacks bedurft, um angesichts seines Flehens nicht nachzugeben. Wie bei einem Kleinkind wandelte sich seine Stimmung schlagartig: Seine Züge entspannten sich, und anstatt weiterer verzweifelter Laute war ein zufriedenes Schmatzen zu vernehmen. »Eben«, murmelte er. »Sag ich doch.«

Als meine Mutter wieder zu uns ins Zimmer kommt, ist die vorherige Anspannung auf ihr Gesicht zurückgekehrt.

Mit zügigen Bewegungen deckt sie seinen Oberkörper ab, knöpft das weiße Nachthemd auf und hebelt zuerst den einen, dann den andern Arm aus den Ärmeln. Die Haut über seinem Brustkasten ist so dünn. Ich sehe sein Herz schlagen. Altersflecken, einzelne krause Härchen.

Ich räume die zwei Stühle beiseite und schiebe einige Medikamentenpackungen, Cremes und Fläschchen auf dem Nachttisch zusammen. Johanna, die – wie alle Frauen der Familie Mutter – normalerweise immer irgendwas tut oder tun muss, niemals inaktiv, niemals abwartend, steht jetzt mitten im Raum, den Blick stumm auf ihren Vater geheftet. Wie bei einem Roboter im Standby-Modus hängen ihre langen, muskulösen Arme seitlich der Hüfte herunter, die einzige Bewegung ein leichtes Kopfschütteln. Erst als meine Mutter nach Handtüchern fragt, erwacht Johanna aus ihrer Erstarrung und sagt, mehr zu sich selbst als zu uns: »Man denkt nicht, was der mal für ein Mann war.«

Meine Mutter schiebt die grau geblümte Bettdecke bis zu seinen Füßen und zieht den Schlauch des Katheters ab, der in einen leeren, an der Bettkante aufgehängten Urinbeutel mündet. Leicht seitlich, wie zuvor drapiert, liegt mein Opa vor uns, ein Kissen im Rücken, die Beine angewinkelt, embryonal. Er trägt eine weiße Shorts oder eine Art Windel. Als meine Mutter sie ihm über die Beine streift, schirmt er mit einer Hand seinen Penis vor unseren Blicken ab und verlangt wieder nach der »Wasserhose!«.

»Die gibt's jetzt nicht«, antwortet meine Mutter, »du erkältest dich sonst nur.«

Ihm bleibt nichts, als leise vor sich hinzuquengeln, die Hand vor der Scham. Unwillkürlich muss ich darüber lächeln, weil ich die Geste seiner Eitelkeit zuschiebe – es war ihm immer wichtig, gepflegt und ordentlich aufzutreten. Seine schicken Hemden, mit denen meine Mutter und einige ihrer Schwestern ihn ausstatteten, waren unter uns Cousins legendär. Zugleich berührt mich das Bild auf einer allgemeineren Ebene: Wie tief und unverrückbar wir Menschen die uns auferlegten sozialen Maßstäbe doch verinnerlichen.

Auch meine Mutter lächelt und zieht die Stirn kraus: »Dass er jetzt noch Angst hat, man könnte ihm was abgucken.« Dann beugt sie sich zu ihm hinunter: »Ist nur kurz kalt, Vati.« Und zu mir, streng: »Vorsichtig, gell!«

*

In den Wochen vor seinem Tod, bevor ich nach Niederdossenbach fuhr, telefonierten wir noch zweimal. Beim zweiten Mal war eine Unterhaltung schon unmöglich. Auf die Frage meiner Mutter, ob er mit mir sprechen wolle, krächzte er ein undeutliches »Ja« mit jener Stimme, die mir die Tränen in die Augen schießen ließ, verstand aber vermutlich nicht viel von dem, was ich sagte. Ich dankte ihm für sein Vertrauen. Und beteuerte, *dass ich noch was aus dem machen würde*, was er mir alles erzählt hatte. Und *dass das dann auch Leute lesen würden*, so wie er es gehofft hatte. Ich kam mir ziemlich schäbig vor, weil ich mich nicht eher darum gekümmert hatte, so dass er selbst noch in seinen Erinnerungen hätte blättern können. Zugleich wusste ich, dass es schon in Ordnung war. Es war ihm nie darum gegangen, dass ihm ein Denkmal errichtet würde, das er sich dann selbstzufrieden würde anschauen können.

Bei unserem vorletzten Telefonat saß ich im Prenzlauer Berg, wo ich seit ein paar Monaten mit meiner Freundin Sarah wohnte. Es war klar, dass wir demnächst zurück in meine Neuköllner Wohnung ziehen würden, weshalb mein

Zimmer hier aussah wie kurz vor oder nach einem Umzug: nur das Nötigste aus den Kartons gepackt, kein Bett, ein kleiner Tisch, eine Lampe, Möbel von der Straße. Jenseits der Doppelglasfenster lag der Hinterhof. Draußen war es dunkel und es herrschte jenes feuchtkalte Ekelwetter, das in den Berlin-Reiseführern stets verschwiegen wird, aber nichtsdestotrotz die Menschen in der Stadt böse, hässlich und verbittert macht. Zumindest von Anfang Oktober bis Ende April.

Mein Opa nahm selbst den Hörer ab, im Hintergrund hörte ich Onkel Alfons und Tante Karin debattieren. Ich stellte mir vor, wie er auf seinem Schreibtischstuhl saß, das Telefon wie immer auf Lautsprecher. Dabei lag er vermutlich schon im Bett. Er klang schwach, aber er sagte, dass er sich freue: »Dass du deinen Lebensweg gefunden hast. Bei deinem Elternhaus ist ja alles klar. Und auch bei deiner Schwester. Aber du machst das schon auch recht!«

Diese persönliche, direkt mich betreffende Aussage machte mich ziemlich gefühlsduselig. Obwohl wir in den letzten Jahren viel Zeit miteinander verbracht hatten und er Interesse an meinem Leben gezeigt hatte, fühlte ich mich doch auch immer wie einer von vielen, einer, der nicht besonders hervorstach aus der Masse der Enkel.

»Und du?«, presste ich hervor, um nicht zu heulen.

»Der Kopf geht noch, aber der Körper will halt nicht mehr. Aber brauchst dir keine Sorgen machen. Dass die Mutti so früh gehen musste und mein Bruder, das war schlimm. Und noch zig Millionen Menschen im Nazikrieg.« Er holte Luft. »Du kennst ja meine Meinung.«

Ich fragte, ob er Besuch habe.

»Der Alfons und die Karin. Und die Anita ist auch da. Ich hab ihr eine Vollmacht geschrieben. Kann mich auf sie verlassen. Ist eine Gute. Das Wichtigste ist, dass die

Kinder und Enkel okay sind. Dann kann man zufrieden sein. Ich hoffe halt, dass es friedlich bleibt. Und mit der Umweltverschmutzung, das ist so eine Sache ... Regina hat mir ein Foto mitgebracht von ihren Söhnen. Drei Urenkel, ein wunderschönes Bild! Auch für die, für die Jungen, soll es gut bleiben. Wie sagt man? Die Hoffnung stirbt zuletzt.«

Es fiel mir sehr schwer, das Gespräch weiter so konkret um seinen bevorstehenden Tod kreisen zu lassen. Doch anstatt dem Impuls nachzugeben und mit Smalltalk fortzufahren, fragte ich: »Bist du vorbereitet?« Und er meinte, das sei er. Er habe keine Schmerzen und alles sei geregelt. »Und hast du Angst?« Ich fragte mich, ob er sich davor fürchtete, was nach dem Tod kam. Aber das schien ihn nicht sonderlich zu beschäftigen. Das Sterben war für ihn noch Teil des Lebens, weshalb es wichtig war, alles gut über die Bühne zu bringen – und es dabei halbwegs schön zu haben: »Im Heim, also im Hospiz, da hat es mir nicht gefallen. Mit den ganzen Dementen. Ich hab halt keinen Hunger mehr, weißt du.«

»Ich komm dich auf jeden Fall noch besuchen!«

»Ah ja«, antwortete er, und da merkte ich schon, dass er sich nicht mehr konzentrieren konnte oder das Telefonat aus einem anderen Grund beenden wollte. Jedenfalls redeten wir noch zwei, drei Sätze aneinander vorbei, bis er schloss: »Also, adieu, gell! Danke, Valentin, bye-bye«, und damit war das Gespräch beendet.

Als ich auflegte, liefen mir Rotz und Tränen übers Gesicht.

*

Vierzig, fünfzig Kilo, mehr wiegt er nicht, der Gute. Aber der menschliche Körper ist nicht dazu gemacht, getragen zu werden. Als wir ihn anheben, baumelt die Kunststofftriangel des Krankenbetts störend vor meinem Gesicht, sodass ich leise fluche. Wir bugsieren ihn über die Fußseite des Bettes, unsicher, ungelenk – und in meinem Fall: ächzend. Unter seiner öligen, weichen Haut ist jeder Knochen zu spüren, und um Druckstellen zu vermeiden, versuchen wir, nicht zu fest zuzugreifen. Sein Oberkörper liegt in meinen Armen, er fühlt sich warm an. Johanna stabilisiert ihn unter Gesäß und Kniekehlen. Ich bin froh, dass sie so verdammt kräftig ist. Nicht nur, weil dadurch meine Mutter, die es schon immer im Kreuz hatte, nicht so schwer anpacken muss – sie hält Kopf und Nacken. Sondern auch, weil es mein eigener Rücken mir danken wird; schon im Flur zittern mir die Beine und wieder fluche ich, dieses Mal innerlich: Was für eine Scheißidee!

»Zügig jetzt«, presse ich hervor, ich habe Angst, dass wir's nicht schaffen. Habe Angst, dass wir zwischen Tür und Angel zusammenbrechen, wie ein monströses, vielgliedriges Insekt, zerknautscht, erstickt, gebrochen.

»Was ist? Geht's?!« Meine Mutter wird nervös.

»Jaja«, sage ich, »nur ... halt ... nicht ewig.«

»Oje, oje«, jammert sie, »dann kehren wir besser um!«

Johanna schaltet sich ein: »Ach was!«

Wir stolpern weiter, aber wenn's nach mir ginge: »Boah, ich weiß nicht ... Können wir kurz ... Pause?«

»Heijajei, das hat doch keinen Wert!«, die Stimme meiner Mutter überschlägt sich fast. Wir straucheln, ich greife nach, hoppla, rutschig, nochmal gutgegangen. Ich schaue auf. Tunnelblick. Die Badezimmertür, greifbar nah. Aber etwas stimmt nicht. Sie entfernt sich, wird kleiner. Als säße ich auf einem Zug, der in die entgegengesetzte Richtung rast, verliert sie sich im Dunkel, nur noch ein Schemen, nichts weiter, und meine Knie geben nach ... Da spüre ich, wie mein Opa versucht, den Körper anzuspannen, mitzuhelfen, doch es bleibt wirkungslos, seine Muskeln sind zu schwach – aber immerhin, das motiviert, mit einem Mal kehren meine Kräfte zurück, und auch Johanna ruft: »Wir haben's doch gleich!«, und das gibt mir den entscheidenden Kick. Ab da ist alles Adrenalin und Endorphine. Ich bin Hulk! Wir schaffen es! Über die Fliesen. Nicht stolpern, Teppich wegschieben, und ab in die Keramik!

Es ist ein hartes Stück Arbeit, meinen Opa in die Wanne zu bugsieren, ohne dass er sich an den Armaturen stößt, aber mit jedem Zentimeter, den sein Körper tiefer ins Wasser gleitet, verringert sich sein Gewicht.

Schnaufend, mit tropfnassen Armen und schmerzendem Rücken richte ich mich auf. Etwas knackt. »Puuuh«, mache ich gekünstelt, um zu überspielen, wie anstrengend die Aktion tatsächlich war. Ein Blick in die Runde zeigt mir, dass a) mein Opa sich pudelwohl fühlt in dem warmen Wasser, dass b) meine Mutter ihm bereits behutsam die Haare wäscht, und dass c) Johanna überhaupt nicht außer Atem ist. Mit hochgekrempelten Ärmeln stellt sie fest: »Hat er mal wieder bekommen, was er wollte.«

»Uuuh«, macht er zur Antwort leise. »Das ist ja wunderbar …«

Fünfzehn Minuten lang baden wir ihn. Waschen, kraulen, aufpassen, dass er nicht untergeht. Eine Zeitlang hat er die Augen geöffnet, dann schließt er sie unter zufriedenen Gurrlauten. In der Wärme des Badezimmers und mit dem Plätschern des Wassers kommt eine große Ruhe auf. Trotzdem schlägt mein Herz die ganze Zeit wie wild und ich gerate ins Schwitzen, so sehr freue ich mich. Wie er es genießt! »Das ist ja wunderbar«, sagt er immer wieder, und jedes Mal schwingt so etwas wie Überraschung mit, fast so, als wäre es sein erstes Bad. »Das ist ja wunderbar.«

Mit den Minuten wird seine raue Stimme schwächer. Leiser. Zufriedener. Und schließlich wiederholt er seinen Satz noch einmal, auf Französisch dieses Mal: »C'est vraiment merveilleux.«

Bauern

Ja, mit was soll ich jetzt anfangen? Mit dem Haus vielleicht. Und mit der Zeit, in der wir aufgewachsen sind.

Wir haben nicht so viel davon mitbekommen, was außenherum los war. In den Städten. Bei uns ging's. Wir hatten genug Essen soweit. Aber insgesamt, wegen der Inflation, war es – prekär eben. Bettler sind über das Land gezogen. Arbeitslose. Ich weiß noch, wie sie im Dorf von Tür zu Tür gegangen sind. So abgerissene Männer, alte und junge, einer nach dem andern. Essen ist ihnen fast überall angeboten worden. Aber lieber nahmen sie Geld. Die konnten ja auch nicht drei, vier Mal hintereinander essen. Einmal ist so einer, ein junger Handwerksbursche, bei uns vorstellig geworden, und meine Mutter hat ihn als Knecht genommen. Sie meinte: »Das ist schon ein Guter«, und ich glaube, er war schon recht. Aber uns Kindern kam er komisch vor. Ein Fremder halt. Wir haben ihn manchmal beobachtet. Den ganzen Tag fegte der den Dreck in der Scheune zusammen. Und irgendwann einmal hatte er plötzlich einen Anfall. Bei der Feldarbeit. Ich war auch dabei, musste auf meine Schwester aufpassen, und da seh ich den Knecht auf dem Boden liegen, so auf dem Rücken, und zappeln wie blöd, die eine Hand noch an der Heugabel ... Irgendwie ist's dann vorbeigegangen, und er hat sich wieder beruhigt. Aber die Anfälle kamen immer wieder vor. Ein Epileptiker war das. Ich weiß nicht, was aus ihm geworden ist.

Das waren schon arme Schweine alles, aber wir Kinder aus dem Dorf ärgerten trotzdem einige von denen. Wir waren ja viel schneller als die mit ihren Krücken und ihrer Habe auf dem Rücken. Aber manchmal rannte uns einer hinterher. Dann versteckten wir uns irgendwo, wo er nicht hinkam. Der eine zum Beispiel, der konnte nicht mehr richtig laufen. »Blut will ich sehen!«, hat er geschrien, der Gammler, immer wieder: »Blut will ich sehen!« – und das am Sonntag. Das waren schon verrückte Kerle.

Schlechte Jahre sind das gewesen. Die Inflation hat sich natürlich auch bei uns bemerkbar gemacht. Meine Mutter hat mal mehrere Festmeter Holz an einen aus dem Nachbardorf verkauft. Am nächsten Tag, so hat sie's mir später erzählt, konnte sie von dem Geld grade noch ein paar Lebensmittel kaufen. Das muss man sich mal vorstellen – irgendwann sind sie alle Milliardäre gewesen! Ich hab das damals noch nicht bewusst miterlebt, aber man kann es ja nachlesen: Erst hat ein Brief noch zwei Mark gekostet, dann, nur ein Jahr drauf, waren es schon 50 Mark. Und nochmal neun Monate später ganze 100.000 Mark! Oder man hat eine Kuh verkauft und am nächsten Tag war für den Erlös noch ein Hemd oder eine Hose zu haben, das war's. Die Ersparnisse waren alle weg. Wer kein Land oder andere echte Ressourcen besaß, war ruiniert und über Jahre vom Staat abhängig. Und in den Städten war die Lebensmittelversorgung zusammengebrochen und lief nur schleppend wieder an.

Wir kamen irgendwie über die Runden mit unserer kleinen Landwirtschaft. Unser Hof war nicht sehr groß. Kein Bauernhof, wie man ihn sich heute vorstellt. Ein einfaches Kleinbauernhaus. Da lebten wir unter einem Dach mit zwei bis drei Kühen, einigen Jungtieren und einem Stier.

*

Unser Haus bestand aus einem Wohnteil mit Stube, Küche und Flur in der ersten Etage. Im Erdgeschoss waren eine

Vorratskammer und ein Raum, wo ein Knecht und später manchmal die Kriegsgefangenen drin unterkamen. In der zweiten Etage befanden sich die Schlafkammern und ganz oben, unterm Dach, war ein Speicher mit Getreidevorräten. Der Wohnbereich war zwar durch eine Mauer vom Wirtschaftsbereich getrennt, aber die Wärme von den Tieren war trotzdem wichtig. Auf dem Hotzenwald, wo mein Vater herkam, und wo es noch viel kälter werden konnte, hatten die traditionellen Bauernhäuser nicht einmal eine Wand dazwischen. Es war alles unter einem Dach. Nur nicht die Toilette. Die stand draußen, über der Jauchegrube. Das war ein kleines Häuschen, darin ein Brett über einem Loch, eine Tür davor mit einem Riegel. »Abort« sagten wir dazu auf Alemannisch. Als kleine Kinder hatten wir noch einen Nachthafen im Zimmer.

Unser Grund war insgesamt etwa elf Hektar groß: Haus, Feld und Wald. Hin und wieder konnten die Eltern im Lauf der Jahre ein kleines Stück dazukaufen. Wir waren aber immer welche von den Kleinsten im Dorf. Damals hatten alle in Niederdossenbach Landwirtschaft. Manche konnten davon allein nicht leben, die haben dann noch als Sattler gearbeitet, als Waldhüter, oder für die größeren Bauern. Oder sie sind, wenn sie ganz arm waren, halt in die Fabrik nach Rheinfelden. Einer, der Leo, das weiß ich noch, der hat oben, wo es zum Wald hochgeht, am Steinbruch gearbeitet. Allein. Auf eigene Faust. Hat aus den großen Brocken kleinere Steine geklopft. Für den Straßenbau. Alle paar Wochen kam ein Fuhrwerk vorbei, und so konnte sich der Leo ein paar Mark dazuverdienen. Sonst hatte er ja nur ein, zwei Geißen, aber kaum Feld, wo er sie grasen lassen konnte. Mit dem Lohn ist er ab nach Schwörstadt. In die Wirtschaft, bis zum Zapfenstreich. Mein Vater hat manchmal von seinen Schandtaten erzählt. Der Einzige im Dorf, der keine Landwirtschaft hatte – denn sogar der Maienwirt hatte ja den Stall voll mit Vieh –, war der Jude Bloch. Der hat in Bad Säckingen gearbeitet, als Graveur. Als er pensioniert war, hat er sich dann das Haus in Niederdossenbach gekauft. Da hatte er vorher schon gewohnt, zur Miete dann wahrscheinlich, ich weiß es gar nicht.

Ich selbst hab immer in Niederdossenbach gelebt. Außer im Krieg und in der Gefangenschaft. Sechzehn Häuser waren das damals insgesamt im Dorf. Unser Haus hatte die Nummer 16 und war eines der ältesten Häuser. 1836 erbaut. Der Vater von Karl Vogt hat das Haus von den ursprünglichen Eigentümern übernommen. Der Karl Vogt, das war der erste Mann von meiner Mutter.

Die Häuser liegen alle unten in der Talsohle, am Bach. Da gibt's zwar wenig Sonne, aber früher musste man sich eben dort ansiedeln, wo es Wasser gab. Und oben lagen dann die Felder und der Wald. Den Mist musste man mühsam hochbringen auf die Felder, zum Düngen. Hinter unserem Haus, da, wo jetzt die Landstraße langführt, war früher noch eine Wiese. Mit Streuobst. Die gehörte aber nicht uns, sondern dem alten Burkart. Aber Zäune konnten sich damals nur wenige leisten. Wir mussten also nur über den Bach, und schon konnte man da ein paar Zwetschgen oder Mirabellen stibitzen. Im Bach gab es Forellen. Wir haben auch unsere Wäsche im Bach gemacht. Also meine Mutter und später dann meine Schwestern. Zum Trinken war das Wasser nicht geeignet, da hat ja jeder seine Abwässer und alles reingeleitet. Das Trinkwasser kam aus dem Hahn, von Dossenbach her. Drei, vier Mal im Jahr gab's Hochwasser. Dann wurden unten Richtung Schwörstadt die Felder und die Straße überschwemmt. Und wenn es ganz schlimm war, dann ist das Wasser durch ein Ablaufrohr auch zu uns in den Keller gelaufen. Ich erinnere mich noch daran, wie dann die Mostfässer, wenn sie leer oder halbvoll waren, und die Erdäpfel und Runkeln – wie dann alles unter dem Gewölbe im Wasser schwamm. Mit Eimern kam man nicht dagegen an. Wir mussten warten, bis das Hochwasser wieder zurückging.

Meine frühe Kindheit hängt eng mit diesem Haus zusammen. Wir haben nichts anderes gekannt. Die Eltern haben uns dann aber schon früh mit aufs Feld genommen. Es gab immer Arbeit. Und alle mussten anpacken. Wir Kinder haben schon gespürt, dass die Eltern uns gern hatten. Obwohl sie nicht so viel geschmust haben, so wie heute. Das Wesentliche halt.

*

An die alten Sachen kann man sich am besten erinnern, heißt es immer. Das stimmt zwar. Aber auch nicht so genau. An die Schule kann ich mich gut erinnern. Und an die Vorschulzeit, als wir schon helfen mussten auf dem Hof. An die Jugend dann nur noch so halbwegs. Am Anfang haben wir Kinder den Stall ausgemistet. Der Misthaufen war direkt hinterm Haus. Später haben wir die Kühe gehütet und das Gespann geführt, wenn Heu gemacht wurde zum Beispiel. Dafür hatten wir meistens zwei Kühe vor dem Wagen, je mit einer Kummet um den Hals, nicht mit einem Joch. Später hatten wir auch Säue. Aber das ging nicht lange, vielleicht zwei, drei Jahre. Meine Eltern hatten mit der Schweinezucht keine Erfahrung und eigentlich war auch zu wenig Platz dafür. Manchmal wurde ein junges Ferkel von der Muttersau zerdrückt. Wir haben denen dann ein kleines Podest gebaut, wo sie hochlaufen konnten, um sich auf einer Decke auszuruhen. Wenn sie etwas größer waren, haben wir sie für die Mast verkauft. Aber das war ja schon kurz vorm Krieg, da war ich schon viel älter.

Ja, der gottverreckte Krieg ... Im Ersten ist mein Vater gewesen. Vier Jahre in den Schützengräben der Westfront, vom Anfang bis zum Ende. Später ist er dann krank geworden. Wegen der ganzen Entbehrungen. Und als ich ungefähr fünfzehn war, hat er sein Bett schon nicht mehr verlassen können.

Bei der Infanterie ist er gewesen. Ausbildung in Offenburg, dann Westfront. Elsass, Verdun, Reims. Ich erinnere mich, dass er uns Kindern erzählt hat, wie es plötzlich mal einen Granateneinschlag gab, direkt neben der vierspännigen Lafette, die er gerade fuhr. Zwei der Tiere waren sofort tot. Die anderen beiden mussten wegen der schweren Verletzungen erschossen werden. »Ich kam mit dem Leben davon« – mehr hat er dazu nicht gesagt. Und auch sonst hat er nie viel erzählt.

Der erste Mann von meiner Mutter, der Karl Vogt, ist schon kurz nach Kriegsausbruch im Elsass umgekommen. Wann haben sie geheiratet? Ja, genau, 1911 war das. Und dann, wo er nicht mehr heimgekehrt ist, hat sie den Hof vermacht bekommen. Die Landwirtschaft hat sie nach seinem Tod alleine führen müssen. Zum Glück hatte sie meistens verschiedene Knechte, Mägde und im Krieg auch mal einen russischen Kriegsgefangenen von der Schlacht in Tannenberg. Von dem hat sie oft erzählt: »Ich nix Kuh – ich nix fress Gras«, hat er anscheinend, wenn es Salat gab, immer gesagt ... Meinen Vater hat sie dann nach dem Krieg kennengelernt. Der war auch kein Einheimischer in Niederdossenbach, sondern vom Hotzenwald. Geheiratet haben sie 1920. Wir hatten gute Eltern und kaum Probleme in der Schule.

*

Die Älteste war die Elisabeth, die wir immer nur Elis nannten. Sie kam am 12. April 1921 zur Welt. Ich folgte elf Monate später. Am 24. März 1922. Ich bekam den gleichen Vornamen wie mein Vater, Josef Mutter, aber alle haben mich Sepp genannt. Mein Bruder Alfons wurde als drittes Kind am 18. August 1923 geboren. Und zuletzt erblickte die Mathilde am 27. Dezember 1925 das Licht der Welt. Jetzt waren wir zu viert und damit komplett.

Ich war noch keine vier Jahre alt, weiß aber noch ganz genau, wie die Mutter nach Hause gekommen ist, total k.o. und die Mathilde auf dem Arm, und eine Hebamme ist auch dabei gewesen, so ein junges Ding damals, ich kenne noch ihre Tochter, die lebt noch. Das war kurz vor Silvester. Die Mathilde war ein ziemlicher Zwerg und rot im Gesicht, aber nicht so runzlig wie die ganz frisch Geborenen, die sehen ja schon immer ziemlich komisch aus. Die Mutter ist ins Elternschlafzimmer gebracht worden. Die musste sich erst einmal ausruhen. Von der Geburt, aber vor allem auch von dem anstrengenden Weg. Ich weiß nicht, wie sie bei der Kälte und dem Schnee über den Berg gekommen sind, wahrscheinlich mit einem Krankenwagen, die gab's ja schon. Der Vater hat sie nach oben gebracht, ist noch eine Weile bei ihr geblieben und unten in der Stube hat uns dann die Hebamme die Mathilde anschauen lassen. Die Elis, der Alfons und ich, wir haben gestaunt und uns wahrscheinlich gefragt, woher das Baby kommt. Vom Storch oder so, ich weiß nicht mehr, was wir gedacht haben. Vielleicht, dass es das Christkind war – Weihnachten war ja eben erst gewesen. Die Hebamme hat sich dann irgendwann auf einen Stuhl gesetzt, das Baby im Arm, stolz, als wär's das eigene. So eine war das. Und wir Kleinen sind auf der Eckbank am Esstisch gesessen. Und dann, das ist mir noch so richtig vor Augen, dann hat sie mich so provozierend angeschaut und gesagt, dass sie die Mathilde mitnehmen will! »Ich werde das Balg mitnehmen«, hat sie gesagt. Keiner hat was geantwortet. Der Vater war bei der Mutter oben. Da hab ich Angst bekommen. Ich bin also aufgesprungen, hab rumgebrüllt und bin zu der Hebamme hin und hab ihr mit aller Kraft in den Arm gebissen, hier so, am Handgelenk. Da hat sie auch ganz schön geschrien! Ich hab nicht locker gelassen, aber sie war natürlich viel größer und robuster, ich konnte dieser Frau nichts anhaben. Trotzdem bin ich stur geblieben.

Ich weiß nicht, was die Hebamme eigentlich mit Mathilde vorhatte. Wahrscheinlich fand sie das Kind einfach so süß, dass sie es am liebsten selbst behalten hätte. Vielleicht hatten sie auch eine Kinderkrankheit oder irgendeine Schwäche festgestellt, die es notwendig machte, das Baby für einige Zeit stationär zu behandeln. Ich erinnere mich auch nicht mehr, ob Mathilde von dem Trara aufgewacht ist und ob sie dann eigentlich bei uns geblieben ist oder noch einmal ins Krankenhaus musste. So ganz haben sie mich nicht überzeugen können, dass alles in Ordnung ist.

*

Der Geburtstag meiner Mutter ist der 20. Juli 1881. Sie war überaus tüchtig und von früh bis spät auf den Beinen. Seid brav, fleißig, korrekt, das hat sie uns gesagt. Oder: »Teuer verkaufen ist keine Sünde, aber schlecht messen und wiegen.« Die hat schon viel erleiden müssen. Aber sie hat sich durchgesetzt. Und uns vier Kinder hat sie alle mit über 40 bekommen. Das ist schon was Besonderes ... Sie hat mir viel erzählt von früher. Von der Kathrin, der Chätteri, zum Beispiel. Das war eine Magd von meiner Mutter, die war so ein bisschen beschränkt. Hat immer alles falsch verstanden. Lesen hat sie schon gekonnt, aber wohl nicht ganz. »Die Drückerei im Kriege«, hat die meiner Mutter vorgelesen und gemeint: »Die Soldaten haben's wohl sehr schwer im Krieg, jetzt müssen sie sich auch noch drücken«, dabei lautete die Überschrift: »Die Türkei im Kriege«. Die Mutter hat nicht so viel gelacht, aber diese Geschichte hat ihr immer gefallen.

Auch mit dem Vater hat sie's nicht leicht gehabt. Der war schon ein Guter. Aber eben auch verbittert mit der Zeit. Er wollte arbeiten, konnte aber bald nicht mehr. Nachdem die Ärzte in Konstanz gesagt hatten, dass es vom Krieg kam, gab es einen »Berufsunfähigkeitsausgleich«. Ich weiß noch, wie wir Kleinen ihm die Zeitung umgeblättert haben, auf einem Gestell, das wir dafür gemacht hatten. Wir mussten ihn füttern, umdrehen, die Frauen haben ihn gewaschen. Manche sagten, er würde nur fingieren, um Rente zu bekommen. Er sagte, er habe »Kopfgrippe« gehabt, die nicht ausheilen konnte, im Schützengraben. Er war nicht behandelt worden. »Es kommt von den Nerven«, hat er gesagt ... Bald konnte er uns nicht mehr nachrennen und züchtigen. Und später, nach dem Krieg, dem Zweiten, konnte er nicht mehr reden. Er hatte eine Holztafel mit dem ABC zum Drauftippen, um sich verständlich zu machen. Wie er in seinem Bett gelegen hat ... Manchmal dachte ich, er löst sich auf. Er konnte immer Radio hören, Zeitung lesen, denken, bis zum Schluss. Er war ja nicht dement. Eine Zeitlang, als er noch laufen konnte, war's ihm so verleidet. Wir mussten aufpassen, wenn er auf den Speicher ging ... Der Doktor sagte: »Das Herz wird immer kleiner. Und dann wird er einmal sterben.« Geboren ist er am 2. März 1889.

*

An Weihnachten 1926 ist die Mathilde das erste Mal allein gelaufen: von der Tür in die Stube, bis zum Tisch, wo der Christbaum draufstand. Das war keine Distanz, die Stube war ja nicht sehr groß. Aber immerhin!

An Heiligabend haben wir Kinder mit den Eltern gebetet. Dann gingen wir brav ins Bett. Am nächsten Morgen waren kleine Geschenke unterm Baum, und unsere Mutter sagte, dass das Christkind dagewesen sei.

Zu Silvester wollten wir aber immer länger aufbleiben. Abends sind wir in die Kirche und dann wurde gegessen. Wir hatten damals ja nicht so verschiedene Sachen zum Essen. Es gab vor allem Äpfel. Und Kirschen. Das war alles sehr einseitig. Erdäpfel im Keller, auf dem Speicher oben das Korn. Meine Mutter hat einmal pro Woche gebacken für die ganze Woche. Sonst aßen wir eine Mehlsuppe aus geröstetem Mehl, Grießbrei mit Apfelmus oder Kartoffelbrägel. Und zum Vespern dann Salat und Gemüse aus dem eigenen Garten, Malzkaffee um halb zehn Uhr morgens. Zum »Zoobenäh« um 16 Uhr dann Speck, Wurst und Brot. Einmal im Monat gab's am Sonntag einen Eintopf. Aber das mochte ich überhaupt nicht. Lieber waren mir Nudelsuppe oder Erdäpfelstock mit einem Braten und Sauce, Sauerkraut mit gekochtem Speck und Salat und Schokoladenpudding zum Dessert. So was gab es manchmal an einem Festtag. Zum Geburtstag nicht. Das war damals noch nicht so ein wichtiger Tag. Aber in der Schule bekam ich zu meinem Geburtstag immer auch ein Stück Kuchen, weil die Ilse, die Tochter von meinem Volksschullehrer, am selben Tag geboren war wie ich. Auswärts essen waren wir nie. Auch nicht nach einer Beerdigung, bei Hochzeiten oder am Weißen Sonntag, never. Da wurde meistens eine Tante oder Nachbarin als Köchin angestellt, und die hatte dann die ganze Bagage zu versorgen.

Natürlich war die Ernährung eher einseitig. Davon stammen auch meine O-Beine. Die Erwachsenen haben mir zwar gesagt, dass man damit besser Fußball spielen kann, aber das war wohl eher Blödsinn. So war das mit den Bauern. Sie haben hauptsächlich die eigene Ernährung produziert. Zum Verkaufen blieb nicht viel.

Oder Neujahr, das war auch noch was! Alfons und ich sind als kleine Knirpse durchs Dorf gegangen, von Haus zu Haus und früh am Morgen, um den Leuten ein »Gutes Neues« zu wünschen. Das war so eine Sitte vom Hotzenwald. Mein Vater wollte, dass wir das weiterführten. Und wir haben seinen Wunsch gern befolgt: Am Ende kamen wir mit Gebäck und Süßigkeiten beschenkt nach Hause. Wir waren die Einzigen im Dorf und wurden gut belohnt für unsere Sprüche: »Wir wünschen euch ein glückhaftiges Neues Jahr!« oder »Glück ins Haus, Unglück draus – alle miteinander im ganzen Haus!« Das hat dem Alfons und mir gut gefallen.

Oder mit wem auf dem Auto mitfahren! Der Bauunternehmer Mayer in Schwörstadt hatte eins. Und der Schuhmacher hatte eins. Sonst eigentlich keiner. Verrückte Kisten sind das gewesen, Marke Auto-Union oder Opel Laubfrosch vielleicht. Einmal im Jahr, am Weißen Sonntag, ist immer einer von denen aus Schwörstadt hochgefahren und hat diejenigen, die in der Kirche singen sollten oder Weißen Sonntag hatten, mitgenommen. Die Eltern sind meistens gelaufen. Die Kinder wollten natürlich alle mit. Eine Gaudi war das! Der Karren kam ins Dorf hoch, man hörte ihn schon von weitem, und dann sind alle aufgesprungen ... Das war halt anders damals. Daran sieht man es ganz gut, an den Autos. Oder überhaupt, womit man sich so beschäftigt hat. Die anderen Buben zum Beispiel, der Burkart Paul und der Sepp von Bergers, stritten sich jahrelang darum, wer den größten Misthaufen hatte im Dorf. Ich konnte da nicht mitreden. Die hatten so richtig große – unserer war nur so ein Häufchen an der Hausecke. So was interessiert die Kinder heute nicht mehr.

Der Sepp war eher ein Ruhiger. Ein bisschen »duddelimuuserig«. Eine Heulsuse. Im Gegensatz zu seinen Schwestern, die haben sich nichts sagen lassen. Aber der Sepp, der wurde immer vom Paul zur Sau gemacht. Und das hat mich geärgert. Der Paul war ein »Rohschnööri«. Einmal hab ich den vor Wut gepackt und auf den Boden geschmissen, obwohl er älter und stärker war als ich – aber auch nur, weil ich gesehen hatte, dass unser Knecht gerade vorbeikam, und der hätte mir bestimmt geholfen. Auch nach dem Rosenkranz in der Kapelle stritten wir oft. In der Jugend waren das dann immer der Alfons und ich gegen den Paul und seine Schwester Anna. Die Anna ist später ins Kloster gegangen.

Es hatte ja viele Kinder im Dorf. Nach dem Ersten Weltkrieg gab es ein paar starke Jahrgänge: 1919 und 1920 waren das der Paul, der Sepp, der Bläsi, die Brucker Martha, ein Mädchen von Stabhalters und von Schönauers die Paula. Die Elis und von Bruckers eins, wo die Mutter verrückt geworden ist, das war der zweite Jahrgang. Und danach kamen wir von 1922. Irgendwann zwischendrin kam Gottliebs Hedwig. Die ist auch ins Kloster gegangen. Dann gab es eine längere Pause und erst wieder Kinder in Niederdossenbach, als die Nazis an der Macht waren und im Krieg.

Wir hatten nicht so viele Spielsachen. Wir haben zum Beispiel einander mit einem Leiterwagen durch die Gegend gezogen. Da gab es immer Streitereien. Einmal war ich vorne und hab gezogen, die anderen haben geschoben. Dann ließen sie alle auf einmal los, und der Wagen hat mich umgeworfen. Das hat mir den Kopf blutig geschlagen. Davon hab ich jetzt noch eine Narbe hier. Oder wir haben Verstecken gespielt. Die Mädchen mussten die Buben suchen und die Buben die Mädchen. Was Besseres wussten wir nicht. In den Ferien, wenn wir zu Hause viel arbeiteten, haben uns die Nachbarsmädchen manchmal abends eingeladen in eine Hütte, die sie dort hatten. Kartenspielen und so Sachen. Blödsinn. Kinderzeug. Und die Mädchen haben gerufen und gekreischt, das weiß ich noch, zum Beispiel: »Meine Mutter, was ist das – in meinem Bauche krabbelt was!« Solche Witze halt ... Die älteren Mädchen, zum Beispiel die Maria Stabhalter, die wollte gerne Doktor spielen und zog sich dann aus. Die ist später auch ins Kloster gegangen.

Meine Schwestern blieben bis nach dem Krieg ledig. Die waren sehr fromm. Wie meine Mutter. Obwohl sie viel Arbeit hatten, sind sie immer in die Kirche gegangen. Das war obligatorisch. Meine Mutter ging meistens in die Frühmesse am Sonntag, wir Kinder ins Hauptamt. Zu Fuß oder mit dem Fahrrad nach Schwörstadt. Frauen und Mädchen waren auf der linken Seite in der Kirche, Männer und Buben rechts. Viele Männer standen auch in dem Bereich zwischen Eingang und hinterster Bank, um schnell zum Frühschoppen in die Wirtschaft zu kommen. Der Pfarrer damals hieß Hämmerle. In der Predigt hat er einmal gesagt: »Wenn Petrus im Himmel mich mal fragt: ›Hämmerlein, mein Hämmerlein, wo hast du deine Lämmerlein?‹, dann antworte ich: Da hinten in der Eck, da stehen meine Böck!« – da haben sie sich das Lachen in der Kirche nicht verkneifen können.

Wir sind halt ganz anders aufgewachsen als die Kinder in der Stadt. Vielleicht war's bei uns weniger unpersönlich. Wir kannten einander alle. Ob's besser ist, weiß ich nicht. Aber man kann sich ja eh nicht aussuchen, wo man auf die Welt kommt. Das Wichtigste ist ein liebes Elternhaus. Wir spürten, dass sie uns gern hatten. Aber es war nicht so gefühlsmäßig, nicht so viel mit Liebkosungen und so. Nicht wie in Frankreich, wo man sich ständig auf die Backe küsst. Die haben gar keine Zeit dafür gehabt.

*

Heute vermisse ich das ein bisschen, die Einfachheit. Obwohl ich schon sehr früh mithelfen musste. Das war ja auch nicht immer schön. Einmal, als wir auf dem Feld am Arbeiten waren, hab ich mich über die Hitze beschwert – mit der »Sausonne« war's mir einfach zu viel. Das hat dem Vater nicht gefallen. Der hat mich ausgeschimpft. Wollte mich verdreschen. Ihm war von zu Hause aus eingetrichtert worden, dass immer ordentlich gearbeitet werden musste. Ich bin ihm aber entwischt. Er hatte nicht mehr die Kraft, um auch noch einen frechen Burschen zu versohlen.

Dann haben wir das Korn gedroschen. Heutzutage machen sie das auf dem Feld, aber früher wurde in der Scheune gedroschen. Der Staub, vom Hafer zum Beispiel, der war richtig giftig. Darüber haben sie aber nicht nachgedacht. Wenn einer krank wurde, dann war's eben eine Erkältung. Später musste das Korn von der Spreu getrennt werden. Auch da war die Scheunenluft voll mit Staub. »Rendle« nannten wir das. Zwei oder drei Tage sind wir dann nicht zur Schule. Das war eine furchtbare, eklige Schufterei. Immerhin hatten wir eine strombetriebene Stiftendreschmaschine. Bei anderen Bauern wurden die noch mit Göpel angetrieben, also von einem Zugtier, das ringsherum ziehen musste und so per Übersetzung die Dreschmaschine angetrieben hat.

Natürlich war das Zeug ständig kaputt. Wir sind dann Ersatzteile oder neue Geräte kaufen gegangen. Kleinigkeiten wie Kerzen, Stoffe oder Geschirr gab es bei den Krämern in Dossenbach und Schwörstadt. Rechen, Gabeln und solche Sachen mussten wir in Wehr im Laden für landwirtschaftliches Arbeitszeug kaufen. Da bin ich öfters mitgegangen. Zu Fuß über den Dinkelberg. Es gab einen direkten Schleichweg, so dass man nicht über Dossenbach musste. Beim Sitt den Wald hoch, übers Ried und dann einen Trampelpfad lang. Mitten durch die Felder. An manchen Tagen staute es sich da richtig und eine kleine Karawane entstand. Wenn eine Parzelle umgepflügt wurde, war der Pfad kurz darauf wieder ausgetrampelt von den Niederdossenbachern. Manchmal kamen wir erst in der Dunkelheit wieder zurück. Dann sah man von oben die Sturmlaternen der Leute wackeln. Wie eine Lichterkette.

Zu Hause hatten wir elektrisches Licht und ein paar Steckdosen. Zum Beispiel für das Radio von meinem Vater. Wegen seiner Kriegsbeschädigung hatte er das bezuschusst bekommen. Dann kamen manchmal junge Leute zu uns zu Besuch. Nur abends. Oder am Sonntag, wenn meine Mutter nebenher mit dem Gluteisen gebügelt hat. Zum Beispiel auch das Idele, meine erste Kinderfreundin. Die war zwei Jahre älter als ich und ein nettes Mädchen. Sie kam mit ihrer Mutter zum Radiohören. Wir nahmen uns immer ein bisschen in den Arm ... Der, den sie später heiratete, war mindestens zehn Jahre älter als ich. Und als er im Krieg war, hatte sie was mit einem, der beim Kraftwerk arbeitete. Die war ein kleines Luder ... Mit fünfzehn, sechzehn hab ich mich mit einem anderen Mädchen getroffen. Eine aus Schwörstadt war das. Die Mutter von ihr, die Frau Albiez, half uns manchmal auf dem Feld. Dann kam der Krieg und alles war mehr oder weniger vorbei. Sie hat einen aus Rheinfelden geheiratet und war dann später verwitwet, bis sie gestorben ist, weil er nicht mehr zurückgekommen ist.

Der Alfons, mein Bruder, der war mit den Mädchen immer ganz gut. Später vor allem. Er war ein guter Sänger. Schon als Kind. »Stille Nacht« oder »Im schönsten Wiesengrunde« hat er gerne gesungen, das hab ich noch im Ohr. Wie wir unten im Wohnzimmer gesessen sind, bei den Hausaufgaben, zum Würfeln oder Mensch-ärgere-dich-nicht ... Da war er fix wie sonst was. Wir hatten ein Zimmer zusammen, auch noch als junge Männer. Jetzt liegt er auf dem Friedhof. In Templin. Nördlich von Berlin. So eine Scheiße ... »Für Führer, Volk und Vaterland.«

*

Aber als Kinder war unser Lieblingsplatz die »Kunst«, eine im Winter beheizte Sitzbank im Elternschlafzimmer. Da haben wir auch oft gespielt. Sind auf dem Bett der Mutter rumgehüpft. Irgendwann hab ich aber gesagt, dass wir damit aufhören sollen, um sie nicht zu ärgern. Und Fußballspielen hat uns noch sehr viel Spaß gemacht. Mir vor allem. Der Vater hat uns auf Anraten seiner Friseuse einen Fußball Größe 3 gekauft. Obwohl er es eigentlich nicht so gern sah, wenn wir damit spielten. Nicht wie heute, wo die Eltern Angst vor Armbrüchen und Beulen haben – sondern weil er meinte, dass wir uns die Schuhe damit kaputt machten. Ich war nur mit neun Jahren mal im Krankenhaus. Wegen einem Nabelbruch. Die Schwester gab mir leere Tabak- und Zigarettenpackungen, wo ich die Bilder rausnehmen durfte zum Sammeln. Internationale Filmstars, Deutsche Burgen. Zu der Zeit hab ich dann auch angefangen, mal ein Buch zu lesen. Vor allem Karl May. Von dem hab ich alle gehabt. Die haben mir noch gefallen.

Und einmal hat's mich auf die Schnauze gehauen. Das war etwa 1928, ich war sechs Jahre alt. Ein sehr kalter Winter. Oben auf einem Feld war eine große Wasserfläche zugefroren, die sich in einer Senke gestaut hatte. Einige fuhren Schlitten oder Schlittschuh, aber die meisten, wir zum Beispiel, liefen direkt mit den Schuhen aufs Eis. Wir hatten ja eisenbeschlagene Schuhe, damit ging das ganz gut. Dort gab es auch eine Wirtschaft. So ein Stand mit Glühwein und Zeug. Die haben mich dann auch erstversorgt, als ich mit meiner blutigen Rotznase angekommen bin. Der Alfons und ich hatten uns gekabbelt, blöd rumgemacht halt, so dass ich am Ende auf der Nase gelandet bin.

Im Sommer sind wir manchmal mit dem Fahrrad in eine Wirtschaft gefahren. Auch als Kinder schon. Dort durften wir dann Billard spielen. Weil die Wirtin eine Schwester meines Vaters war. Das war eine ganz Liebe. Überhaupt habe ich viele gute Erinnerungen an Tanten und Onkel, die zu uns kamen oder die mein Bruder und ich per Velo besuchten. Von meinen Großeltern habe ich nur noch kurz eine Oma gekannt – die Mutter meines Vaters aus Altenschwand. Der ältere Bruder meines Vaters, Reinhard, hat uns bei der Heuernte oft geholfen. Der konnte ordentlich mit der Sense umgehen. Weil das Heu auf dem Hotzenwald erst später so weit ist, konnte Reinhard uns so lange helfen, bis zum Beginn seiner eigenen Heuernte.

Aber mein Lieblingsonkel war wahrscheinlich der Götti Fritz, der jüngere Bruder meines Vaters. Er war mit Frau und Tochter per Schiff nach Amerika gegangen. Nach Cincinnati. Gleich nach dem Ersten Weltkrieg. Eine Tante seiner Frau Hilde hatte dort gewohnt. Im Krieg war er im

Schützengraben von Erdmassen verschüttet worden und hatte so einige Leiden daraus mitgebracht. Die wurden immer schlimmer, aber in den USA war die Aussicht auf Unterstützung oder Rente gleich null. Deshalb entschlossen sie sich zurückzukommen. Das war wohl um 1926. Weil sie aber keine Wohnung hatten, wohnten sie eine Zeitlang ziemlich beengt bei uns in Niederdossenbach, im oberen Stock. Die kleine Erna sprach Englisch und war ziemlich scheu. Wenn sie mal mit ihrer Mama nach unten zu uns kam, wollte sie sofort wieder hoch und sagte dann: »obstööß« – so haben wir es verstanden und in der Erinnerung behalten. Erst als ich als *Prisoner of War* in Amerika Englisch lernte, wusste ich, was sie damals gemeint hatte: »upstairs«! Später bekamen die Fritz Göttis nochmal ein Mädchen, Alma. Sie lernte Krankenschwester und arbeitete in Basel in einer Kinderklinik. Dort wurde sie angesteckt, mit Röteln oder so was, und musste Jahre später daran sterben.

Zu der Zeit war ich noch Vorschulkind, zusammen mit allen Geschwistern und andern Kindern aus dem Dorf. Dann kam ich in die Volksschule. Nach Ostern 1928. Die Schuljahre gingen damals von Ostern zu Ostern. Wir waren vormittags in der Schule und nachmittags halfen wir in der Landwirtschaft. Abends wurden Hausaufgaben gemacht und Radio gehört. Jeden Schultag liefen wir etwa ein, zwei Kilometer nach Schwörstadt, setzten uns in unsere Schulbänke, und man versuchte, uns was beizubringen. Links in der Klasse saßen die drei Jungs und rechts die acht, neun Mädchen. Bis auf zwei von ihnen sind inzwischen alle gestorben. Am meisten gefielen mir in der Schule das Spielen und der Sport in der Pause, aber auch das Rechnen oder Aufsatzschreiben. Leider hatten wir keine Lehrerinnen. Nur Lehrer. Die waren oft sehr parteiisch. Und launisch. Der Lehrer Hugenschmidt zum Beispiel. Der war eigentlich schon in Ordnung, aber auch ein bisschen blöd. Im Ersten Weltkrieg war er im Elsass gewesen. Nachdem die Deutschen das Gebiet annektiert hatten, wurde er dort als Lehrer eingesetzt. Vor der Klasse machte er gerne abfällige Bemerkungen über die Franzosen: »Meine Freunde da drüben«, sagte er ganz ironisch. Die Erbfeinde. So haben sie zu denen gesagt.

Das ging acht Jahre lang. Bis zu meinem Volksschulabschluss 1936. Im selben Jahr fanden die Olympischen Spiele in Garmisch-Partenkirchen und Berlin statt. Das Deutsche Reich schlug sich besser als der Rest der Welt. Da waren sie stolz drauf. Aber ein Schwarzer aus den USA gewann vier Goldmedaillen, mehr als alle andern.

*

1933 kamen die Nazis dann an die Macht. Es ging ja schon überall besser in der Welt, das haben sie ausgenutzt. Machten Schulden über Schulden. In dem Jahr wurde ich elf Jahre alt. An meinem Geburtstag haben sie in Berlin das Ermächtigungsgesetz erlassen und kurz darauf das Jungvolk gegründet. Mein Vater wollte nicht, dass Alfons und ich dort hingingen. Er hatte schon länger gegen die NSDAP und den Hitler gewettert. Das seien Kriegstreiber, meinte er. Und er kannte ja den Krieg vom eigenen Leib her. Aber die Gleichschaltung von oben nach unten kam trotzdem bald. Auch in Schwörstadt. Der Ortspolizist und alle waren streng katholisch, ja stockkatholisch. Aber sie haben sofort umgeschwenkt. Ohne Ausnahme.

Es hatte bestimmt einen Einfluss auf mich, was mein Vater über die Nazis gesagt hat. Damals. Aber vor allem auch heute. Weil ich es nicht akzeptieren kann. Dass man alles, was passiert ist, immer einfach nur als Geschichte abtut. Wer weiß, ob es besser gewesen wäre, wenn er öffentlich so geredet hätte. Aber man konnte nicht frei sprechen. Hätte er zum Beispiel in der Wirtschaft solche Sachen geäußert, dann wäre die Invalidenrente wohl weg gewesen.

Es war so organisiert, dass alle Buben von der vierten bis zur achten Klasse ins obere Klassenzimmer gehen mussten. Alle Lehrer warteten da, standen uns in einer Reihe gegenüber. Das Zimmer leergeräumt. Ich war wohl in der sechsten Klasse und Alfons in der vierten. Uns wurde gesagt, wir würden da Sport machen und so was. Ich habe in dem Moment schon gedacht, dass man ausgegrenzt wird oder dass der Vater Probleme bekommt, wenn man bei dem Hammelsprung nicht mitmacht. Sie hatten uns sowieso schon im Auge. Der Alfons und ich hatten mal ein Plakat von der NSDAP runtergerissen im Dorf. Ein Kinderjux natürlich, mehr nicht. Aber wir haben den Vater halt auch ernst genommen. Der hat uns dann aber ordentlich gescholten deswegen. Vielleicht auch, weil er Angst um uns hatte.

Am Ende seiner Rede erklärte der Rektor, dass alle, die beim Jungvolk mitmachen wollten, runtergehen sollten. Es gab ein bisschen Gemurmel unter den Schülern. Sie gingen alle runter. Nur ein Junge, der etwas beschränkt war, blieb bis zum Schluss. Und der Alfons und ich. Aber dann hab ich ihn an der Hand genommen und gesagt: »Komm Alfons, wir gehen auch runter.«

Heimsuchung

»Du bist tot!«

»Nein, bin ich nicht!«

»Doch, Mann, ich hab dir fünfmal in den Rücken geschossen, bevor du dich umgedreht hast. Guck doch, das Magazin ist leer.«

Felix fuchtelte mit seinem Plastikschießeisen vor meiner Nase herum. Obwohl es ein sonniger Nachmittag war, war das Licht in der Toreinfahrt des Nachbarhauses zu schummrig, als dass ich hätte erkennen können, ob er log oder nicht. Außerdem wusste ich ganz genau, dass er Recht hatte, die Schüsse und sein hysterisches Triumphgeschrei hallten mir noch in den Ohren.

»Ich bin nur verwundet«, versuchte ich es trotzdem und setzte mich auf die Steinstufen, die in den Durchgang führten. Das Haus war nicht unterkellert, stattdessen zog rückseitig ein schmaler, aufgrund der Hanglage unterirdischer Gang einmal unter dem Haus hindurch. Wie kleine Drogensüchtige brauchten wir immer wieder den Kick, alleine von der Einfahrt aus hinein- und den kompletten Gang hindurchzurennen, stets in Angst, der alte Herr Laubis würde auf der andern Seite lauern. Auch nach tausend Wiederholungen ließ die rauschhafte Wirkung nicht nach.

»Hör auf zu schummeln«, beschwerte sich Felix.

»*Du* schummelst!«

»Aber du hast doch schon die ersten drei Runden gewonnen.«

»Komm schon«, sagte ich und pulte an einem Holzscheit herum. Einmal im Jahr spaltete der Herr Laubis hier im Frühjahr seinen Vorrat für den nächsten Winter und stapelte ihn an den Steinwänden des Durchgangs. Harte

Arbeit für den Alten, dessen Körper genau ein Jahr benötigte, um sich wieder gänzlich aufzurichten. Und dann hupte auch schon irgendein Bauer, der die nächste Ladung lieferte, und der Spaß ging von vorne los. »Sagen wir, ein halber Punkt für dich. Ich hab fünf Sekunden Vorsprung, und beim nächsten Streifschuss gewinnst du.«

»Ja klar«, Felix grinste verächtlich, »ich bin doch nicht bescheuert.« Er zog ein Duckface und reckte die Brust. »Sorry, Baby«, sagte er mit tiefer Stimme. »I am Bond, James Bond.«

»Nein, *ich* bin James Bond«, rief ich empört und sprang auf, »du bist Doktor No!«

»Du bist Doktor No«, äffte er mich nach. »Und du bist *Octopussy*, Junge!«

Sein dreckiges, überdrehtes Lachen erzeugte bei mir im Bruchteil einer Sekunde den Impuls, ihn mir zu schnappen, um ihm Schmerzen zuzufügen. Wenn ich an diese Zeit zurückdenke, sehe ich die verschiedensten Bilder, doch ausnahmslos alle sind unterlegt vom Lachen meines besten Freundes, das schrill und stechend war wie ein Tinnitus. Es begleitete mich, seitdem wir uns am ersten Schultag kennengelernt hatten. Er wusste, wie sehr ich es hasste. Und ich wusste wiederum, er würde sofort losrennen und mir entwischen, wenn ich auch nur zuckte. Unsere Körper waren synchronisiert, aufeinander abgerichtet, mein rundlicher und sein schmächtiger.

Ich versuchte mich zusammenzureißen. Die Sache war noch nicht geklärt. Ich wollte gewinnen. Immer. Immer der Beste sein. Größer, schneller, weiter. Vor allem gegen Felix. Weil er nicht so fett war wie ich. Weil er schon mal ein Mädchen geküsst hatte. Und überhaupt. Er war mein liebster Feind. Er war Kinski, ich Herzog. Er der Road Runner, ich der abgerissene Kojote aus den Looney Tunes.

Er nannte mich »Dicki«, und ich versuchte es in meiner Verzweiflung mit Kopfnüssen, Brennnesseln und heißen Ohren, doch mit jedem Knuff und jeder Schelle wurde sein Gelächter nur noch ätzender.

In meiner Wut richtete ich meine Beretta auf ihn. Es war ein Spielzeugnachbau aus schwerem Metall, mit verlängertem Lauf und aufgeschobenem Zielfernrohr. Natürlich um ein Vielfaches größer als Felix' kleiner Kunststoff-Colt.

Es hatte lange gedauert, bis sich unser Verhältnis besserte. Irgendwo hatte ich den schönen Ausdruck »Magermilchkrüppel« aufgeschnappt und warf ihn Felix fortan regelmäßig an den Kopf. Nimm das, du Hemd! Du Knilch! Du Magermilchkrüppel! Ich schlug ihn mit seinen eigenen Waffen. Oder konnte zumindest ein Unentschieden erwirken. Wir blieben ein ungleiches Paar, hielten aber fortan zusammen wie Timon und Pumbaa, wie Asterix und Obelix. Heute wohnt Felix zwei Blocks entfernt von mir in Neukölln, näher noch als damals in Niederdossenbach. Sein Sohn, Karl, den ich manchmal »Dicki« nenne, ist mein Patenkind. Am Anfang war das Wort. So auch bei unserer Freundschaft.

Aber an diesem Tag im Frühjahr Mitte der Neunziger waren wir noch lange nicht so weit. Er hatte mich »Dicki« genannt. Er hatte gelacht. Und schlimmer noch: Er hatte die Runde beim Schießerei-Spiel gewonnen! Der Abzug fühlte sich kalt an, als ich den Finger darauf legte. Ich drückte ab.

*

Was soll ich sagen, die Neunziger waren der Knaller, unsere Kindheit erste Sahne. Die bedrohliche Welt der Achtziger lag hinter uns, der Kalte Krieg war beendet, AIDS besiegt und Tschernobyl unter einer Betonglocke begraben – und jene düstere Zeit, die mit dem Millennium anbrach (9/11,

Gerhard Schröder, »Deutschland, ein Sommermärchen«), lag noch weit vor uns. Mit den Neunzigern hatte sich ein goldenes Jahrzehnt für uns herausgeputzt, in dem die größten Gefahren für uns hießen: Tollwut, Sonnenbrand und Zeckenstich, McDonald's, Karius und Baktus. Wir hatten Angst vorm Riesenwels im Rhein, dem Ozonloch in Australien und Manuel Reichert, dem Wahnsinnigen aus unserer Klasse. Und während einige Jahrzehnte zuvor mein Opa im selben Alter vor der Entscheidung stand, sich wie alle andern Buben im Dorf dem Jungvolk anzuschließen oder nicht, waren wir so frei und retteten Kröten aus Regenwasserschächten, bauten Hütten im Wald, trauerten um den Tod unseres Tamagotchis, spielten Schießerei, Geiselnahme und MS-DOS-Spiele, die immer irgendein älterer Cousin, Bruder oder Nachbar auf Diskette besorgt hatte. Wir fingen Eidechsen, um sie von Zecken zu befreien. Wir sammelten Erdbeeren im Garten, fütterten das Zwergkaninchen Hoppel damit und ärgerten die Nachbarskatze oder meine große Schwester. Wir wünschten uns Lego, ein Dinosaurierposter, Walkie-Talkies, China-Böller, Moonboots oder Leuchtschuhe mit Klettverschluss und bunte Plastikjacken. Wir fuhren mit den Eltern in den Urlaub ins Tessin, nach Norditalien und Südfrankreich. Im Winter zum Skifahren auf dem Feldberg oder mit der Verwandtschaft in die Alpen. Im Sommer spielten wir Tischtennis auf dem Hof, bis die Sonne unterging, und wer verlor, musste seinen Pimmel zeigen. Und zum Abendessen gab es mein Lieblingsessen: Pizza Capricciosa aus der Pizzeria *Zum Lamm* in Schwörstadt.

*

»Geht's noch!?«

»Was denn, du hast vorhin auch hier rumgeballert!«

»Aber ich hab nicht aufs Gesicht gezielt.«

»Und in den Rücken ist besser, oder was?«

»Mir fiepen die Ohren, oh Gott.«

»Laber keinen Scheiß.«

»Was?!« Felix riss die Augen auf, ging auf die Knie und jaulte: »Oh mein Gott, ich kann nix mehr hören!«

Unsicher machte ich einen Schritt auf ihn zu, doch als ich sah, wie behutsam er seinen Revolver auf den betonierten Boden legte, war mir klar, dass er simulierte. Obwohl er ein verdammt guter Schauspieler war:

»Aaaaah«, machte er, presste beide Hände auf die Ohren und wippte mit dem Oberkörper hin und her. »Hilfe, was ist mit mir?!«

Ich spielte mit.

»Soll ich einen Krankenwagen rufen?«

»Jaaaah«, antwortete er, obwohl er doch eigentlich nichts hören konnte.

»Halt durch, es dauert nicht lang«, rief ich und rannte auf die andere Straßenseite, wo an dem leerstehenden alten Haus, in dem mein Opa und meine Mama aufgewachsen waren, der Notfallschalter für die Dorfsirene angebracht war.

Felix krümmte sich auf dem kalten Boden. Als ich wieder bei ihm war, machte ich Tatütata-Geräusche.

So ging das eine Weile hin und her. Der Schuss hatte heftig geknallt, und sofort war mir ein Schuldgefühl in den Magen gefahren – denn auch wenn es Spielzeugpistolen waren, zielten wir nicht aufs Gesicht, so wohlerzogen waren wir. Auch wenn ich es nicht zeigte, war ich Felix dankbar dafür, dass er nicht weiter auf der Sache herumritt, sondern ein neues Spiel eingeleitet hatte. So beschäftigt waren wir mit seiner plötzlichen Taubheit, zu der inzwischen auch noch Blindheit und Durchfall hinzugekommen waren, dass wir ihn nicht bemerkten:

»Jetzt hab ich's gesehen!«

Wir erschraken zu Tode, Felix sprang sofort auf, ich machte einen hastigen Schritt, um die Knarren am Boden zu verstecken.

Der alte Herr Laubis stand auf den Treppenstufen hinter uns, kaum zu erkennen in der Dunkelheit.

»Jetzt hab ich's gesehen«, wiederholte er drohend und machte zwei Schritte die Treppe hinunter auf uns zu. Es war sein Standardspruch. Noch nie hatten wir darauf geantwortet, weil immer unklar war, was er denn nun gesehen hatte, und ob er überhaupt irgendwas gesehen hatte. So dick, wie die Gläser vor seinen Augen waren, lag die Vermutung, dass er fast blind war, eigentlich näher.

Am Fuß der Treppe angekommen, trat er in die Einfahrt und erhob den Zeigefinger. »Jetzt hab ich's gesehen.«

Felix wollte abhauen, aber ich hielt ihn zurück. Ich konnte mir nicht leisten, frech zu sein, ich wohnte direkt gegenüber.

»Guten Tag«, sagte ich und lächelte süßlich. Herr Laubis trug wie immer seinen Blaumann, die Füße in Pantoffeln, Lederhut auf dem Kopf. Kleine Äuglein hinter einem riesigen kackbraunen Brillengestell.

»Wem gehörst du?«, wollte er wissen. Zwei Meter von uns entfernt stand er da, sein Geruch nach Maschinenöl, Schweiß und Rasierwasser stieg mir in die Nase, der Finger zeigte auf mich.

»Dem Tritschler Hans«, sagte ich.

Alle Alten im Dorf stellten einem diese Frage, wenn man ihnen unters Radar kam. Man musste dann den Namen des Vaters sagen – Nachname, Vorname – und erntete, je nach Ansehen, ein abfälliges »Soso« oder ein neutrales Murren. Mit meinem Elternhaus konnte ich fast überall punkten. Meine Mutter war eine Hiesige, und mein Vater ein engagierter, offener Typ, den man kannte und respektierte, obwohl er ein Studierter war. Außerdem war da noch mein Opa – mit ihm waren manche im Clinch, was für mich aber nicht ausschlaggebend war, denn in allererster Linie ging es ja nur darum, dass die Leute einen *kannten*.

»Ist recht«, sagte der Herr Laubis.

Keine Ahnung, ob er mich erkannte, immerhin wohnte ich direkt gegenüber. Später erfuhr ich, dass wir sogar entfernte Verwandte waren: Er hatte eine Schwester meines Opas geheiratet, seine Töchter waren Cousinen meiner Mutter. Und noch später erzählte mir mein Opa, dass seine Schwester all die Jahre meiner Kindheit und Jugend dort, in diesem Haus, gelebt hatte. Ich kann mich nicht daran erinnern, sie jemals draußen gesehen zu haben.

»Und du?« Der Finger zeigte nun auf Felix. »Wem gehörst du?«

»Äh«, machte Felix und schaute mich hilfesuchend an. Das Alemannisch des Alten war zu brutal urtümlich, als dass mein Freund, dessen Familie aus dem Rheinland stammte, etwas hätte verstehen können. Ich sah eine Chance, mich für die verlorene Schießerei zu revanchieren, und wiederholte, obwohl ich sonst mit ihm radebrechendes Hochdeutsch sprach, die Frage auf Alemannisch. Doch dieses Mal verstand er. Das heißt, er verstand die Worte – nicht den Sinn.

»Ach so.« Er räusperte sich und schaute den alten Laubis zufrieden an: »Ich gehöre mir selbst.«

Ich prustete sofort los, weil ich wusste, was jetzt kam.

»Wem du gehörst, gottverdammich!«, polterte der Alte, und Felix zuckte zusammen.

»Sag, wie dein Papa heißt«, flüsterte ich.

»Mein Vater heißt Helmut Hälker«, stotterte er und verbesserte sich, als ich ihm in die Seite stieß: »Hälker Helmut!«

Es kam, wie ich vermutet hatte. Der Alte zog die Augenbrauen misstrauisch zusammen: »Kenn ich nicht.«

»Wir wohnen im Neubaugebiet«, versuchte es Felix.

»Aha.« Das alte Gesicht nahm einen gequälten, fast angeekelten Ausdruck an, der Zeigefinger senkte sich. »Zugezogene.«

»Ja.«

Anstelle einer Antwort schnaufte Herr Laubis verächtlich auf und wandte sich kopfschüttelnd von uns ab. Träge stapfte er die drei Stufen hinauf, zurück in den vor hundert Jahren in den Fels getriebenen Gang, aus dem er gekommen war. Noch lange nachdem ihn die Dunkelheit verschluckt hatte, lag uns sein Murren in den Ohren.

*

Und immer war Halligalli, Rambazamba, Remmidemmi: Es gab die Freiwillige Feuerwehr. Den Schützenverein. Den Angelsportverein. Das Freibad mit Zugang zum Rhein – Schwimmen auf eigene Gefahr. Den Ruderclub. Fußball, Tischtennis, Turnen, Gesangsverein, Musikverein, Harmonika-Orchester. CDU, SPD und die Freien Wähler. Den Bürgermeister, seit jeher derselbe. Die Hoffnung auf den Anschluss an die A98, seit jeher unerfüllt. Ein Schloss, seit jeher bewohnt vom Freiherrn von Schönau und seiner Frau, der Freifrau von Schönau, für welche auch die erste Bank in der Kirche reserviert und per Wappen markiert war – seit jeher, natürlich. Und es gab die katholische Kirche. Die evangelische Kirche. Das *Crazy Sexy* und den *Blauen Bock*. Den Hunnenstein und den Heidenstein. Fastnachtscliquen. Die Guggemusik. Das Schnitzelbanksingen. Bandleverbrennen. Hemdglunki. Weiberfastnacht. Bauernfastnacht. Scheibenfeuer. Umzüge. Feste. Tamtam, Trara und

Traditionen. Da wurde Schnitzel mit Kartoffelsalat gegessen oder Wiener Würste und da wurde gesungen: »Lustig ist das Zigeunerleben, faria, faria, ho!« Und geschunkelt wurde, ausgelassen und ohne Unterlass und gesoffen wie's Loch und Polonaise getanzt bis zum Abwinken.

Denn die Dinge griffen ineinander. Die Menschen gingen Hand in Hand. Oder mit kleinen, lustig frisierten Hunden Gassi, bis raus zum Wasserkraftwerk, immer entlang der Bahntrasse gen Basel und wieder zurück. Die Kirchenglocken läuteten, wenn jemand getauft wurde, heiratete oder starb. Ding-dong, ding-dong, ding-dong.

*

»My home is my castle«, sagte mein Opa immer. »Home« übersetzte er mit »Zuhause«, was ihm Sicherheit und Geborgenheit bedeutete. Ein Ort der Ruhe und der Selbstbestimmtheit. Aber auch ein Ort, für den es sich einzusetzen gilt. An dem man arbeiten muss, weil ständig irgendwas bröckelt. Räume, die man beheizen muss, weil sie schnell auskühlen. Türme mit Blick über die Ländereien.

Die geographische Lage dieses Ortes ist selbstgewählt, die Gemäuer selbsterbaut, die Menschen, die darin leben, sind Familie. »Home« übersetzte er mit »Zuhause« – nicht mit »Heimat«.

*

»Lass uns doch mal bei den Fischweihern vorbeischauen«, schlug ich vor.

Felix zog die Nase hoch und kratzte mit dem Schuh an den moosigen Fugen des Hofpflasters herum, als wäre dort etwas zu finden.

»Weißt du nicht mehr, dort haben wir doch mal die Ringelnatter gesehen!«

»Das war 'ne Blindschleiche«, sagte er.

»Du bist 'ne Blindschleiche, Junge, ich kenn doch den Unterschied. Das Vieh hatte an den Seiten –«

»Egal«, unterbrach er mich. »Ist doch eh noch viel zu kalt für die.«

Eigentlich wollte ich gerade richtig loslegen, denn mit Reptilien kannte ich mich aus. Aber ich hatte keine Lust, mich schon wieder zu streiten, zumal Felix irgendwie komisch drauf war, also sagte ich einfach nur: »Stimmt.«

Nacheinander tranken wir etwas Wasser von dem Außenhahn. Über uns öffnete meine Mutter das Küchenfenster, um uns zu sagen, dass wir in spätestens einer Stunde reinkommen sollten. Dann würde die Pizza geliefert werden. Als sie das Fenster geschlossen hatte, lief Felix los, ohne einen spitzen Kommentar zu meinem übermäßigen Pizzakonsum zu machen, wie ich es eigentlich erwartet hätte.

Nach der Szene mit dem alten Herrn Laubis waren wir zu mir nach Hause über die Straße gelaufen. Ohne ein Wort zu wechseln, legten wir die Pistolen unter die Treppe zum Hauseingang. Schließlich gab ich zu, dass er bei der Schießerei gewonnen hätte, so dass es jetzt also drei zu eins für mich stünde.

»Ist gut«, sagte er nur.

Ich fühlte mich schlecht, weil ich unseren Nachbarn gegen ihn ausgespielt hatte. Aber ich konnte doch nichts dafür, dass er nicht von hier war, und so schlimm war das nun auch wieder nicht.

Andererseits war ich selbst ziemlich stolz und zufrieden darüber, ein »Hiesiger« zu sein. Wer ins Dorf zog, stand unter permanenter Beobachtung. Bewährte man sich, konnte man vom »Fremden« relativ schnell zum »Auswärtigen« aufsteigen, wobei sich in den Folgejahren der soziale Status dann beim »Zugezogenen« einpendelte. Man brauchte ein dickes Fell und musste engagiert in die Dorfkultur einsteigen, um noch einen Schritt weiterzukommen. Felix' Vater lebt noch heute in Dossenbach. Rufe ich mir die Gesichter der anwesenden Gäste auf der Feier zu seinem sechzigsten Geburtstag vor Augen, meine ich unter dem Gebälk der Festhalle das altbekannte Zucken in den Augenwinkeln der Ureinwohner wahrzunehmen. »Dieses Dorf«, ruft er trotzdem mit fröhlich kölschem Akzent, »ist mein Zuhause geworden!«

Helmuts Frau ist vor zehn Jahren gestorben, und seine beiden Kinder sind weggezogen. Seine neue Frau, die Uli, ist eine echte Alemannin, das hilft, auch wenn sie aus einem anderen Tal stammt. Jedenfalls wird wohl aus der einst »auswärtigen« Familie keine neue Generation »Hiesiger« gedeihen – Felix und seine Schwester Kathrin machen keine Anstalten, eines Tages dorthin zurückzuziehen.

Zu den Fischweihern gingen wir auf der linken Seite der Landstraße. Hier war der Gehweg schmaler, aber man konnte über das Geländer in den Bach schauen, der unterhalb der Straße floss. Felix schlenderte vor mir her und zog schon wieder die Nase hoch. Er hatte einen Hang dazu, immer irgendwelche Ticks zu entwickeln. Eine Zeitlang hatte er es sich zur Angewohnheit gemacht, beim Computerspielen unkontrolliert aufzustehen, sich wieder zu setzen, oder sich andauernd nervös umzudrehen, so dass ich immer dachte, es käme jemand in den Raum, weshalb ich mich ebenfalls umwandte. Das Nasehochziehen war vielleicht das Nächste.

Während er im Vorbeigehen rhythmisch auf die Metallstangen des Geländers schlug, überlegte ich kurz, ob es cool wirkte, das mit dem Nasehochziehen, und ob ich es mir abschauen sollte. Ich befand aber schnell, dass das

Gegenteil der Fall war, und erkannte, was für eine wunderbare Angriffsfläche es bot. »Spasti« war ein Schimpfwort, das es damals in sich hatte, und es lag mir schon auf der Zunge. Doch bevor ich den Mund öffnen konnte, schob sich ein Gedanke oder eine Empfindung in den Vordergrund, etwas, das mir unangenehm war und mit unseren neuen Nachbarn zu tun hatte. Vor einigen Wochen war eine türkische Familie in das baufällige Haus neben uns gezogen, das meinem Opa gehörte. Der Vater arbeitete bei ihm auf dem Hof, und der Sohn, vielleicht drei, vier Jahre jünger als ich, schaute uns manchmal beim Spielen zu, traute sich aber nicht, uns anzusprechen. Meine Freunde und ich machten uns über ihn lustig, nicht in seiner Anwesenheit, aber unter uns nannten wir ihn »Türkejunge«, seine Mutter »Türkemutter« und parodierten die wenigen Worte, die sie auf Deutsch zu uns gesagt hatten.

Bei der Erinnerung stieg mir ein dicker Kloß in den Hals. Wie hässlich es von uns war, so über diese Leute zu sprechen. Und wenn sich der Felix schlecht fühlte angesichts der Ablehnung im Dorf, der Schranke mit dem fetten, roten Schild daneben, das besagte, dass er nicht dazugehörte und nie dazugehören würde – wie viel schmerzhafter musste das Gesetz der »Hiesigen« dann den »Ausländern« einen Riegel vorschieben? Selbst wenn der Junge nicht mitbekam, wie wir über ihn und seine Familie redeten – was nicht sehr wahrscheinlich war –, er hatte keine Chance. Er gehörte nicht dazu.

Während ich meinen Gedanken nachhing, und das schlechte Gefühl immer drückender wurde, war Felix stehengeblieben. Er deutete auf das Wasserspiel im Bach.

»Was ist damit?«, fragte ich, verwirrt von dem diffusen Wunsch, mich bei ihm zu entschuldigen, ohne genau zu wissen, wofür.

Er schaute mich an, sein Gesicht hatte sich aufgehellt. Er sagte: »Was glaubst du, was passiert, wenn man da einen dicken Böller reinstecken würde?«

*

Der Erbauer des Wasserspiels, dessen Name und Gesicht sich mir heute entziehen, muss ein begnadeter Bastler gewesen sein. Ein hellsichtiger Handwerker. Oder ein Wahnsinniger.

Das vom Bachwasser in Drehung versetzte Mühlrad, groß wie ein Traktorreifen, betrieb über ein ausgeklügeltes System versteckter Riemen, Ketten und Gewichte ein Bestiarium von unzähligen kleinen Figuren in schindelgedeckten Häusern, die ihr immerwährendes Tagewerk verrichteten: sägen, spalten, hacken, rühren, mahlen, füttern, hämmern, hüten, auf den Balkon hinaustreten und wieder hineingehen, heiraten, den Bürgermeister grüßen, das Maul sich fotzlig reden, saufen, huren, schlägern, johlen, Kinder machen – und alle vierundzwanzig Sekunden klingelte ein Glöckchen auf dem Dach des höchsten Hauses, woraufhin für einen Augenblick alles erstarrte und ein dunkler Herzschlag zu vernehmen war, bu-bumm, bu-bumm, bu-bumm. Und dann, nach ein, zwei Atemzügen, konnte man den Holzfiguren auch schon wieder das kollektive Stöhnen aus den Trachten fahren hören, und alles ging von vorne los. Wie ein Traum, der einen immer wieder heimsucht, gefangen im Loop.

Führer, Volk und Vaterland

Ich war elf, als der Hitler an die Macht gekommen ist. Von einem Tag auf den andern haben alle Gemeinden, alle Behörden umgeschwenkt. Ein paar gab's dann, die nicht nur so kleine Mitläufer waren. Der Frank vom Sägewerk in Schwörstadt zum Beispiel, der war für die Nazis. Das wusste man. Der eine Vogt auch noch. Die allgemeinen Bürger waren mehr katholisch. Aber auch das wusste der Hitler zu managen. Hat mit der Kirche zusammengearbeitet. Die haben sich ja auch nicht gewehrt. Auch nicht, als sie von den KZs erfahren haben. Nicht mal der Papst hat das Maul aufgemacht. Und in Schwörstadt hat der Pfarrer die Propaganda gern in seine Predigten eingebaut.

Vor den Nazis haben die Leute vor allem die Zentrumspartei gewählt. Sozis gab es nur wenige. Vielleicht zwei. Die mussten sich dann wegducken. Und überhaupt wurde viel Druck auf die Leute gemacht. Wer nicht mitgemacht hat, wurde abgesägt. Auch die Evangelischen aus Dossenbach sind schnell den Nazis nachgerannt. Die haben sie gerne gewählt. Und ein paar Leute, teilweise so primitive waren dabei, die zur SA gegangen sind. Einer zum Beispiel, so ein blöder Gusti, der hat mal bei meinem Schwiegervater gearbeitet. Auf dem Feld fluchte er eine Kuh an – »Ich bin SA-Mann!« –, weil sie nicht genug Respekt vor ihm hatte.

*

Für uns Kleinen war alles streng organisiert. Die Lehrer waren dafür zuständig, für das Jungvolk. Schon ganz früh wurden wir da ideologisch vorbereitet. Auf den Krieg. Kapiert haben wir das damals nicht. Beim Jungvolk ging's in Schwörstadt am Anfang noch recht durcheinander zu. Gut erinnere ich mich an ein Treffen von mehreren Jungvolk-Ortsgruppen. Das war in Rheinfelden. Für mich was ganz Besonderes. Rheinfelden war viel größer als Schwörstadt. Und ich wurde privat bei einer Inhaberfamilie eines Herrenbekleidungsgeschäfts einquartiert. Das war seltsam für mich. Die waren sehr nobel, hatten andere Toiletten als wir zu Hause. Nett waren sie schon, aber ich als Bauernbub ...

Mit vierzehn, fünfzehn bin ich zur Hitler-Jugend gekommen. Das war anders als beim Jungvolk. Der Dienst war regelmäßiger. Sport, Geländeübungen, Ausflüge, Marschieren am Sonntag. Ein paar von den Älteren mussten mal zum Arbeitsdienst. Aber insgesamt war da nicht viel Zucht drin, und ich war öfters mal freigestellt, weil ich zu Hause arbeiten musste. Ich hatte noch nicht mal eine extra Uniform für die HJ. Eigentlich war's ein komischer Haufen. Viel zu wenige und alles nur so Hänflinge. Und der HJ-Führer, der Schönauer, hatte uns eh nur halb im Griff – er war ja kein Lehrer.

*

Einmal hat sich eine von unseren Nachbarinnen ein NSDAP-Plakat an die Wand von ihrem Schuppen gehängt. Dann hat sie meine Mutter dorthin geschleppt und rumpalavert, die blöde Kuh. Wollte meine Mutter wohl bekehren. Die hat sich das natürlich angehört. Zu Hause war sie aber schon skeptisch, sie meinte: »Ist es das denn wert?« Später, im Krieg, hat sie das Mutterkreuz bekommen. Darauf war sie schon auch stolz – immerhin ein klein wenig Aufmerksamkeit bei allem, was sie aushalten musste. Ich kann mich noch erinnern, als sie es bekam.

Ansonsten hat man vom Politischen aber nicht so viel mitbekommen in Niederdossenbach. Man hatte seine Religion und sein Essen, für das man gearbeitet hat, und gut. Zum Beispiel hatten wir mal einen Stier. Den hat meine Mutter für 240 Mark in Dossenbach gekauft. Wir haben ihn gemästet, um ihn weiterzuverkaufen. Damals schaute man noch danach, dass er Fett auf dem Buckel hat. Heute sollen sie ja kein Fett mehr haben. Wir sind erst nach Schwörstadt gegangen, um das Tier zu wiegen. Zwischen 18 und 19 Zentnern brachte der auf die Waage. Also ideales Schlachtgewicht. Am nächsten Tag sind wir die sechs Kilometer nach Schopfheim gelaufen, auf den Markt, früh morgens. Meine Mutter und ein Knecht waren noch dabei. Ich führte den Stier am Strick. Und da standen wir dann stundenlang. Vergebens. Niemand wollte das Tier kaufen. Die Leute hatten kein Geld. Erst kurz vor 12 kam ein jüdischer Viehhändler. Der wollte ihn haben, aber nicht viel bezahlen. Vielleicht 260 oder 280 Mark. Das war kein gutes Geschäft, aber was wollten wir noch mit dem Stier zu Hause, es gab auch keinen Platz mehr für ihn. Also verkaufte ihn meine Mutter an den Juden. Das ist so ein Beispiel für die Wirtschaftskrise. Niemand wollte oder konnte mehr was kaufen. Wir hatten den Stier umsonst gemästet. Drei Jahre lang.

*

Auf den Dörfern gab es viel mehr Gasthäuser als heute. Vor allem Bauernwirtschaften, die alle dazu auch noch Landwirtschaft hatten. Die waren nur am Sonntag geöffnet, unter der Woche höchstens mal, wenn eine Versammlung war oder ähnliches. In Schwörstadt waren das *Lamm*, der *Hirschen*, der *Schwanen*, die *Einkehr* und eine am Kraftwerk, von der mir der Name nicht mehr einfällt. In Niederdossenbach war der *Maien*. In Dossenbach der *Pflug* und der *Hirschen*. Da wurde dann was gegessen und Karten oder Mühle gespielt. Ich mochte vor allem Schach. Es ging aber nie um Geld dabei. Im *Maien* konnte man auch Bier für zu Hause kaufen. Das gab es dann manchmal beim Heumachen. Normalerweise tranken wir aber unseren eigenen Most. In der Landwirtschaft oder beim Holzmachen hatten wir manchmal einen Schlegel voll davon dabei. Im Herbst haben wir den Most selbst aus den Äpfeln hergestellt. Wir hatten dann ein paar kleine Fässer davon im Keller, für den Eigenbedarf. Eigentlich kann der nicht so viel Prozent haben. Aber selbst davon gab es Alkoholiker, Süffel, die ständig Most trinken wollten. Mit Wasser vermischt war das ein gutes Getränk zum »Zoobenäh«.

Damals hatten wir auch noch eine Schnapsbrennerei unten im Haus. Im Winter, wenn man nicht draußen arbeiten konnte, haben wir Äpfel eingebeizt. Wenn sie vergoren waren, konnte man sie brennen. Ansonsten haben wir auch Kirschschnaps oder Mirabellenschnaps gebrannt. Man hätte auch Kartoffelschnaps machen können, aber bei uns gab's das selten. Die Brennerei musste beim Zoll angemeldet werden. Dann kam ein Zöllner, der ein Spezialwerkzeug hatte, um eine Plombe zu entfernen. Die hätte man zwar auch selbst entfernen können, um die Brennerei zu benutzen, aber das wäre dem Zöllner dann aufgefallen. Manche haben's trotzdem versucht. Teilweise wurden sie erwischt.

Meine Mutter sterilisierte viel. Um Obst und Gemüse haltbar zu machen. Bohnen, Äpfel, Birnen, Pflaumen, Zwetschgen hat sie auf dem Ofen gedörrt und Monate später damit gekocht. Unser Getreide kam auf den Speicher in verschieden große und breite Fächer. Hafer, Gerste und hauptsächlich Weizen. Man musste immer aufpassen, dass die Katzen nicht reingingen. Wir füllten dann das Korn in Säcke und karrten sie zur Mühle. Meistens waren wir in Schopfheim, dort gab es eine mit Wasserantrieb.

Nach dem Krieg brachten wir auch manchmal Walnüsse zur Ölmühle. Daraus wurde Walnussöl hergestellt. Und aus den Resten haben sie Waie gemacht auf großen Ofenblechen. Ölnusswaie. Die schmeckte gut, wenn es richtig gemacht wurde. Mit Rum und Rahm oder so. Zu Hause gab es auch immer Waie, wenn für die Woche Brot gebacken wurde. Erst wurde Holz verfeuert, um eine gute Glut zu haben. Die wurde nach hinten in den Ofen geschoben. Dann wurde das Brot gebacken. Und anschließend, wenn die Temperatur nicht mehr so hoch war, kamen die Bleche mit den Waien an die Reihe. Zwiebelwaie gab es seltener, weil nicht so viele Zwiebeln angebaut wurden. Stattdessen Apfelwaie, Kirschwaie, Zwetschgenwaie, Nusswaie. Immer aus den Resten, die sonst nicht mehr verwendet werden konnten. Hin und wieder habe ich auch Weihnachtsküchle gemacht. Meine Mutter konnte das auswendig, ich brauchte die Rezepte. Die Weihnachtsgutzis mit Loch wurden an den Baum gehängt. Gegessen wurden sie erst, wenn der Baum verbrannt wurde.

Als wir noch klein waren, durften wir den Christbaum gar nicht sehen. Am Heiligabend mussten wir einen Rosenkranz beten und dann hieß es, heute Nacht, wenn wir schlafen, kommt das Christkind. Am nächsten Morgen fanden wir für jeden einen Teller mit Gutzis, Obst, vielleicht einer Orange und nebendran ein Geschenk. Einen Pullover oder ein Paar Socken zum Beispiel. Dann ging es in die Kirche, zum Engelamt, morgens um 6 Uhr. Anschließend zum Hirtenamt, wo die Kinder aus der 7. und 8. Klasse singen mussten: »Süßer die Glocken nie klingen«, »Stille Nacht, heilige Nacht« und irgendwelche Lieder über Engel und Hirten eben. So wie sie in England »I'm dreaming of a white Christmas« singen. Für uns Kinder war's am schönsten, wenn Schnee lag.

*

Ich war von Anfang an dazu bestimmt, die kleine elterliche Landwirtschaft weiterzuführen. Ich habe das akzeptiert. Ich habe einen Volksschulabschluss gemacht und dann für die Gemeinde gearbeitet. Nebenher war ich für drei Jahre in der Vorbildungsschule, aber immer nur ein, zwei Mal die Woche. Zu der Zeit kam der Krieg. Der Lehrer Rombach war nicht besonders politisch. Er erzählte nur, dass er nach dem Ersten Weltkrieg in Säckingen gewesen wäre und dort für die Ernährung der Kinder hätte sorgen müssen. Er war nicht streng. Die älteren Schüler rempelten ihn schon auch mal an und blieben unbeschadet.

Aufs Gymnasium ist aus Schwörstadt niemand gegangen. Ich war erst nach dem Krieg noch für zwei Winter auf der Bauernschule in Tiengen. Und noch später, von 1971 bis 1973, habe ich per Telekolleg die Mittlere Reife nachgeholt.

Mein Bruder Alfons machte eine Ausbildung zum Kaufmann. Er war sehr tüchtig und loyal. Sie hatten ihn gern. Für viele im Dorf galt er als ein bisschen »fortschrittlich«, weil er durch seine Schule in Rheinfelden viel Kontakt nach außen hatte, zu Mädchen und Kollegen. Aber er war eigentlich ein sensibler Typ. Ich weiß noch, wie er sich mal im Speicher versteckt hat, weil er wegen irgendwas beleidigt war. Wir haben stundenlang nach ihm gesucht.

Mit 17 Jahren, also im Winter 1939/40, fing ich bei der Gemeinde an. Feldwege pflegen, Grenzsteine setzen oder

Schnee schippen. Es war insgesamt nicht so anstrengend, aber teilweise ein Krampf – die andern drei in der Kolonne waren alt und zum Teil furchtbare Säufer.

Bevor ich 1941 mit 19 Jahren zur Wehrmacht eingezogen wurde, arbeitete ich noch zwei Winter als Holzfäller im Wald des Barons von Schönau. Außer ihm hatten auch die Gemeinde und der Staat Wald. Im Winter heuerten dann alle für die Waldarbeit an. Wir arbeiteten im Akkord und nach Stücklohn. Das war eine Knochenarbeit, aber mir machte es immer große Freude. Manche bekamen ihr Mittagessen von den Frauen ans Feuer gebracht. Ich und auch einige andere nahmen es aber selbst am Morgen im Rucksack mit. Dann gab es »Znüni« um 10 Uhr und um eins etwa Lunch. Gearbeitet habe ich da vor allem mit Bauern, die nicht mehr als Bauern überleben konnten. Die im Sommer für die Bahn arbeiteten oder in den Fabriken. Ich denke, egal, was du machst, mach es gut und wenn möglich gern.

*

In der Volksschule habe ich dann auch ein paar Mädchen besser kennengelernt. Sonst traf man sich beim Schlittenfahren, auf dem Tanzfest oder im Strandbad. Aber für so was hatten wir nicht viel Zeit. Glamouröse Sachen wie ins Kino gehen, das war sehr selten. Trotzdem, vor dem Krieg waren so Schulfreundschaften und Bekanntschaften von mir gepflegt worden. Die Edith, zum Beispiel, die war eine ganz Liebe. Sie lebt sogar noch. Sie ist für die Kapelle zuständig, aber mit dem Alter ziemlich durcheinander geworden. Sie verunstaltet alles mit Plastikblumen und macht Radau. Naja, so schlimm ist das ja nicht. Sie erzählt immer vom Teufel. Wenn sie meint ...

*

Hobbys oder so was gab es damals nicht. Also, ich war natürlich Mitglied in der Jugendkapelle des Musikvereins Schwörstadt. Flügelhorn und Trompete. Mehr oder weniger professionell. Ein falscher Ton machte nicht viel aus, weil alle nur so halbwegs Noten lesen konnten. Musik gehört haben wir nur im Radio. Ich mochte Blasmusik und Tanzmusik. Oder Sängerinnen wie Zarah Leander und viele andere. Aber musisch war ich sonst nicht. Ich weiß noch, wie ich mal zu Besuch in Freiburg war. Meine ein Jahr ältere Schwester war dort auf einer Haushaltsschule. Ich war vielleicht vierzehn, fünfzehn Jahre alt. Sie wollte mir etwas Besonderes zeigen, also sind wir ins Theater gegangen. Es wurde das Stück »Der Vogelhändler« gezeigt. Es kam mir ganz komisch vor, das Theater ... Es war schon was Spezielles. Auch wegen der großen Stadt. Ausflüge habe ich ja nur selten gemacht. Am ehesten noch in die nahegelegene Schweiz.

Ja, und dann war ich natürlich im Fußball! Beim SV Schwörstadt. In der Jugendmannschaft. Wir gewannen ein oder zwei Mal gegen die hohen Favoriten aus Rheinfelden. Das waren schöne Erlebnisse. Alfons und ich spielten gut in der Verteidigung, aber ich war auch mal im Sturm oder im Mittelfeld. Die drei besten Spieler unserer Mannschaft, sie sind im Nazikrieg umgekommen.

*

Es veränderte sich manches. Die ersten Leute wurden eingezogen, und wir hörten im Volksempfänger von den Erfolgen der Deutschen Wehrmacht. Mein Vater redete noch weniger als sonst. Und meine Mutter musste immer mehr arbeiten, weil der Vater inzwischen gar nicht mehr mithelfen konnte.

Dann kamen die Kriegsgefangenen. Zuerst Polen und Franzosen. Männer und Frauen. Sie wurden überall in der Landwirtschaft eingesetzt. Als Knecht, Magd oder als Waldarbeiter. Drei, vier von ihnen arbeiteten in Niederdossenbach. Über Nacht wurden sie in Schwörstadt im Spritzenhaus eingesperrt. Ich musste sie dort jeden Morgen holen und sie abends wieder zurückbringen. Damals dachte ich, dass das doch unwürdig ist. Dass die Gefangenen sich von so einem Bub rumbugsieren lassen mussten. Deshalb wollte ich später, im Krieg, ums Verrecken nicht in Gefangenschaft gehen. Um sowas nicht erleben zu müssen ...

Manche haben natürlich abzuhauen versucht. Aber wohin? Frankreich war ja besetzt. Vielleicht schaffte es mal einer, irgendwohin zu kommen, wo es ihm besser ging. Einige sind im Rhein ertrunken. Oder sie schafften es zum andern Ufer in die Schweiz – doch die Schweizer schickten sie wieder zurück. Man wollte keine Probleme mit den Deutschen.

Uns sagte man: »Ihr bekommt einen Franzosen.« Wir fragten uns, was wir denn mit einem Franzosen sollten? Die können doch nicht arbeiten, das sind doch faule Säcke! Die Propaganda hatte bei uns vollen Erfolg gehabt. Obwohl die Grenze direkt um die Ecke war, hatte es nie einen Austausch mit dem Nachbarland gegeben. Wir dachten, die wollen doch nur saufen und fressen. Doch das stimmte überhaupt gar nicht – sie rackerten sich ab, genauso wie wir auch.

Damals lernte ich die ersten Worte auf Französisch. Vor allem beim Holzmachen für den Baron. Dort arbeitete ein Franzose, ich weiß nicht, hieß er François? Das war zum

Beispiel ein Guter. Ich übersetzte für ihn, wenn wir am Feuer saßen und »Znüni« nahmen, und er brachte mir die Sprache bei.

*

Der alte Bloch, der Jude aus Niederdossenbach, ist nicht abgeholt worden. Ich weiß nicht, ob er irgendwie gedeckt wurde – vielleicht hatte die Gemeinde seine Familie nicht gemeldet. Es war wohl die einzige jüdische Familie in Schwörstadt – in Niederdossenbach auf jeden Fall. Nach dem Krieg waren sie noch immer da, er ist aber bald gestorben. Ich erinnere mich, wie er mal sagte: »Da bin ich in ein Vespennest hinnein jeraten«, mit jiddischem oder kölnischem Akzent. Und der Sohn ist nach dem Krieg auf den Hotzenwald gezogen, hat da ein Haus ausgebaut, glaube ich. Ich weiß noch, dass der zu der Zeit mal einen Leserbrief geschrieben hat: »Erdrutsch droht – bürgermeisterliche Hilfe versagt«. Es ging um eine Überschwemmung. Aber wo der im Krieg war? Keine Ahnung ... Sie, die alte Frau Bloch, war eine Nette. Wenn wir als Kinder zum Schlittenfahren am Haus vorbeikamen, gab sie uns immer Butterbrote – mit Zucker drauf! Sie hatte ein Bärtchen, wie eine Ziege.

*

Im Oktober 1941 wurde ich eingezogen. Viele andere in meinem Alter mussten schon vorher zum Arbeitsdienst. Das blieb mir erspart, weil ich in der Landwirtschaft arbeitete. Uns wurde mal einer aus Wien zugestellt, der Pepperl Gsänger war das. Er war okay. Musste aber bald zu den Soldaten. Gleich zu Beginn ist er umgekommen. Seine Eltern schrieben uns davon ... Und in Schwörstadt starb der Sohn vom Bäcker. Dann der Mechaniker Jakob Mutter. Und bald immer mehr, dass nicht mehr gezählt werden konnte. »Im Kampf für Gott und Vaterland.« Wir kommen ins Paradies, haben sie gesagt.

Rauschzeit

Der Flo war mein erster Freund. Er hatte Segelohren und ein Schwänzchen. Und das war cool, weil ich auch abstehende Ohren hatte – und ein Schwänzchen. Meine Ohren waren zwar nicht annähernd so groß und weich wie seine, und mein Schwänzchen wirkte auch nach zwei Jahren Wachstum nicht so lang und gepflegt wie seines (egal was ich tat, es ringelte und lockte sich), aber trotzdem: Wir hatten einiges gemein. Außerdem waren wir beide Niederdossenbacher – die einzigen in der Sonnengruppe des Katholischen Kindergartens Schwörstadt.

Vom ersten Moment an waren wir Brüder. Gemeinsam malten wir unsere ersten Buchstaben aus, gemeinsam begruben wir den toten Maulwurf, den ich unter der Hecke gefunden hatte, gemeinsam lachten wir, als Yousef vom Stuhl fiel, weil er zu viel UHU geschnüffelt hatte, und gemeinsam weinten wir, weil Yousefs Kopf plötzlich zu bluten begann und der Krankenwagen kommen musste. Vor allem aber bekamen wir auch gemeinsam den ersten Kuss von einem Mädchen. Ihr Name war Davina und sie hatte rotes Haar. Meine eigenen roten Haare konnte ich nicht ausstehen, aber bei Davina sahen sie so göttlich schön aus, sie hätte *Divina* heißen sollen. Sie war die Mutter, ich der Vater und der Flo das Kind. Sie küsste uns beide heiß und innig auf der Steppdecke in der Spieleecke.

Flos echte Mutter war eine begnadete Köchin (Moussaka, Dampfnudeln, Hähnchenbrust in Pilzrahmsoße), sein Vater ein Heimwerkerkönig (Baumhaus, Pizzaofen, Riesenschaukel). Sie waren super. Sein Opa allerdings war mir nicht geheuer. Gut zwei Meter war der groß, und wenn er uns beim Spielen beobachtete, zog sich das Gesicht unter der feisten Glatze streng zusammen. Wie die meisten Alten im Dorf hatte er es nicht nötig, mit seiner Umwelt sinnvoll in Kommunikation zu treten – auch er hatte einen Standardspruch, der mir in seiner militärisch-einsilbigen Direktheit gewaltig seltsam vorkam. »Weitermachen!«, schnarrte er, egal, womit wir uns gerade beschäftigten: »Weitermachen!« Jahre später erfuhr ich, dass er Ostpreuße war. Geflohen nach dem Krieg und hier im beschaulichen Niederdossenbach untergebracht.

Flos Oma dagegen war eine liebenswerte Greisin, die tagein, tagaus ihre Gehhilfe im Garten spazieren führte. Nach dem Mittagessen ging sie los und Stunden später, wenn die Sonne unterging, kehrte sie zum Haus zurück. Ihre Bewegungen waren langsamer als die jeder bis dahin bekannten Schildkrötenart, aber so präzise und gleichmütig, dass unsere bunten Kinderuhren sich nach ihrem Rhythmus stellten, wenn wir im Garten Fußball oder Fangen spielten, wo man leicht die Zeit vergessen konnte. Denn das Gelände war riesig. Überall wuchsen Beerensträucher und Streuobstbäume. Der von unzähligen Forellen besiedelte Bach plätscherte freundlich vor sich hin – und plagte uns der Durst, erfrischte er unsere Kehlen. Kurz: Es war das Paradies.

Der Flo war der erste Mensch, der – meine Eltern und mich selbst ausgenommen – meinen Pimmel berührte. Ja! Dunkel kann ich mich daran erinnern. Es gab diese Phase, da legten wir uns auf seinem Zimmerboden in eine enge Spalte zwischen Fenster und Bett und deckten uns zu, um im Schein der Taschenlampe unsere Körper zu erkunden. Aber alles ganz jugendfrei. Andernfalls hätte ich dem Pfarrer Boll eventuelle Schweinereien gebeichtet, Ehrensache, spätestens bei der Erstkommunion. Vielleicht irre ich mich aber auch, und wir kommen nicht in den Himmel, wenn wir mal groß sind, lieber Flo. Sorry.

*

Mein erster Feind war der Maienwirt Kalle. Von ihm lernten wir das Prinzip der Rache. Er hasste Kinder, und wir hassten ihn. Ließ er sich am Fenster blicken – geifernd, meckernd, Schläge drohend, einfach weil wir *zu fröhlich* waren – verhöhnten wir ihn aus der Ferne und ließen ihn unter wochenlangen Klingelstreichen leiden. Zerstach er einen Fußball, der hinter seinem Zaun gelandet war, sammelten wir Maulwurfsgrillen und platzierten sie in seinen Begonien. Auge um Auge, Zahn um Zahn. Danke für die Lektion.

*

Mein erstes Idol war mein Cousin Raphael. Er war alles, was ich nicht war: draufgängerisch, frech, sportlich, kreativ und drei Jahre älter. In meiner Erinnerung konnte er bei jedem Treffen von einer neuen Freundin erzählen, hatte immer die beste Frisur (zum Beispiel einen Sidecut mit Zopf – knapp zwei Jahrzehnte, bevor der erste Hipster Berlin Mitte heimsuchte!) und ein originelles Markenbewusstsein: Carhartt-Latzhosen oder Baggy Pants mit XXL-Pullis, Airwalk Skater-Schuhe, Swatch-Uhren und karierte Boxershorts von Homeboy. Er hörte Reggae und Heavy Metal aus den 60ern und 70ern, fuhr eine Hercules Prima 2 (bergab 37 km/h schnell, dafür bergauf nur 21) und schraubte an der Triumph seines Vaters herum. Er spielte E-Gitarre in einer Band, konnte witzige Karikaturen zeichnen und Graffiti sprühen. Wie ein chinesischer

Wirtschaftsspion schnappte ich das alles auf und übernahm seinen Style in mein Dasein, Import-Export, copy and paste, unauffällig, durchtrieben und ohne jeden Skrupel. Andere hatten Nick Carter oder Fred Durst – ich hatte meinen Cousin Raphael. Allerdings, ich gebe es gerne zu: An das Original kam ich nie ran.

*

Mein erster Fan war der Gutmann Hans: »Menschenskinder, bist du groß geworden«, staunte er jedes Mal, wenn er mich sah, und lobte meine Eltern: »Das wird mal ein richtiger Keiler!«

Ein Keiler war so ziemlich das Letzte, was ich sein wollte. Insofern: danke fürs Kompliment. Jedes andere Wildtier wäre mir lieber gewesen, ein Hirsch, ein Wolf oder ein Fuchs, meinetwegen sogar ein Dachs mit Hüftschaden – aber doch kein Keiler! Mir blieb nichts anderes übrig, als die Achtungsbekundungen unseres Nachbarn über mich ergehen zu lassen, ganz nach jenem merkwürdigen Motto, das mein Vater gern in Bezug auf seine Schüler anbrachte: »Was schert's die deutsche Eiche, wenn sich die Wildsau an ihr wetzt?«

Im Grunde hatte der Gutmann Hans selbst viel Keilerhaftes an sich. Er war kompakt gebaut, fleischig, haarig, und seine kleinen Augen lagen leicht seitlich im Schädel. Die gegerbten Hautfalten unter seinem Kinn erinnerten dagegen eher an ein Reptil als an ein Borstentier. Ansonsten war er ein netter Kerl. Reparierte meine Schuhe in seiner Werkstatt. Schenkte mir Süßkram und meinen Eltern den Salat aus seinem Garten, denn ganz so viel Grünzeug stand bei Gutmanns dann doch nicht auf dem Speiseplan.

Sein Vater, also der Gutmann Hans Senior, war – sofern man den Erzählungen meines Opas glauben darf – ein recht eifriger Anhänger des Nazi-Regimes. Vielleicht wurzelten des Juniors Liebe zum Keilerhaften und seine gleichzeitige fast schrille Unbeholfenheit allem Fremden gegenüber in dieser Tatsache. Einmal etwa hatte er einen Schädling – nicht im Garten, sondern im Haus. Einen sogenannten »Mietnomaden«. Sehr ärgerlich so was. Der Gutmann Hans wusste weder ein noch aus. Wie den kleinen Sauigel austreiben? In seinem Zorn holte er eine Flinte aus der Werkstatt und hielt sie dem zahlungsunwilligen Messie-Mieter unter die Nase – »Hau ab, oder ich verschieß dich!« –, woraufhin der Bedrohte klagte und der Schützenkönig vor Gericht verurteilt wurde.

Manchmal ist es ihm eben zu bunt geworden. Meine Eltern kamen gut mit ihm klar, meine Tante Johanna jedoch war seine Feindin. Tag für Tag musste er den Mist zusammenkehren, den die Pferde vom Mutter-Hof genau vor seiner Türe fallen ließen, worum sich die verantwortlichen Reiterinnen und Reiter nicht weiter kümmerten. Anstatt sich über den guten Gartendünger zu freuen, sammelte der Gutmann Hans die Pferdeäpfel über Wochen hinter seiner Werkstatt, bis schließlich vier große Weidenkörbe voll waren. Denn wenn den Mann etwas auszeichnete, dann seine Sammelleidenschaft. Er sammelte Pilze, Briefmarken und Bajonette, er suchte, fand, er hortete. Doch der Gutmann Hans war auch ein passionierter Sammler der eigenen Wut – wie meine Tante also eines schönen Morgens erfahren durfte, als sie die Haustüre öffnete, um den Kompost rauszubringen. Es war eine geruchsintensive, mannshohe und lustig über die Schwelle kullernde Überraschung.

Ja, der Gutmann Hans. Er ist eine dieser Gestalten, die mir früher ganz vertraut waren, die ich grüßte nach der Art der Hiesigen, die ich kannte, und die mich kannten (in diesem Fall sogar: verehrten), was auch immer das bedeutete. Und er ist – wie der Russlandheimkehrer Laubis, der Stumpenraucher Gieringer, der schnarrende Herr Borchert aus Ostpreußen und auch der Maienwirt Kalle höchstselbst – Teil jener bedrohten Art, die einst das Sagen hatte (ohne viel zu sagen), aber nun so gut wie ausgestorben ist. *Rest in peace*, alte deutsche Männer, ihr hattet es nicht leicht. Und manchmal, ja, da vermiss ich euch.

*

Und meine erste große Liebe? Das war Julika Nowak. Julika, das stille Mädchen aus dem Dalmatiner-Haus. Wie könnte ich sie vergessen? Sie – und jenen verschneiten, kalten Januartag, kurz vor meinem 12. Geburtstag.

Vor mir stand eine Schüssel Choco Krispies. Ich hoffte auf ein Zeichen, irgendein Wunder, aber ich sah nur schwarzbraune Eisberge darin, trübes, weißes Meer, und mein Hirn war der Anker eines Hochseekreuzers, der rasselnd in die Tiefe schoss. Gähnend rieb ich mir die schmerzenden Augen und kippte mehr Milch über die Krispies. Das Bild blieb dasselbe. Stattdessen war ein ordentlicher Schwall Milch danebengegangen, aber ich achtete nicht darauf, ich wollte nicht darauf achten – ich war auf Krawall gebürstet. Warum musste gerade *ich* den ganzen Tag für den Tischtennisverein durchs Dorf latschen und irgendwelchen Leuten Rosenmontagsgebäck aufschwatzen?

»Du bist der einzige Niederdossenbacher«, hatte Matze gesagt und schadenfroh gegrinst.

Das stimmte. Felix und seine pupsende kleine Schwester hatten den Verein verlassen. Und zugleich stimmte es nicht.

»Julika wohnt auch in Niederdossenbach«, sagte ich. Und bereute es sofort.

»Julika?« Matze überlegte kurz. »Natürlich«, sagte er, »du hast Recht«, und das Grinsen unter dem Vollbart meines Trainers wurde breiter: »Dann geht ihr zu zweit.«

Julika Nowak. Das langweiligste und wunderlichste Wesen auf Erden. Ihr Spitzname im Verein war »Mauerflower«, und ausnahmslos alle, auch die Erwachsenen, nannten sie hinter vorgehaltener Hand so. Sie war blass, unscheinbar und herzzerreißend schüchtern. Wegen ihrer Fistelstimme konnte man sie kaum verstehen, wobei sie ohnehin nie etwas sagte. Sie trug bunte, viel zu große T-Shirts, manchmal sogar alte Blusen, und dazu Jogginghosen, die sie wegen ihrer kurzen Beine umkrempeln musste. Es war mir schleierhaft, wie ich den Tag mit ihr allein durchstehen sollte.

»Ich geh dann mal los«, murmelte ich, als ich meine Schüssel ausgelöffelt hatte, obwohl mich niemand hören konnte. Es war Samstag. Meine Eltern waren längst vom Frühstückstisch aufgestanden, und meine Schwester schlief ihren komatösen Abiturientinnenschlaf. Nur Simba hatte mir noch Gesellschaft geleistet. Vom Fensterbrett aus beobachtete der alte Kater das Schneetreiben, ebenso unerfreut über das Wetter wie ich.

Den Fleck auf meiner Hose bemerkte ich erst, als ich wenig später auf die Landstraße einbog: Die Milch hatte eine weiße, Italien-förmige Kruste hinterlassen, und je mehr ich daran rubbelte, umso schlimmer wurde es. Zu allem Überfluss waren meine Airwalk sofort durchnässt und auch die Cordjacke meines Patenonkels, die ich seit einigen Wochen trug, war alles andere als wasser- oder kälteabweisend.

Julikas kleine Gestalt konnte ich schon von weitem sehen. Sie wartete an der Bushaltestelle, obwohl sie nur hundert Meter weiter wohnte. Ihr Haus lag zwischen Neubaugebiet und altem Dorf, eingequetscht zwischen Landstraße und Bach. Die nächsten Nachbarn waren weit genug entfernt, um sich nicht vom Bellen der schwarzweiß gefleckten Hunde gestört zu fühlen, deren Freiluftzwinger den Großteil des unbebauten Geländes auf dem Grundstück einnahm. Es war Julikas Vorschlag gewesen, sich an der Bushaltestelle zu treffen, und ich hatte nichts dagegen gehabt – wozu auch gleich noch ihre Eltern und ihren kleinen Bruder näher kennenlernen? Und die Hunde konnten mir ohnehin gestohlen bleiben.

»Hallo«, sagte sie mit diesem Stimmchen, das einem den letzten Nerv rauben konnte, und machte einen Schritt auf mich zu. Dann hob sie die rechte Hand, die in einem Fäustling steckte, und sagte: »Du hast da was.«

Und plötzlich stand die Zeit still.

*

»Du hast da was.«

Dieser Satz muss es gewesen sein. Eine simple Abfolge von Worten, die alltäglicher nicht hätte sein können, und doch: Ohrfeige. Blitzeinschlag. Supernova. Ich hörte das Blut zwischen meinen Schläfen rauschen, spürte, wie es mir in die Ohren schoss. Und zugleich machte die Wirklichkeit einen Satz, sprang eine Kerbe weiter wie die Nadel eines Plattenspielers. Dann wurde es dunkel.

Nur langsam fand mein Bewusstsein wieder in meinen Körper zurück. Ich war gestolpert. Aber nicht gestürzt. Noch nicht einmal in die Knie gegangen. Aber etwas hatte sich verändert, grundlegend. Einen Augenblick stand ich einfach da, blinzelnd, ohne zu wissen, wo ich war, während Julika mich fragend anschaute.

»Äh-häm«, stotterte ich und öffnete den Mund. Ich fühlte mich plötzlich so erschöpft. Als hätte ich eine Reise hinter mir, an die ich mich nicht erinnern konnte.

Nachdem für Sekunden keine richtige Begrüßung über meine Lippen kam, zuckte Julika irgendwann mit den Schultern, als würde sie sagen: »Na dann.« Und drehte sich um. Ich meinte ein Lächeln auf ihren Lippen zu sehen und darüber ein Blitzen in den Augen, was schön aussah, geradezu *lässig*, so gar nicht Mauerflower-Style. Das machte mich fertig. Dieses Blitzen in den tiefschwarzen Augen (hatte mich das Krispie-Orakel vor *ihnen* warnen wollen?), wunderschönen Augen, schmalen Augen, fast asiatisch schmal, nein, eher wie die Augen einer Grönländerin, Inuitmädchen – mein Gott, natürlich, passend zum Schnee, dachte ich und fühlte in einer mir unbekannten, alles verdrängenden Klarheit nur diesen einen Wunsch: Von ihr mitgenommen zu werden an das Feuer in ihrem Iglu, jetzt, sofort, und auf einem Eisbärenfell würden wir liegen und sie würde mich halten, an ihren kleinen, warmen Körper drücken und so weiter und so fort ...

»Hallo«, brachte ich schließlich hervor, aber da war sie schon losgelaufen, Richtung Neubaugebiet, und ich ihr hinterher.

*

Meine Erinnerungen an den Tag sind undeutlich. Über den Fleck auf meiner Hose verloren wir kein weiteres Wort, glaube ich, und überhaupt redeten wir nur das Nötigste. Julika wirkte die meiste Zeit tief nach innen gekehrt. Im Nachhinein verbinde ich diese Nachdenklichkeit mit Traurigkeit, aber an diesem Tag nahm ich davon nichts wahr. Ich schwamm auf meiner Adrenalin-Dopamin-Welle, einem

Tsunami der Liebe, der die Wirklichkeit nur wie durch einen Schleier zu mir durchdringen ließ.

Ein Teil von mir begleitete sie ganz automatisch von Tür zu Tür, seltsam berührt davon, allein mit einem Mädchen durchs Dorf zu laufen. Klingeln, dann: »Guten Tag, wir sind vom Tischtennisverein Schwörstadt«, und Bestellungen aufnehmen. Ein anderer Teil war wie auf Droge. In Trance. Ich schwitzte. Meine Gedanken rasten. Es war das pure Glück und zugleich geriet ich in Panik, weil ich nicht kapierte, was los war. Ich warf Julika verstohlene Blicke zu, um irgendeine Regung von ihrer Miene abzulesen, vor allem aber, um ihr auf die Brüste zu schauen. Schließlich musste ich mich immer wieder vergewissern, denn es war eindeutig, ja, richtig groß waren die, eindeutig, trotz Wintermantel gut zu sehen, wieso war mir das im Training nie aufgefallen? Es machte mich alles ganz fuchsig. Erst als wir bei Gutmanns klingelten und mir einfiel, wie der Alte mich immer nannte – »Ein Keiler, ein richtiger Keiler!« –, da wurden mir meine Blicke bewusst und vor allem: peinlich.

Mit hochrotem Kopf muss ich dagestanden haben, als Frau Gutmann die Tür öffnete. Sie stand zwei Stufen über uns, resolut wie sonst was, bunte Lockenwickler im gefärbten Haar, Schlafhemd über fleckigen Schienbeinen, Füße in Lederclogs, ungeschminkt. In ihrem Mundwinkel qualmte eine Zigarette.

»Guten Tag«, leierte ich los, »wir sind vom –«

»Achtzehn«, fiel sie mir röhrend ins Wort und brachte mich damit vollends aus dem Konzept. Ihre Stimme war – speziell. »Wenn die den Mund aufmacht, antworten im Wald die Hirsche«, hatte mein Vater es mal auf den Punkt gebracht.

»Wie bitte?«

»Wir nehmen achtzehn.«

Eine Qualmsäule schoss mir entgegen, ich keuchte: »Achtzehn?«

»Berliner«, sagte sie und stemmte die Arme in die Hüften. »Oder habt ihr was anderes im Angebot?«

»Nein, sonst nichts.«

»Für Familie Gutmann?«, schaltete sich Julika ein, die alles in unsere Liste eintrug.

»Todsicher«, bestätigte die Alte.

»Woher wissen Sie, warum wir klingeln?«, fragte ich.

Frau Gutmann schnaubte auf, hob theatralisch die Arme, wobei ihre Kippe Ringe in die kalte Luft malte und sich ihr Hemd bis an die Knie hob. Ich zwang mich nicht hinzuschauen, fixierte ihre Nase. Sie hatte ein Oberlippenbärtchen, einen Flaum, der deutlich borstiger war als meiner. »Hab ich eine Glaskugel im Kabuff, junger Mann?«

Julika und ich warfen uns einen kurzen Blick zu, ein Gedanke übertrug sich (»Ballaballa?«), und dann lächelten wir höflich, dankten und sagten Adieu, während Frau Gutmann sich die nächste Zigarette anzündete.

*

Wir gaben kein übles Team ab. Die Zahl der Bestellungen wuchs und wuchs. Wenn es so weiterging, würden am Ende auf jeden Dorfbewohner gut zwei, drei Berliner kommen. Im alten Dorf bestellten fast alle so exzessiv wie die Gutmanns – die Vereinsförderung stand hoch im Kurs, und irgendwer würde das Gebäck schon essen – die Kinder oder Kindeskinder (auch wenn diese oftmals in der Nachbarschaft wohnten und selbst wie wild bestellten). Im Neubaugebiet waren die Leute zurückhaltender gewesen. Ernährungsbewusster. Oder sie hatten gar nicht erst aufgemacht.

An der Kreuzung zur Landstraße dampfte ein frischer Haufen Pferdeäpfel. Julika machte einen großen Bogen um den Ring brauner Sauce, der sich um den Haufen gebildet hatte. Da würde sich der Gutmann Hans wieder freuen.

*

Nebeneinander stapften wir bergauf durch den Schnee, dort, wo sonst der schmale Trampelpfad parallel zu der Straße verlief, die zum Mutter-Hof führte. Unsere Ärmel berührten sich, und Julikas beige Wollmütze sah in der Nachmittagssonne aus wie gepudert. Ihr Gesicht, eingerahmt von der Mütze und einem weißen Schal, leuchtete rot vor Kälte und Anstrengung – der Vergleich mit einem Berliner, gefüllt mit Erdbeermarmelade, lag nahe.

»Haha, sehr komisch«, sagte Julika und schubste mich ein wenig, sodass ich übertrieben auf die Straße stolperte. Sie war spürbar aufgetaut in der letzten Stunde. Nachdem sie bei der Geschichte vom Gutmann Hans und den Pferdeäpfeln immer wieder gelacht oder Dinge nachgefragt hatte, hatte ich es mir zur Aufgabe gemacht, ab sofort zu allen Nachbarn, bei denen wir klingelten, etwas zu erzählen. Und das machte ihr scheinbar Spaß. Konzentriert hörte sie zu und spornte mich an weiterzuerzählen. Ich geriet in eine Art Rausch und merkte erst kurz vor unserer letzten Station – dem Hof meiner Verwandtschaft –, dass den ganzen Tag nur ich geredet hatte. Dabei wollte ich alles von ihr wissen.

Also fragte ich. Wie viele Hunde ihre Familie hielt (es waren sieben). Was sie außer Tischtennis sonst so machte (lesen). Wo sie eigentlich zur Schule ging (Realschule in Wehr). Warum ich sie dann nie im Schulbus sah (ihr Vater arbeitete an derselben Schule und nahm sie immer mit).

Wie es ihr dort gefalle (gut). Als ich sie fragte, wo sie, ihre Eltern und ihr Bruder eigentlich gelebt hatten, bevor sie nach Niederdossenbach gezogen waren, beschleunigte sie ihren Schritt und zog an mir vorbei, wohl um einem Fahrzeug Platz zu machen, das vom Dorf her zu hören war und uns gleich überholen würde. Ich wiederholte meine Frage in der Annahme, dass sie diese überhört hatte, da blieb sie stehen und drehte sich um, so dass wir uns auf einmal so nah waren, dass ich ihren Atem – Cassis-Kaugummi – riechen konnte. Sie war einen Kopf kleiner als ich und starrte mich von dort unten an, als wäre sie böse auf mich. Es war ein ganz neuer Gesichtsausdruck, Wut und Verletztheit lagen darin, und plötzlich wollte ich im Boden versinken. »Ist doch egal«, sagte sie hart.

Wahrscheinlich wäre ich tatsächlich im Boden versunken, wäre in dem Moment nicht das Fahrzeug an uns vorbeigefahren. Vorbeigekrochen müsste man besser sagen. Es war Miftar, der seit einiger Zeit für meinen Opa im Langholzbetrieb arbeitete und die Stallarbeit für Johanna machte. Er war ein Riese, ein richtiger Schrank, insbesondere auf seinem kleinen Mofa, das vor lauter Anstrengung unanständige Geräusche machte. Ich mochte Miftar, weil er Ruhe ausstrahlte und ein cooles Albano-Alemannisch redete. Außerdem bewunderte ich ihn für seine durchgehende Augenbraue, auch wenn ich selbst nie so einen Balken hätte haben wollen. Als das Mofa auf unserer Höhe angekommen war, grinste uns Miftar zu und hob die Hand, dann quälte er das Mofa den schlaglochübersäten Weg hinauf, der bei der Kapelle abzweigte und die letzten Meter zum Hof hochführte.

Julika und ich gingen schweigend weiter. Wie Kunstnebel lagen die Abgasschwaden vor uns, die wir mit spitzen

Knien durchstießen. Über uns konnte ich die Hochspannungsleitung knistern hören.

*

Max, der greise Hofhund, schleppte sich uns ein paar Meter entgegen, gab ein Geräusch zwischen Jaulen und Bellen von sich und trollte sich wieder in seine Hütte. Die Haustür war wie immer unverschlossen, ich rief nach meiner Tante und ihrem Mann Albert, aber sie waren nirgends zu finden. Im oberen Stockwerk sausten hörbar zwei meiner kleinen Cousins oder Cousinen umher und machten Krawall.

»Gucken wir im Stall«, sagte ich. Ob mir die Vorstellung unangenehm war, dass meine Verwandtschaft mich und Julika zusammen sehen würde – oder ob ich Angst davor hatte, Julika mit meiner Verwandtschaft zu konfrontieren, war mir nicht ganz klar. Klar war nur, dass ich nervös wurde.

Im Stall fanden wir Miftar, der sich schon ans Ausmisten gemacht hatte. Sein Körper dampfte wie der des gescheckten Pferdes in der Box hinter ihm.

»Weiß nicht, wo ist Johanna«, sagte er und hob bedauernd die Schultern.

»Und mein Opa?«

»Opa ist in Wohnung«, sagte Miftar, beugte sich zu uns runter und sagte mit verschwörerischem Ton in der Stimme: »Musst du schnell sein, weil gleich losgeht er. Zum Bad Bellingen tanzen.« Miftars Augenbraue hob sich, und er nickte mit einer gewissen Zufriedenheit: »Romantische Rendezvous mit französische Frau!«

»Eine französische Frau?«, fragte ich und schaute Julika an, die etwas abseits stand, aber aufmerksam zuhörte.

»Ja, ja«, lachte er. »Ist verrückte alte Mann! Aber die Frauen mögen ihn.«

»Und was sagt die Marianne dazu?«

Miftars Lächeln verschwand. »Oje, oje«, sagte er leise. Dann hob er seine Hände, zeigte uns deren Innenflächen und machte ein unschuldiges Gesicht. »Ich nix weiß«, sagte er, uns zuzwinkernd und mit absichtlich starkem Akzent, »ich nur arbeiten hier, aber nix weiß.«

Julika und ich blieben noch ein bisschen im Stall. Sie streichelte die Pferde und ich freute mich darüber, meine Füße aufwärmen zu können. Dann schlenderten wir zurück zum Wohnhaus, tatsächlich gerade noch rechtzeitig, denn mein Opa ging zügig über den Vorplatz auf seinen Mercedes zu.

»Opa!«, rief ich, damit er uns nicht entwischte. Er trug eine Anzughose, Lederschuhe und über dem violetten Hemd ein Jackett und Krawatte – eine Aufmachung, die nicht sonderlich gut zu den Pfützen auf dem Platz passte, aber ihm – wie immer – gut stand.

»He, wo ist der jetzt?«, rief, nein, schrie er uns entgegen.

»Hallo, Opa!«

»Ja, hallo«, sagte er zerstreut, die Haare frisch geföhnt, aber ordentlich unter Strom. »Wo haben sie den jetzt wieder hingeschickt?«

»Wen?«

»Den Miftar!«

»Der ist im Stall. Soll ich ihn holen?«

»Guten Tag«, sagte Julika.

Mein Opa schaute sie überrascht an, als bemerkte er sie erst jetzt, aber umso freundlicher begrüßte er sie, gab ihr die Hand und sagte: »Sind Sie die Freundin vom Valentin?«

»Opa!« Ich warf Julika einen entschuldigenden Blick zu.

»Wir sind zusammen im Tischtennisverein«, sagte sie, und ich fragte mich, ob da nicht ein kurzes Stocken gewesen war hinter »zusammen«?

»Kann ja noch werden, gell«, sagte er. Die ganze Zeit über hatte er ihre Hand gehalten. Das machte er immer. Ich kannte niemanden, der so lange Hände schüttelte, eine kleine, irgendwie ironische, aber auch sehr herzliche Geste. Jetzt ließ er Julikas Hand los, die in seinen großen Pranken verschwunden war, und sagte: »Enchanté!«

Wir erklärten ihm, warum wir hier waren, aber er hörte nur mit halbem Ohr zu, wollte lieber mit Julika Französisch reden, die gut darin war, wie sich herausstellte. Berliner wollte er keine bestellen. Ich solle das mit der Johanna klären, die wolle bestimmt welche, aber weiß Gott, wo die wieder war, also müsste ich halt mal anrufen später, aber er müsse jetzt los. Ach so, und ich solle doch bitte den Fendt in die Scheune fahren.

»Den Fendt? Mit dem bin ich noch nie gefahren.«

Der Fendt war ein riesiger moderner Traktor, vor dem ich einen Heidenrespekt hatte. Ich war bisher nur den kleinen Bulldog gefahren, der nicht schneller als 25 km/h fuhr, und auch noch nie ohne die Begleitung von jemand Älterem.

»First times, hard times«, rief mein Opa über die Schulter und zog die Wagentür hinter sich zu.

»Dein Opa ist voll cool«, sagte Julika.

»Findest du? Tut mir leid, dass er ...«

»Ach was, das war doch witzig. Überleg mal, die ganzen alten Leute, die wir heute gesehen haben im Vergleich. Und meine beiden Opas«, sagte sie und imitierte Miftars Stimme, sein reges Mienenspiel: »Oje, oje.«

Sie hatte recht. Mein Opa war schon ziemlich lässig. Die Erkenntnis erfüllte mich mit Stolz. Aber warum er so anders war, das fragte ich mich in dem Moment nicht. Ich konnte mir schlicht nicht vorstellen, dass auch der Maienwirt Kalle oder der Gutmann Hans mal jung gewesen waren. Dass sie sich zu dem *entwickelt* hatten, was sie heute waren. Die meisten älteren Menschen, so kam es mir damals vor, waren wie Automaten. Irgendwie berechenbar. Immer gleich. Immer verkniffen. Immer negativ. Mein Opa dagegen wirkte beweglich, offen – aber auch das hatte ich immer für gegeben hingenommen.

Als ich den Schlüssel umdrehte, sank mir das Herz in die Hose. Alles vibrierte, Julika saß neben mir auf dem Sozius und wurde durchgerüttelt. Sie strahlte. Ich ließ die Kupplung kommen, wie ich es vor zwei Jahren von meinen älteren Cousins gelernt hatte, und gab Gas.

*

Ich machte einen Umweg über die Felder und kam mir unglaublich cool dabei vor. Zum Glück hatte der Fendt eine geschlossene Kabine mit Heizung, sonst wäre es mir und meiner Lady hier sehr ungemütlich geworden. Der Schnee auf dem Weg war weitgehend geschmolzen und die Fahrspur gut zu sehen.

Alles war glatt gelaufen, aber als wir in der Scheune ankamen, stieg mir ein scharfer, metallischer Geruch in die Nase. Ups. Ich hatte mich schon gewundert, warum der Fendt – egal, wie sehr ich das Gaspedal durchdrückte – nicht über die 30 km/h rüberkam. Oh, Scheiße. Der Gestank wurde schlimmer.

»Also dann«, sagte ich und beeilte mich, aus der Kabine auszusteigen. Julika sollte auf keinen Fall mitbekommen, was für ein Trottel ich war, mit angezogener Handbremse zu fahren. »Hauen wir ab?«

Sie merkte nichts. Oder ließ sich nichts anmerken. Auf dem Nachhauseweg sprachen wir nur wenig, erschöpft von dem langen Tag. Doch irgendwann brach sie die Stille: »Eigentlich bist du gar nicht so komisch.«

»Wie meinst du das?«, sagte ich mit einem mulmigen Gefühl im Bauch.

»Ich dachte immer, du bist ein totaler Idiot.«

Ich war empört. Ich, komisch? Hatten die anderen im Tischtennisverein etwa auch für *mich* so einen abgefahrenen Spitznamen wie »Mauerflower«? *Sie* war doch die Seltsame! »Warum das denn?«

Sie schaute mich an. Inzwischen dämmerte es. Sie sah aus wie Pocahontas in dem Disney-Film. Sie sagte: »Du weißt schon, was ich meine.«

Ich schluckte. Darauf wusste ich nichts zu sagen. Ich spürte aber, dass sie im Kern recht hatte. Natürlich war ich ein Idiot. Wer weiß, wie ich im Training auf sie wirken musste. Wahrscheinlich hatte sie auch mitbekommen, dass wir uns über sie lustig machten. Dass *ich* mich über sie lustig machte.

»Du musst hier abbiegen.« Sie zeigte die Straße hinunter, die zu mir nach Hause führte.

Ich wollte sie fragen, ob wir uns dann im Training wiedersehen würden. Da umarmte sie mich. Drückte fest zu. Ich hielt den Atem an, überfordert, wusste nicht, was tun. Die Flusen ihrer Wollmütze kitzelten mich in der Nase. Aber ich nieste erst, als sie schon um die Ecke verschwunden war.

*

In den nächsten Tagen war ich unruhig. Konnte mich kaum auf die Schule konzentrieren. Ständig hielt ich Ausschau nach ihr – auch, wenn ich nicht im Dorf unterwegs war.

Als sie am folgenden Mittwoch nicht beim Tischtennis auftauchte, wusste ich, dass etwas nicht stimmte. Aber ich hatte Angst, dass es etwas mit mir zu tun hatte, fürchtete, dass sie mir aus dem Weg ging. Aber wieso sollte sie?

Sie tauchte auch die folgenden Male nicht beim Training auf. Ich traute mich nicht, bei ihr zu Hause vorbeizugehen. Verstohlen beobachtete ich das Haus, wenn ich morgens zur Bushaltestelle lief. Aber bis auf den üblichen Radau im Hundezwinger war nichts zu sehen oder zu hören.

Irgendwann schlug meine Stimmung um, und ich dachte mir: Dann war's das halt, ich hab nichts falsch gemacht, warum spielt sie sich so auf? So ging das ein, zwei Wochen, bis zu dem Tag, als der Trainer uns zusammentrommelte und eine kurze Ansprache hielt. Schwitzend hockten wir in einem Halbkreis um ihn herum, während er zuerst was über die anstehenden Turniere sagte sowie Organisatorisches in Sachen Rosenmontag, der in wenigen Tage bevorstand. Und dann:

»... muss ich euch leider noch etwas Trauriges berichten. Die Julika –« Mein Herz machte einen Satz, und irgendein Depp hinter mir flüsterte: »Die Mauerflower!« Und ein anderer machte: »Höhö!« Aber Matze überhörte die Einwürfe und fuhr fort: »Ihr habt vielleicht gemerkt, dass die Julika bei den letzten Trainings gefehlt hat. Und manche wissen eventuell auch, warum. Aber ich dachte, dass ich das nochmal offiziell sage, damit ihr Bescheid wisst. Also, es ist so«, er räusperte sich und sagte, dass es ihm nicht leicht falle, aber es helfe ja alles nichts: »Julikas kleiner Bruder, der Lukas, ist gestorben. Vielleicht kennt ihn der ein oder andere von euch. Also, es ist wohl alles ziemlich schnell gegangen. Leukämie. Ich hätte es nicht geglaubt, aber es ist furchtbar, wie viele Kinder noch immer daran sterben müssen.« Matze holte tief Luft und schaute in die

Runde. Mir wurde schwindlig. »Deswegen kommt Julika nicht mehr ins Training – vorerst oder dauerhaft, ich weiß es nicht. Ihre Eltern haben sie abgemeldet.«

Ich weiß nicht mehr genau, kann mich an die Wochen danach kaum erinnern, aber die Zeit verging, und ich tat nichts. Ich fuhr mit meinen Eltern in den Urlaub. Die Berliner wurden in Niederdossenbach von älteren Vereinsmitgliedern verteilt, die ein Auto hatten. Wochen, in denen ich nicht mehr an Julika dachte – warum? Vielleicht verdrängte ich meine Schuldgefühle?

Als die Fragen immer drängender wurden, beschloss ich doch noch, sie zu besuchen. Aber es war zu spät. Das Haus stand leer, sie waren weggezogen. Zurück nach Nordrhein-Westfalen, wo Lukas begraben worden war, wie Flos Mama – eine Freundin von Julikas Mutter – nicht viel später erzählte. Ich hätte sie nach einem Kontakt zu Julikas Familie fragen können, aber ich tat es nicht.

Krieg

Im Juni 1941 begann der Russlandfeldzug. Es stand groß in der Zeitung. Der Führer selbst habe das Oberkommando übernommen. Russland habe uns angegriffen, wurde dort behauptet. Aber das war alles Propaganda. Heute weiß man, dass sich Deutschland nicht verteidigte. Es führte einen brutalen Angriffskrieg. Hitler wollte den Osten erobern, um Platz fürs Herrenvolk zu schaffen. Um die osteuropäischen Juden zu ermorden. Er brauchte Sklaven. Er musste weitermachen. Der Staat war ja verschuldet.

Einige sagten, jetzt geht's abwärts. So einen Zweifrontenkrieg kann keine Armee der Welt gewinnen. Aber vorstellen konnte sich trotzdem keiner, dass Deutschland den Krieg verliert. Mir kam das mit dem Russlandfeldzug zwar auch ein bisschen komisch vor. Aber ich habe an den Sieg geglaubt und daran, dass der Führer schon weiß, was er macht.

Wir waren stramme, wackere Burschen. Fanden wir alle. Und deshalb wollte bei der Musterung auch keiner »zu gering« sein, untauglich, mangelhaft. In einer großen Gruppe, alle nackt, haben sie uns untersucht. Später wurde man gefragt, welche Waffengattung man bevorzugen würde. Irgendwie dachte ich, dass ich vielleicht noch was Nützliches für die Landwirtschaft lernen könnte, wenn man schon mal da ist. Also habe ich gesagt: »Pionier!«. Nach der Musterung ging's in die Wirtschaft. Zum Saufen.

Am 1. Oktober 1941 musste ich mit dem Zug nach Neu-Ulm fahren und mich zur Grundausbildung in der Reinhardt-Kaserne melden. Es war eine Panzer-Pionier-Kaserne. Dort war unsere Garnison stationiert. Ich erinnere mich noch gut an die Zugfahrt dorthin. Zusammen mit Rudolf Frommherz aus Nordschwaben fuhren wir über den Randen, Immendingen, Ulm. So lange war ich vorher nie am Stück unterwegs gewesen. Neu-Ulm ist auf der östlichen Seite der Donau, gehört also zu Bayern. Rudolf und ich wurden zum zweiten Zug und dort zur zweiten Gruppe eingeteilt. Drei Züge bildeten eine Kompanie. Und drei Gruppen einen Zug. Zwölf bis vierzehn Männer waren wir, alle sehr jung. Die älteren waren schon früher eingezogen worden. Wir beide waren die einzigen von Südbaden – alle anderen Württemberger. Wir mussten über die Brücke marschieren und dabei singen. Immer wieder und wieder. Und beim Dienst wurde die Gruppe der Größe nach aufgestellt. Rudolf war der zweitkleinste und ich der drittkleinste. Wir hatten es nicht leicht mit den großen und großmäuligen Schwaben.

Der Winter 1941/42 war sehr hart. Ich versuchte alles möglichst praktisch zu sehen. Immerhin lernte ich ein paar Sachen und sollte sogar den Pkw-Führerschein auf den glatten Straßen absolvieren. Zum Beispiel wurde mir beigebracht, wie man diverse Knoten macht, wie sie heißen und ähnliches. Ansonsten mussten wir vor allem exerzieren und eben allgemein Ordnung halten. Einmal besuchte mich mein Bruder. Er war sehr beeindruckt von allem. Wir kapierten einfach nicht, dass wir zu Menschen geworden waren, die einem Verbrecherregime dienten.

Einer vom Rebland hat mal Schnaps geschickt bekommen. Wir hatten den ganzen Morgen schon auf dem Truppenübungsplatz auf und ab marschieren müssen, also tranken wir mittags von dem Schnaps, gegen den Durst. Ich erwischte zu viel davon. Beim Exerzieren wackelte ich und wankte aus dem Glied. Die Flasche war im Kreis rumgegangen, und ich war es überhaupt nicht gewöhnt gewesen, Schnaps zu trinken, so dass ich jetzt immer der letzte war auf dem Platz. Schließlich wurde ich auf meine Kammer hochgeschickt. Um den Rausch auszuschlafen, wie es hieß. Dann kam der Schmidt aus Schwörstadt, der eigentlich nicht zu unserem Zug gehörte, und machte dumm rum, der Sack. Er war Unteroffizier. Ein Streber. Nur wegen ihm musste ich dann tags drauf bei meinem Zugführer antreten – in voller Montur, Stahlhelm, Sonntagsanzug und Stillgestanden! Ich war furchtbar nervös. Hatte schon so Geschichten gehört. Aber der Feldwebel meinte nur, wenn wir das nächste Mal was zu Saufen hätten, sollten wir es gefälligst ihm bringen. Beim Militär wurde gesoffen, so oft und so viel wie möglich. Für mich blieb es der einzige Schnapsrausch überhaupt.

Wegen des harten Winters brauchten sie Skier und Mäntel für den Russlandkrieg. Wer Skier hatte, konnte für ein paar Tage nach Hause gehen, um diese dann dem Militär einzureichen. Meine Eltern hatten meine schon abgegeben. Das war mir zwar bekannt, aber wir haben so getan, als wüsste ich es nicht. So konnte ich für vier Tage nach Hause fahren und den Eltern bei der Arbeit helfen. Im Rathaus hat man mir die Bescheinigung ausgestellt, dass wir die Skier abgegeben haben. Später war ich mal zum Skilanglauf in Garmisch-Partenkirchen, obwohl ich kein besonders guter Skifahrer war. Eine Woche, Rekruten auf Urlaub. Auf dem Berg oben die Aussicht. Der Schnee und die Sonne. Das war schon ein Erlebnis, so als ganz junger Mensch.

Im Frühling 1942 ist mir bei einer Geländeübung ein Zeh eingefroren. Am rechten Fuß, der neben dem Kleinen. Ist heute noch ein bisschen krumm, kommt's mir vor. Erst lag ich ein paar Tage im Krankenrevier, aber ganz gesund bekommen haben sie ihn nicht. Erst, als ich für eine Woche auf Genesungsurlaub nach Hause gehen durfte, wurde es besser: Meine Mutter behandelte den Zeh mit Dachsschmalz und er verheilte bald. In diesen Tagen arbeitete ich von früh bis spät auf dem Feld. Und Diskussionen gab es. Mit meinem Vater. Alfons und ich glaubten ja an den Sieg. Der Blitzkrieg im Westen war gewonnen, der Erbfeind Frankreich bezwungen. Der Vormarsch im Osten ging weiter. Ich dachte, wir sind auf der richtigen Seite ... Alfons, der an die Front nach Russland kommen sollte, war auch ganz hitzig. Es war das letzte Mal, dass ich ihn gesehen habe.

*

Zurück in Neu-Ulm legte ich die Prüfung für den Führerschein Klasse 3 ab. Dann waren es nur noch wenige Wochen und das Ende der Grundausbildung war gekommen. Aus Rekruten wurden Gefreite. Wie die Idioten waren wir stolz darüber. Ganz frisch vereidigt kam ein Teil von uns zum Kriegseinsatz nach Russland. Der größere Teil wurde nach Frankreich geschickt.

So kam ich nach Corbie, einem kleinen Städtchen in der Nähe von Amiëns. Dort war eine Einheit von einem Panzer-Pionier-Bataillon stationiert, das – auf die Hälfte dezimiert – von der Ostfront zur Regenerierung nach Corbie verlegt worden war. Mit uns haben sie die Einheit wieder zur Sollstärke aufgefüllt. Zusammen sollten wir ein Autopionierbataillon bilden. Nummer 10 oder so. Wir sollten Brücken bauen, Minen legen, Schienen verlegen und so weiter. Außerdem machte ich während dieser Zeit meinen Lkw-Führerschein beim NSKK, dem Kraftfahrkorps der NSDAP.

Wir wurden in einer großen Schule untergebracht. Ich selbst hatte ein Schlafzimmer im daneben angebauten

Hausmeisterhaus des Concierges. Der Chef der Einheit mochte mich irgendwie ... In dem Haus wohnte noch eine Oma mit Tochter und Enkeltöchtern, die ich ein wenig kennenlernte.

Der Dienst war sehr hart. Für uns Jungen genauso wie für die Älteren, die in Russland schon Tod und Verwundung von Kameraden erlebt hatten. Wie verrückt wurde Dienst geschoben, marschieren, marschieren, marschieren. Perfekte Soldaten wollten sie aus uns machen.

Im Herbst 1942 war mein Vater von seiner Kriegsbeschädigung inzwischen 100 Prozent pflegebedürftig. Er konnte nicht ohne Hilfe essen, und sprechen konnte er auch nicht mehr. Deshalb erhielt ich auf Antrag meiner Mutter zehn Tage Heimaturlaub, um ihr und meinen zwei Schwestern bei der schweren Herbstarbeit auf dem Feld zu helfen. Die Kartoffel- und Rübenernte musste erledigt werden, die Äcker für die Herbstsaat gepflügt und geeggt werden. Dann wurden Weizen und Roggen ausgesät.

Es war mein letzter Heimatbesuch. Alfons war nicht da. Die Eltern erzählten mir, dass er sich einige Monate vorher, als er das erste Mal verwundet worden war, entschieden hatte, ein sogenanntes Langemarck-Studium zu machen. Dazu musste er einen Ariernachweis erbringen, also einen Stammbaum bis zum 17. Jahrhundert zurück. Bei den Gemeinden und Kirchenarchiven hat er geforscht, bis er alles zusammenhatte. Aber aus dem Studium ist nichts geworden: Er zog wieder in den scheußlichen Krieg, und der Stammbaum ging verloren.

Auch ich musste wieder zurück zu meiner Einheit. Als ich in Corbie ankam, standen sie schon mit den Fahrzeugen zur Abfahrt auf der Straße bereit. Fast wäre ich zu spät gekommen. Aber so bekam ich direkt einen Gelände-Pkw zugeteilt – einen Morris, der während des Frankreichfeldzugs von den fliehenden Engländern erbeutet worden war. Dann fuhr die Kolonne los nach Südfrankreich.

*

In Toulon wurden wir eingesetzt, um eine Menge Matrosensoldaten der französischen Kriegsmarine gefangen zu nehmen. Die Deutschen hatten angeblich erfahren, dass die in Toulon stationierten französischen Kriegsschiffe auslaufen wollten, um sich den in Algerien gelandeten Amerikanern anzuschließen. Ich kann es ihnen heute nicht verübeln. Und auch damals fühlte ich mich komisch dabei. Immerhin waren wir fremde Besatzer in dem Land. In Corbie hatte ich mich ja eigentlich gut mit den französischen Zivilisten verstanden. Ich lernte die Sprache. Das gefiel mir. Und jetzt? Viele der *marins* weinten, als wir sie gefangen nahmen.

Dann wurde unser gesamtes Bataillon auf einen Güterzug verladen. Fahrzeuge, Soldaten, die Ausrüstung. Meinen Morris mussten wir allerdings in Toulon zurücklassen. Das Getriebe war kaputt, und wir schafften es nicht, ihn rechtzeitig zu reparieren. Mit Ersatzteilen war es ohnehin schwierig, zumal es ja ein ausländisches Fabrikat war.

Drei Wochen fuhren wir mit diesem Zug. Über Deutschland, Österreich, über den Brennerpass bis runter nach Neapel. In einer Stadt namens Pozzuoli wurde abgeladen. Wenig später sind die ersten aus unserer Kompanie per Ju 52 nach Tunis abtransportiert worden. Zwei Russlandveteranen und ich mussten eine Nachhut bilden. Erst etwa zehn Tage später mussten wir mit der Ausrüstung unserer Schreibstube in einer Ju 52 auch nach Tunis fliegen. Vorher konnte ich ein Feldpostpaket an meinen Bruder verschicken. Orangen, die noch nicht ganz reif waren, und einen einfachen Fotoapparat. Das Paket kam bei Alfons an der russischen Front an. Er hat viele Fotos damit gemacht und sie meinen Eltern geschickt.

*

Früh morgens, vielleicht so um vier Uhr, musste ich die Möbelstücke und Unterlagen der Schreibstube in das Flugzeug verladen. Einer von der Führung, ein Buchführer oder so was, war noch dabei. Dann starteten wir. Inzwischen war es schon ein bisschen hell geworden. Ich erinnere mich an den Rauch des Vesuvio und das Mittelmeer unter uns, wo die alliierten U-Boote kreuzen mussten. Das war Anfang Dezember, glaube ich. 1942. Auf jeden Fall vor Weihnachten.

*

Was weiß ich, wofür sie die Schreibstube da drüben brauchten. Es war alles ein furchtbares Chaos. Trotzdem veranstalteten sie in Tunis erstmal einen großen Feldgottesdienst für uns Neuankömmlinge.

In Tunesien haben wir alle erfahren, wie es ist, wenn der Feind einem haushoch überlegen ist. Ständig war Fliegeralarm. Wir hatten ihnen in der Luft nichts mehr entgegenzusetzen. Und dann im Feld immer wieder Artillerie, unerwartet, zu jeder Zeit. Ich war meist mit dem Jeep unterwegs, musste kleine Auftragsfahrten für Offiziere machen oder sie rumkutschieren. Aber wozu? Die Briten waren längst auf dem Vormarsch überall in Afrika. Nachts wurde in Kolonne gefahren, ohne Licht. Immer wieder fuhren wir uns gegenseitig hinten drauf. Ist einem hinter mir auch mal passiert, dann war mein Jeep kaputt.

Als er noch ganz war, hatte ich mal den Auftrag, Befehle vom Chef und Lebensmittel zu einem Vorposten nahe der Front zu bringen. In der Dämmerung fuhr ich los. Zwar bin ich heil angekommen und lieferte alles ab. Der Posten aber war total hinüber. Kurz zuvor waren die Männer dort unter Granatbeschuss gestanden. Es waren nur drei, vier Soldaten, alle ziemlich lädiert. Einer von den Kameraden jammerte vor Verzweiflung. Er hatte sein Gewehr auf der Flucht verloren. Ich gab ihm meins.

Zurück bei unserm Gefechtsstand machte mich der Chef zur Sau deshalb. Dass ich es sowieso nie brauchte – ganz im Gegensatz zu der armen Sau im Vorposten – wollte er nicht gelten lassen. Ich bekam zehn Tage Bau. Weil wir selbst aber auch unter ständigem Beschuss waren und immer wieder unsere Position wechseln mussten, gab's dann doch keinen Bau. Stattdessen musste ich einen zehn Meter langen Graben ausheben. Wozu? Wer weiß. Doch noch lang bevor ich damit fertig war, mussten wir schon wieder abhauen ... Ob der Soldat, dem ich das Gewehr gegeben habe, noch vor Ende des Tunesienkriegs oder danach in Gefangenschaft geraten ist, ob er verletzt wurde oder getötet – ich weiß es nicht.

*

Wir hatten zu der Zeit mehrere Jeeps erbeutet. Marke Willis und Ford. Teilweise hatten die Engländer an den Wagen herummanipuliert, bevor sie den Rückzug antreten mussten. Meistens an der Zündung. Aber das konnten wir leicht wieder reparieren. Allerdings war das Benzin knapp. Ständig. Teilweise klauten die deutschen Soldaten das Benzin und die Ersatzteile bei den Kameraden, um den eigenen Wagen wieder fahrtüchtig zu machen.

Wir waren immer noch im Norden von Tunesien stationiert, als unser Kompaniechef Peter »Pit« Wagner und drei Offiziere die Idee zu einer nächtlichen Erkundungstour hatten. Ich sollte ihr Fahrer sein. Also hockten sie sich irgendwann nach Einbruch der Dunkelheit in den Jeep, zwei hinten, einer bei mir vorne, und ich fuhr los in die sternenklare Nacht. »Fahr einfach immer in die Richtung«, meinte einer zu mir und zeigte mir, wo lang. Ansonsten tratschten sie ohne Pause. Nach ein paar Kilometern stoppte mein Auto plötzlich und zündete nicht mehr. Ich sprang aus dem Wagen und roch gleich, dass was nicht in Ordnung war. Ich schob mich durch den Sand unter den Jeep und sah, dass sich ein Knäuel um die Antriebswelle gewickelt hatte. Es war ein Kabel, das die Nachrichtensoldaten in der Wüste verlegt hatten.

Ich sagte meinen Offizieren Bescheid, erklärte, was passiert war, und fing an, diesen Bollen von der Welle zu entfernen. Das war sehr mühsam. Ich hantierte also mit verschiedenen Werkzeugen und Messern da unten rum. Währenddessen blieben die drei Herren im Jeep hocken und quasselten, anstatt auszusteigen und mir so die Arbeit zu erleichtern. Mit entlasteten Federn hätte ich viel mehr Platz gehabt.

Irgendwann konnten wir wieder los. Querfeldein. Es gab keine Straßen, wir fuhren einfach mitten durch, nach Himmelsrichtung, über die fast ebene Landschaft. Ich orientierte mich am Nordstern. Irgendwer hatte mir das mal erklärt: Genau in der fünffachen Verlängerung der Hinterachse des großen Bären findet man den Nordstern. Ich hatte zwar auch einen Kompass, es war aber viel zu dunkel, um den abzulesen – wir fuhren, wie immer, ohne Licht. Ohne dass mir die Offiziere irgendein Ziel genannt hatten, wusste ich immerhin, dass wir Richtung Westen fuhren. Also genau da hin, wo die Amerikaner lagen. Im Wagen war es ruhiger geworden. Die dösten wohl ein wenig. Also erklärte ich den dreien, dass wir bald bei den Amis seien. Da befahlen sie mir: »Du fährst weiter, wenn wir's dir doch sagen, Soldat!« Also fuhr ich. Bis ich meinte, schon die Lichter der Amis zu sehen – die hatten wohl nicht so viel Hosenscheißen wie wir. Endlich durfte ich umdrehen. Ich war froh, dass ich ohne Probleme wieder zu unserem Standort zurückfand. Wir hatten in einem großen Kakteenhain mit drei Meter hohen Pflanzen Lager gemacht. Das war ein gutes Versteck.

*

Mit meinem Jeep wurde ich öfters als »Chef-Fahrer« eingesetzt. Musste also immer Zeug für den Kompaniechef besorgen, ihn selbst oder Leute für ihn rumfahren. Einmal hatte ich einige Befehle beim Bataillonsgefechtsstand einzuholen. Erst ging alles gut, aber auf dem Rückweg sah ich links zwei verunglückte Motorradfahrer mit Beiwagen im Straßengraben liegen. Ich fuhr rechts raus, weil mir aus der Gegenrichtung eine Kolonne von der Front entgegenkam. Die Soldaten auf den Lastern und Panzern beachteten uns gar nicht, sie waren alle todmüde. Sie fuhren einfach weiter. Also ging ich zwischen der Kolonne rüber und zu den Männern runter. Einer war schwer verletzt. Er jammerte und schrie wie verrückt. Ich brachte ihn zum Jeep und setzte ihn hinten rein. Der andere war recht lädiert, konnte aber noch laufen. Er hockte sich auf den Beifahrersitz. Der Bataillonsgefechtsstand war viel näher, also fuhr ich zurück, woher ich gerade gekommen war. So schnell es ging. Irgendwie durchs Kraut, an der Kolonne vorbei, die aber zum Glück bald abbog. Der hinten drin wurde immer ruhiger. Als wir ankamen, lieferte ich die beiden beim Lazarett ab. Der Bursche lebte noch, war aber wie ohnmächtig. Der andere schüttelte mir die Hand. Ich habe nie wieder was von ihnen gehört.

Zurück bei unserer Kompanie hat mich der Chef zusammengeschissen: »Warum brauchst du so lange?!« Er hat sich ein bisschen beruhigt, als ich ihm alles erklärte.

*

Einmal, im Mai war das, glaube ich, verlor ich beim Rückzug meine Kolonne. Wir waren gefahren und gefahren, es war Nacht. Ich war alleine im Jeep. Dann hielten die anderen vor mir und fuhren irgendwo ins Gelände hinein. Ich wartete. Und verpasste den Anschluss. Es war stockfinster, und ruckzuck war nichts mehr von denen zu sehen. Ich fand sie nicht mehr. Mir wurde klar, dass ich bis zum nächsten Tag warten musste. Also hob ich mir einen Graben aus, um mich vor Splittern zu schützen. Ich nahm die Sitze aus dem Jeep und legte sie in den Graben hinein. Dort versuchte ich dann, unter zwei dicken Decken etwas zu schlafen. Es war saukalt in der Nacht. Und am Tag dafür eine verdammte Hitze.

*

Durch meine Aufgabe als »Chef-Fahrer« und überhaupt mit meinen Fahrkenntnissen war ich gar nicht so unwichtig für die Führung. Deswegen, schätze ich, wurde ich auch nie in die richtig schlimmen Gefechte nach ganz vorne an die Front geschickt. Ich musste auch nie auf einen Menschen schießen. Dafür bin ich sehr dankbar. Umso stärker hat sich mir aber ein Erlebnis eingeprägt.

Gleich zu Beginn unseres Einsatzes in Tunesien wurde der allgemeine Befehl ausgegeben, dass wir streunende Hunde zu erschießen hätten. Weil die Tiere Krankheiten übertragen würden. Es gab reichlich von denen. Weil wir aber meistens mitten im Feld lagerten, kamen sie uns selten nah. Aber einmal sahen ein paar Kameraden und ich einen mittelgroßen, bräunlichen Hund am gegenüberliegenden Berghang langrennen. Ich spannte mein Gewehr und schoss ... Es war eine ziemliche Entfernung, aber ich traf den Hund beim ersten Versuch. Wir sahen, wie er den Abhang runterpurzelte. Wer weiß, ob er gleich tot war. Vielleicht hatte ich ihn auch nur verwundet. Die anderen hauten mir auf die Schulter und lobten mich für meinen Schuss und scherzten, weil ich doch eigentlich so wenig in der Übung war, von wegen, dass sie mich vielleicht doch mal an die Front schicken sollten.

Ich glaube, es war das einzige Mal, dass ich im Krieg meine Waffe abgefeuert habe. Aber obwohl es nur ein Hund war, ging es mir noch ganz schön aufs Gemüt.

*

Als Soldat in Tunesien konnte ich leider immer noch kein Englisch. Denn einmal mindestens hätte ich es gebrauchen können.

Wir beobachteten den Absturz von einem amerikanischen Flugzeug. Ein qualmender Streifen oben am blauen Himmel ... Dann sprang der Pilot im Fallschirm ab. Er landete ganz in unserer Nähe. Ein Unteroffizier und ich mussten hinfahren, um diesen Ami gefangen zu nehmen, falls er noch lebte. Als wir ankamen, lag er unter seinem Fallschirm noch etwas benommen da, richtete sich dann aber auf. Es war ein dunkelhäutiger, großer Junge. Er schaute uns ziemlich grimmig an. Ich reichte ihm meine Feldflasche, aber er wollte nichts davon trinken. Wir brachten ihn zum Bataillonsgefechtsstand. Hintendrin im Jeep saß er, ganz in sich versunken, und der Unteroffizier behielt ihn im Auge, dass er keine Dummheiten machte.

Ich verstand zu dem Zeitpunkt nicht, warum er nicht aus meiner Flasche getrunken hatte. Erst später dachte ich: Weil die Nazis in der ganzen Welt als Barbaren verschrien waren – weil er vielleicht Gift im Getränk fürchtete.

Ich hätte gern mit ihm gesprochen, aber ich konnte damals null Englisch. Er war der erste richtige Schwarze, den ich in echt gesehen habe. Die Tunesier waren ja nochmal von einem anderen Schlag, und auch in Frankreich war mir nie einer begegnet. Er war sogar überhaupt der erste und einzige amerikanische Soldat, dem ich je begegnete. Wir hatten keine Gefangenen gemacht, und die Gefechte liefen fast nur per Artillerie ab. Was hätten wir auch mit den Gefangenen anstellen sollen? Sie hätten noch nach Italien gebracht werden können – aber nicht per Boot, denn die wurden torpediert, sondern per Flieger. Aber auch das war nicht sicher. Wie sie mit dem abgestürzten Piloten verfahren sind, weiß ich nicht.

*

Mal wieder hatte mich der Kompaniechef zu einem Auftrag kommandiert. Einem nächtlichen Einsatz als Minenleger.

Kurz vorher war eine Lkw-Ladung mit Tellerminen angekommen. Thiele, ein älterer Stabsgefreiter, fuhr den Opel Blitz in die Dunkelheit raus, bis wir bei einem Gelände nicht weit von der Front ankamen. Außer ihm waren wir vier weitere Soldaten. Nacheinander schleppten wir je zwei der schweren Minen in die Wüste raus und verteilten sie dort in einem mehrere hundert Meter langen und ziemlich breiten Streifen. Eine Schinderei von mehreren Stunden war das. Wir waren fast fertig, als plötzlich Granaten ganz in unserer Nähe einschlugen. Wie alle anderen warf ich mich auf den Boden, Bauch nach unten. In den seitlich ausgestreckten Armen hielt ich je eine Mine an ihrem Tragegriff so weit wie möglich von mir weg ... Wir lauschten auf den Knall der Geschosse und des Einschlags. Ein Wunder, dass wir nicht getroffen wurden.

Auch unser Lastwagen war noch in Takt, als der Beschuss aufhörte. Aber unser Chauffeur, der Thiele, aus Sachsen oder Thüringen war der, der war nicht mehr da. Hatte sich wohl aus dem Führerhaus gerettet und war weggerannt. Dann fanden wir ihn. Nicht weit vom Lkw entfernt lag er in einer Mulde auf dem Bauch, tot. Ein Granatsplitter hatte ihm eine Scheibe vom Hinterkopf weggerissen. Wir packten den Stabsgefreiten auf die Ladefläche und fuhren zu unserer Einheit zurück.

*

Die Lage in Tunesien war verworren. Wir einfachen Soldaten hatten aber keinen rechten Einblick in die Lage. Wir wurden darauf eingeschworen, dass der Sieg nicht mehr weit sei. Die Führung startete einen Gegenangriff. Wir sollten den Rommel-Truppen helfen, die Amerikaner und Briten ganz im Süden von Tunesien zurückschlagen. Viele Tage fuhren wir. Über Kairouan bis ganz runter. Ständig gab es Probleme mit dem Benzin. Der Nachschub per Flugzeug über das Mittelmeer von Italien aus funktionierte einfach nicht. Trotzdem konnten wir uns nicht vorstellen, dass wir unterliegen würden. Wir waren Marionetten. Keine Menschen.

Bei einem Scharmützel mit dem Feind wählte der Kompaniechef acht Soldaten aus und hielt eine Brandrede. Jetzt sei die Stunde der Wahrheit gekommen, es würde sich nun zeigen, welche von uns aufrechte Deutsche seien und so 'ne Scheiße. Mit den acht armen Schweinen rannte er mitten rein ins Feld. Und auch wenn wir wegen der Dunkelheit nichts gesehen haben, weiß ich, was für ein Abschlachten es gewesen sein muss: Am nächsten Morgen hatte sich der Feind zurückgezogen und wir konnten die Toten bergen. Wofür?

*

Der Gegenschlag im Süden war eine furchtbare Schlappe. Wieder waren wir mehrere Tage oder Wochen unterwegs. Auf dem Rückzug. Nicht weit entfernt von der Grenze zu Libyen. Es hatte keine Möglichkeit gegeben, sich zu waschen, geschweige denn zu rasieren. Dann sichteten wir eine kleine, etwas höher gelegene Mulde. Von Südwesten, wo der Feind lauerte, war sie nicht einsehbar. Also machten wir dort Lager und fingen schon ganz erleichtert an mit dem Waschen und Rasieren, aber dann hat es plötzlich angefangen: Artilleriefeuer in und um unseren Rastplatz. Halb gewaschen und rasiert rannten wir zu den Fahrzeugen. Ich kletterte in das Fahrerhaus eines Lkws, denn ich vertrat einen verletzten Soldaten am Steuer, und fuhr dem Karren vor mir hinterher, während es überall krachte und Bomben einschlugen. Dann wurde der Fahrer vor mir getroffen. Ein Granatsplitter musste seinen Kopf zerfetzt haben, die Seitenscheibe war vollkommen mit Blut bespritzt und die Frontscheibe zerstört. Der Lkw rollte über die Böschung nach rechts führerlos hinunter. Wir anderen fuhren weiter und haben nie mehr etwas von unserem Kameraden erfahren. Er war einer der zwei ehemaligen Russlandkrieger, mit denen ich im Nachtrupp in Neapel gewesen war. Ein Foto habe ich noch von uns dreien.

*

Die Schlacht in Tunesien war für meine Einheit verloren. Der Rest der Kompanie hatte sich noch zurückziehen können, um vielleicht noch irgendwie über das nahe gelegene Mittelmeer nach Italien zu kommen. Wir aber waren abgeschnitten und eingekesselt. Also warteten wir auf die Gefangennahme. Unsere Offiziere hatten sich schon von uns abgesetzt, in eine eigene Gruppe. Sie hatten Anspruch auf bessere Behandlung. Es war Ende April, Anfang Mai 1943.

An diesem Abend hatte ich noch von jemandem einen Dattelwein zum Probieren bekommen. Er war süß und süffig. Ich spürte den Alkohol. Wir diskutierten. Ein paar waren richtig euphorisch. Oder vielleicht eher hysterisch. Dann sahen wir die gegnerischen Truppen anrücken. Langsam schlängelte sich ihre Kolonne einen Dünenkamm runter. Seitlich und vorneweg rasselten einige Panzer über den Sand, die Soldaten rannten geduckt dahinter her.

Da hielten es einige von uns nicht mehr aus. Ich auch nicht. Ich hatte zwar kaum Angst davor, aber ich wollte einfach nicht in Gefangenschaft gehen. Ich dachte an meine Familie, dachte, dass ich dann auf unbestimmte Zeit von ihnen getrennt wäre. Also schwang ich mich zu den andern aus der Kompanie auf die Ladepritsche unseres Opel Blitz, und dann fuhr uns der Fahrer ziemlich weit in ein Gelände nahe der Küste. Von dort aus wollten wir uns irgendwie durchschlagen. Ein Boot finden und nach Sizilien rüberrudern oder sich sonstwie auf dem Landweg vom Kampfgeschehen absetzen. Aber wohin?

Wir mussten unsere Pläne aufgeben. Ein Boot war nicht zu finden. Es dauerte noch ein paar Tage, bis die englischen Soldaten wieder heran waren, aber am 11. Mai 1943 war es so weit: »Hands up!«, hieß es, und auf einmal waren wir Teil einer langen Kolonne von gefangenen deutschen Soldaten, an den Seiten alle hundert Meter locker bewacht von den »Tommies«.

Gusseisen

Quer über die abgewetzte Steinschwelle pilgerte eine Kolonne roter Waldameisen. Ich konnte nicht anders, als in die Hocke zu gehen und mal hier, mal da mit dem Bügel meiner Sonnenbrille in die Reihen der Tiere zu stupsen. Schon als Kind hatte es mich zutiefst fasziniert, wie schnell und geschäftig sie ihre Bewegungen anpassten und wie ungebrochen der Flow ihrer Gesamtheit blieb, pheromongeleitet und ultraeffizient – auf Teufel komm raus.

Manche Dinge ändern sich eben nie, und so kauerte ich dort am Eingang der Niederdossenbacher Marienkapelle, popelte konzentriert in der Nase wie der zehnjährige Rotzlöffel, der ich mal gewesen war, und schaute dabei zu, wie sich die Schweißtropfen aus meinem Bart lösten und links und rechts der Ameisenstraße aufschlugen wie Fliegerbomben. Ich versuchte einzelne Körper mit dem Blick zu fixieren, bevor sie unter dem Türspalt im Innern der Kapelle verschwanden, doch jedes Mal entglitten sie mir und verloren sich im Gewimmel.

Drinnen war es geradezu eisig. Ich trug wegen der Hitze der letzten Tage nur ein Unterhemd und spürte sofort mein schlechtes Gewissen: Seit meiner Jugend hatte ich beim Betreten deutscher Kirchen dieses seltsame, aber hochspezifische Gefühl zwischen Schuld und Zorn, Geborgenheit und Widerwillen. Natürlich spielte dabei die Vorstellung, Gott könnte mich beobachten, eine Rolle. Komischerweise hielt er sich in spanischen, peruanischen oder elsässischen Kirchen zurück – dort fühlte ich mich wohl, dort gefiel es mir regelrecht. Auf deutschem Boden, im Südwesten vor allem, war ich kein Tourist, und wenn ich es noch so sehr wollte, fühlte ich mich immer wie ein

Betrüger. Vor allem, wenn ich nicht angemessen gekleidet war oder vergessen hatte, meine Mütze abzunehmen. Und so blieb mir nichts anderes übrig, als mit dem Trotz eines Kindes zu reagieren, mit dem niemand mehr spielen möchte, weil es immerzu mogelt: Ich strafte die Weihwasserschale, in der die verendeten Körper mehrerer Insekten trieben, mit Missachtung und setzte mich in die letzte der sechs Bankreihen – *ohne* in die Knie zu gehen, ha! Und je kälter und härter die Bank unter meinem Hintern wurde, umso fester nahm ich mir vor, den Kirchenaustritt zu beantragen, dieses Mal aber wirklich.

Die Sonne strahlte durch die sechs Fenster und ließ die blau gestrichenen Wände der Kapelle leuchten. Himmelblau. An manchen Stellen blätterte die Farbe ab und brachte den graubraunen Putz zum Vorschein. Nichts hatte sich verändert. Es waren dieselben speckigen Holzbänke, derselbe Gekreuzigte über demselben kleinen Steinaltar, der mit denselben Leuchtern und Kerzen bedeckt war wie immer schon. Auch der Geruch stimmte. Kerzenrauch, kalter Stein. Doch da war noch etwas anderes, etwas, das mich an ein Duftbäumchen denken ließ, muffig, süßlich, zitronig. Schnuppernd schaute ich mich um – und staunte nicht schlecht. Nicht nur, weil ich den Ursprung des Geruchs gefunden hatte (ein Wischmopp in einem rostigen Blecheimer, der mit allerhand Waschmitteln, Lappen und Tüchern vollgestopft war), sondern aufgrund einer anderen Entdeckung: Hinter dem Putzzeug, in der Ecke zwischen dem geöffneten Türflügel und der letzten Bankreihe, versteckte sich eine Art Schrein mit einer unterarmlangen Marienstatue aus Plastik im Mittelpunkt. Sie stand auf einem Hocker, und anstatt mit bedröppeltem Gesicht die Hände zum Gebet zu falten, breitete sie die Arme aus und blickte brav in die Ferne, als würde sie sagen: »Alles wird gut, ich halte dich.« Sie erinnerte mich an den »Tío«, die Teufelsfigur, die von den bolivianischen Minenarbeitern in Potosí gefürchtet und verehrt und mit Coca, Zigaretten und Schnaps beschenkt wird. Wie der »Tío« war auch die Maria mit einer Art Lametta geschmückt. Auf der einen Seite wurde sie von einer Wachskerzenputte flankiert (Krater und Docht in der Stirn), auf der anderen stand eine Vase mit Kunstblumen. Im Hintergrund hingen eine Handvoll Fotos und eine Postkarte mit Strandmotiv an der Wand. Ich widerstand dem Impuls aufzustehen, das Putzzeug aus dem Weg zu schaffen und mich in die Ecke zu kauern, um alles genauer zu untersuchen. Dieser Schrein war ein heiliger Ort. Ich wollte ihn nicht zerstören. Mir gefiel die Vorstellung, dass es jemanden gab, der alle paar Tage hierherkam, das kleine Gotteshaus entstaubte, um sich dann in die Nische zu hocken und einige Ave Marias abzufeuern, während die Putte Licht spendete, wenn draußen die Dunkelheit einbrach. Und dieser Jemand war wohl jene Frau, von der mein Opa mir erzählt und mit der er vor Kriegsausbruch »eine Bekanntschaft gepflegt« hatte. Denn sie war es, die sich seit jeher um die Kapelle kümmerte.

Ob sie noch lebte? Mein Opa war vor anderthalb Jahren gestorben. Sie musste also jenseits der Neunzig sein, aber alles deutete darauf hin, dass sie hier noch immer den guten Geist gab. Ein Schauer lief mir über den Rücken. Der Kapelle waren Brüche und Umbrüche zwar nicht fremd – vor allem aber war sie mit ihren Kerzen und Kelchen, ihren PVC-Marmorfensterbänken und der Kordel, die zum Läuten der Glocke neben dem Eingang baumelte, ein Ort radikaler Kontinuität. »Erbaut 1887«, so war es über dem Türsturz eingemeißelt – exakt hundert Jahre vor meiner Geburt. Hier war ich getauft worden, und hätte man früher nicht geglaubt, dass die Seelen der ungetauften Babys bei plötzlichem Tod im *Limbus infantium* landeten, wären auch meine Mutter und mein Opa hier dem katholischen Glauben anheimgegeben worden – aber sie beide wurden unmittelbar nach der Geburt getauft, hastig, unzeremoniell, so war man theologisch gesehen auf der sicheren Seite.

An einem Ort wie diesem stand die Zeit nicht still, im Gegenteil: Sie raste. Menschen wurden geboren, lebten, starben, einzelne Momente blitzten auf und verglühten, neue Menschen kamen, aber der Raum blieb standhaft. Die Kapelle bildete eine Querverbindung zwischen den Generationen – und der Topographie des Dorfes: Von unten im Tal, von unserem Haus aus, konnte man die Kapelle sehen, den Aussiedlerhof dagegen nicht, auf dem mein Opa bis zu seinem Tod lebte. Und umgekehrt konnte er von seinem Balkon aus nicht direkt ins Dorf schauen – aber die Kapelle, die hatte er bestens im Blick.

Vielleicht war das der Grund, warum ich nochmal hatte herkommen wollen. Zur Vergewisserung. Zur bewussten Festigung meiner Erinnerung. Nächste Woche würden meine Eltern ihren Hausschlüssel an die neuen Eigentümer übergeben und für immer von hier wegziehen. Jagte mir das Angst ein? Fürchtete ich, etwas zu verlieren – etwas, wovor ich vor gut einem Jahrzehnt geflohen war?

*

Ja, die Heimat. Wieso kann ich diesen Begriff nicht ohne Häme denken oder aussprechen, nicht ohne innere Verhärtung, nicht mit *Natürlichkeit*? Wo ich doch in Berlin so gern den Bauern raushängen lasse! Da schwätz ich bei jeder Party irgendwann auf Alemannisch drauflos, und da findet sich jedes Mal – zum Leidwesen meiner Freundin – ein armer Irrer, der sich kringelt vor Lachen und mich anfeuert weiterzumachen. Und dann zähle ich die Superlative meiner Herkunft auf: die *beste* Sprache, der *schönste* Winter, die *meisten* Cousins und Cousinen, das *kleinste* Dorf – das ist schon was. Exotik pur! Und mag es noch so viele Dorftrottel geben in Berlin, keiner ist so trottelig und dörflerisch wie ich – und trotzdem so charmant. Jepp. Und wenn andere klagen, wie nervtötend ihre Familie ist, gerate ich ins Schwärmen. Denn meine Family, der Mutter-Clan, ist cool. Weihnachten mit sechzig Leuten in einem Saal, das rockt. Und alle, mal abgesehen von den Partnerinnen und Partnern, stammen ab von Oma Erna und Opa Sepp.

Und hier wird es tricky. Denn es wäre Quatsch zu leugnen, dass es diese Dinge und einen Zusammenhang zwischen ihnen gibt: Abstammung, Heimat, Herkunft, Identität. Und doch sind das alles gruselige Begriffe, die mir Bauchschmerzen bereiten. Mein Opa war, was das anging, weniger zwiegespalten. Er war »der Heimat verbunden«, sprach von ihr aber nur im Kontext ihrer Abwesenheit. Etwa im Zusammenhang mit Geflüchteten aus Krisengebieten, die »ihre Heimat verloren« hatten. In Bezug auf sein eigenes Leben spielte der Begriff nur eine Rolle, wenn er von Krieg und Gefangenschaft erzählte, als er »fern der Heimat« war – was bei ihm so gut wie gleichbedeutend war mit »fern der Familie«.

Vielleicht ist das ja ein guter, nachvollziehbarer Heimatbegriff, mit dem ich mich identifizieren kann? Er bezieht sich auf einen gegenwärtig und real existierenden Ort in der Welt, auf Menschen, auf eine Sprache – nicht auf einen fiktiven Sehnsuchtsort einer fiktiven Vergangenheit. Und auch nicht auf einen politisch gewollten Rahmen namens »Deutschland«. Geht man diesen Weg und sucht zwanghaft nach Mitteln, die Heimat an *die Nation* oder gar *das Volk* zu binden, dann steckt man im nächsten Schritt schon mittendrin in jener Sumpflandschaft, in der auch *das Vaterland*, *der Herrenmensch* und *die Rasse* vor sich hinblubbern und nur darauf warten, dass irgendein Arschloch sie wieder aus dem Dreck zieht. »Pfui Deifi«, hätte mein Opa gesagt.

Ansonsten spielte die Heimat als Begriff keine Rolle für ihn, wozu auch? Wozu etwas benennen, das ohnehin gegeben ist. Und wozu *stolz* darauf sein? Wieso Angst davor haben, jemand könnte kommen und ihm diese Heimat wegnehmen? Sie war ja da, umgab ihn und steckte in ihm drin. Dass sich die Welt verändert, war für ihn mehr eine Herausforderung als ein Problem. Vermutlich hätte es für ihn nicht einmal einen Unterschied gemacht, wären die Grenzen nach dem Zweiten Weltkrieg neu gezogen worden, und Niederdossenbach hätte ab sofort auf französischem Boden gelegen. Die Elsässer waren ihm kulturell und sprachlich ohnehin viel näher und vertrauter als alle Bonner, Dresdner, Kieler oder Berliner zusammen. Ich denke, für ihn war Heimat die Region, in der er aufwuchs, die Sprache, die er zuerst gesprochen hat, und die Menschen, in deren Umfeld er laufen, lachen und lieben gelernt hat. Nicht mehr und nicht weniger.

*

Es war, als hätte eine kleine Horde Affen den Raum gestürmt. Ich zuckte zusammen, überfordert von dem plötzlichen Radau, dabei waren sie nur zu zweit: Thilo und Nikolas hopsten und turnten zwischen den Bänken hin und her, zerrten und zogen aneinander und stritten lautstark darüber, wer zuerst die Kapellenglocke läuten dürfte. Die sakrale Ruhe von zuvor war mit einem Schlag vorbei.

Ich erinnerte mich an Thilos Taufe, die schon zwei Jahre zurücklag. Meine Schwester hatte mich gefragt, ob ich sein Pate sein wollte, worüber ich mich sehr gefreut hatte. Obwohl ich mir etwas schräg dabei vorkam, mich für die Heranführung des damals noch kleinen Wurms an Jesus Christus und Gott in der Höh' zu verbürgen, hatte die Zeremonie ihren Reiz. Die matronenhafte Betriebsamkeit des Pfarrers gefiel mir, ebenso der Widerhall seiner Kermit-der-Frosch-Stimme unter den Gewölben des ehrwürdigen Münsters zu Bad Säckingen, dazu der vielstimmige Klang der dunklen, mystischen Worte von Glaubensbekenntnis und Absage: »Widersagt ihr dem Satan und all seiner Bosheit und all seinen Verlockungen?« Ich widersagte und glaubte durch die Bank und der Ordnung entsprechend.

»Vali!« Mein Vater – der Silberrücken in der Affenbande – schob sich durch die schmale Eingangstür.

»Ihr seid aber schnell gewesen«, sagte ich und stand auf.

Er übergab mir die prallgefüllte Tüte mit den Kirschen, die er mit den beiden Jungs bei meiner Tante auf dem Hof geholt hatte. Das karierte Hemd, das sich sonst im Sommer über seinen Kugelbauch wölbte, hatte er aufgeknöpft, Schweiß benetzte seine Stirn und hatte ein ausgefallenes Salzbatikmuster auf dem Unterhemd hinterlassen. Sichtlich erschöpft vom »Kinderhüten« ließ er sich auf eine Bank fallen und lüftete die Schildmütze.

»So«, sagte er, nachdem er wieder zu Atem gekommen war. »Hast du gar nicht geläutet? Wir haben nix gehört.«

Diese Frage hatte ich schon erwartet. Immer wenn mein Vater mit seinen Enkeln zur Kapelle spazierte, läuteten sie die Glocke, als stünde der Jüngste Tag bevor, und auch mir hatte er zu läuten aufgetragen, solange sie noch auf dem Hof sein würden.

»Nee«, antworte ich langgezogen.

»Was?«, sagte er geradezu empört und richtete sich auf: »Aber warum denn nicht?« Und die Jungs, die auf der Bank vor uns angekrabbelt kamen, stiegen sofort ein. »Ja, aber warum denn nicht?«, echote Nikolas und zog die Nase kraus, als hätte ich gerade eine Kröte hinter seinem Ohr hervorgezaubert. Und Thilo, etwas zeitversetzt, aber seinem großen Bruder nacheifernd: »Ja-aber, ja-aber, warum denn – aber warum denn nicht?« Beide redeten sie etwas gekünstelt, als wären sie Teil eines Kinderfilms oder eines Hörspiels – zu Recht, schließlich befanden wir uns gerade mittendrin in einer *Story*. Für die beiden war es die natürlichste Sache hierherzukommen und einfach draufloszuläuten. Es war quasi *ihre* Kapelle, und mein Vater hatte ihnen vermutlich alle möglichen Geschichten erzählt, die sie mit diesem Ort persönlich verbanden. Und jetzt schauten die drei mich erwartungsvoll an, zwei kleine und ein großes Fragezeichen. Alle drei mit Mützen auf dem Kopf und einer dicken Schicht Sonnencreme auf den Nasen.

Tja, warum denn nicht? Weil ich es seltsam und peinlich finde, in einer Kapelle einfach so an der Glockenkordel zu ziehen? Weil mir als Kind so etwas nicht erlaubt war, da es sich nicht gehörte? Oder vielleicht, weil ich das Gefühl habe, ein Abtrünniger zu sein – dem die Geste des Läutens verboten ist.

»Ich wollte auf euch warten.«

»Aber man muss so viel wie möglich bimmeln!«, protestierte Nikolas und setzte eine wichtige Miene auf. »Sonst kommen die Tiere aus dem Wald und wohnen hier!«

»Aha«, grinste ich. »Und wer sagt das?«

»Der Opaaa!«, riefen die zwei Kleinen wie aus einem Rohr, und Thilo setzte zu einer ausführlicheren Antwort an: »Weil, weil, weil –«, und dann folgte eine etwas wirre Story, die mein Vater ihnen aufgetischt hatte. Irgendwas mit Engeln und einem alten Tischlermeister, der die Tür und die Bänke hergestellt hatte und ständig läuten musste, damit nicht die Tiere aus dem Wald einzögen, weil es ihnen im Wald zu heiß geworden war, oder so was ...

Es wurde also geläutet. Beziehungsweise gebimmelt. Bi-bimm, bi-bimm, bi-bimm. Nikolas war schon groß genug, um selbst an die Kordel zu kommen. Er zog wie wild und jauchzte, und wenn er sich im richtigen Moment festhielt, wurde er vom Rückzug der Kordel ein Stück in die Luft gehoben. Erstaunlicherweise klang das Geläut rhythmisch und klar, egal wie unkontrolliert unten gezogen wurde. Ich hob Thilo ein Stück in die Höhe – mein Vater hatte es im Kreuz und schien sich ohnehin gerade zu einem Mittagsschläfchen zu verabschieden. Die beiden Jungs wechselten sich ab – einer läutete, einer gackerte – und wollten nochmal und nochmal und nochmal, und so ging das eine ganze Weile, in der mein Hirn langsam runterfuhr und ich mich der schweren Luft und dem Rhythmus der Glocke ergab. Die Arme wurden taub vom Gewicht meines Patenkinds, die Gedanken gerieten in Schwingung wie das Gusseisen über uns.

Sollten sie läuten, so viel sie wollten. Vielleicht würde es das letzte Mal sein. Meine Schwester war mit ihrer Familie bereits aus Bad Säckingen weggezogen, und wenn nun auch meine Eltern das Haus in Niederdossenbach verließen, würde es nur noch selten einen Grund geben, ins Dorf – und damit in die Kapelle – zu kommen. Auch ich hatte das Haus, in dem ich aufgewachsen war, nicht übernehmen wollen. Eine Entscheidung, die ich mit gemischten Gefühlen getroffen hatte, ja, aber mit dem Tod meines Opas gab es nur noch wenig, was mich hätte zurücklocken können.

Plötzlich hatte ich ihn vor Augen, das heißt, nicht ihn, sondern ein Foto von ihm – eines der wenigen aus seiner Zeit als Soldat, die nicht verlorengegangen waren. Ich hörte die Glocke läuten, und er lehnte an einem Jeep, aufrecht, adrett, bereit zur Abfahrt. Neapel. Eine Flugstunde entfernt: der Krieg. Kühn der Blick in die Kamera, so vieles noch vor ihm. Ein ganzes Leben. Und ich stellte mir vor, wie er Jahrzehnte später, als alter Mann, zurückdenkt, wie er im Zug sitzt oder im Auto, irgendwo im Rheintal. Was würde er dem jungen Mann auf dem Foto, der er mal war, gerne sagen? Ich weiß es nicht. Stattdessen lenkt er seinen Blick aus dem Fenster, erinnert sich ... an zerbombte Städte, gesprengte Brücken, damals, als er aus der Gefangenschaft entlassen wurde, und dort draußen, jenseits des schillernden Flusses, auf französischem Boden lagen sie: die Schützengräben. Dort starb der erste Mann seiner Mutter, dort wurde sein Vater verschüttet, dort verreckten Zehn- und Hunderttausende im Gas – und trotzdem: Alle sind sie ihm nachgerannt, dem Hitler. Er begreift es nicht. Zermartert sich das Hirn, und doch kommt er nicht darauf. Wie ist es möglich, fragt er sich wieder und wieder. Deutschland lässt die Totenglocken läuten, jeder Klöppelschlag ein Krieg – alles hängt zusammen.

*

Ich war in der vierten oder fünften Klasse, als ich zum ersten Mal Adolf Hitler tötete. Er trug einen stählernen Roboteranzug, war schwer bewaffnet – und stinksauer. Kein Wunder, denn die verschlungenen Katakomben hinter mir waren gepflastert von Schäferhundeleichen und einer

Unzahl erdolchter oder erschossener SS-Männer. Auch ich selbst war auf meinem Weg durch den Führerbunker unterm Reichstag immer wieder nah dran gewesen, vor meinen Schöpfer zu treten. Glücklicherweise waren die Nazis aber blöd genug, überall Medipacks, Essensreste und Munition herumliegen zu lassen. Und außerdem hatte ich drei Leben.

Der Endkampf gegen Hitler verlangte mir alles ab. Er war monströs stark und hatte die vierfache Feuerkraft meiner Chaingun. Immer wieder floh ich in die Nebenräume, um mich aufzupäppeln (das Öffnen der Türen bereitete Hitler Schwierigkeiten), doch bald waren alle Medipacks aufgebraucht, und für das Nazigold, das hinter den Geheimtüren versteckt war, interessierte ich mich schon lange nicht mehr. Auch nicht für die Hakenkreuz-Flaggen, die Führer-Plakate oder die Käfige, die von den Decken hingen und in denen menschliche Skelette kauerten. Wer es so weit geschafft hatte wie ich (sprich: wer von Schloss Wolfenstein entkommen war und in Hollehammer herausgefunden hatte, was es mit der »Operation Eisenfaust« auf sich hatte), den schockte längst nichts mehr. Ich war William »B.J.« Blazkowicz, amerikanischer Spion mit jüdisch-polnischen Wurzeln, und meine Mission war, die Pläne der Nazis (Erschaffung einer Zombie-Armee) zunichte zu machen und die Welt zu retten – und ich war kurz davor!

Die Tür öffnete sich. Mein Herz pumpte. Pixeliges Blut rann mir in die Augen. Hitler feuerte, was das Zeug hielt, ratatatata, ich spurtete um eine Ecke, schoss, hechtete zurück in Deckung – kam wieder hervor, zielte, schoss, flüchtete. Die Taktik schien aufzugehen. Er war zu behäbig in seinem Roboteranzug, der endlich, endlich unter dem Feuer meiner Chaingun zerbarst. Zurück blieb ein

Hitler in Normalgröße und brauner Uniform, bewaffnet nur noch mit einer ordinären Maschinenpistole. Volle Möhre hielt ich auf ihn drauf, er warf mit Flüchen um sich (ich verstand kein Wort, so blechern drang seine Stimme durch die Passiv-Boxen), er versuchte auszuweichen, ballerte in meine Richtung, traf mich schwer, aber ich setzte alles auf eine Karte und verließ meine Deckung: Ich rannte auf ihn zu, während das Blut in meinen Augen stockte – du oder ich, du Sau, aaaaaah, ratatatatatata – die Chaingun rauchte, und mein Gesundheitslevel raste unaufhaltsam dem Nullpunkt zu. Doch dann, kurz bevor ich selbst mein letztes Leben verlor, ging Hitler unter der zermalmenden Kraft der Gerechtigkeit zu Boden, sein Körper zerfiel mit einem schmatzenden Geräusch zu roten Fleischpixeln. Das war's. Blut, Knochen, Gedärme.

»Auf Wiedersehen, Eva ...«

Seine letzten Worte hallten in der stickigen Luft der Gewölbe nach, das Horst-Wessel-Lied verstummte.

*

Michi Klein, der große Bruder von meinem Kumpel Andy Klein aus Dossenbach, hatte das Spiel irgendwo organisiert. »Wolfenstein 3D« wird heute als der »grandfather of 3D shooters« gehandelt und stand damals wegen der gezeigten NS-Symbolik auf dem deutschen Index. Es faszinierte uns. Nicht nur wegen seiner modernen Grafik, die heute lächerlich wirkt, sondern auch wegen der Darstellung der Nazis – und der Möglichkeit, sie zu bekämpfen. Und da in der Schule über die beiden Weltkriege, den Nationalsozialismus und den Holocaust erst in der Mittel- und Oberstufe gesprochen wurde, prägten mich amerikanische Filme und Computerspiele wie »Wolfenstein 3D« umso stärker.

Wir waren im selben Alter wie mein Opa und sein Bruder Alfons, als sie dem Jungvolk beitraten. Mir diese Tatsache vor Augen zu führen, strafft meine Gedanken, verbindet sie und führt sie schließlich – kurz bevor ich das Gefühl habe, begriffen zu haben – zu einem neuen Knoten zusammen, der hart und unauflöslich zwischen meinen Schläfen spannt. Er ist da, aber ich weiß nicht recht, was ich mit ihm anfangen soll. Es bleibt unbegreiflich. Das einzige, was mir zu denken bleibt, ist: Deutschland – Deutschland auf den Punkt gebracht. Deutschland aus einem Guss.

*

»Onkel Valentin?«

Thilo hielt die Kordel in der kleinen Faust. Er roch nach Baby, dabei war er schon fast drei Jahre alt. Mit steifen Armen setzte ich ihn ab.

»Was gibt's?«, sagte ich und schaute ihn auffordernd an.

Er zeigte nach oben: »Willst du auch mal bimmeln?«

»Ach«, sagte ich und machte instinktiv eine wegwerfende Handbewegung, doch ebenso instinktiv fiel diese Bewegung in sich zusammen und meine Hand griff zu, schloss sich um die Kordel. »Na gut. Warum nicht.«

Meine Hände schwitzten. Das Seil fühlte sich rau an. Ich blickte nach oben, aber der Glockenschacht war mit einer hölzernen Platte verschlossen, die Kordel verschwand in einem Loch darin. Ich zog.

Die ersten Glockenschläge klangen schrill in meinen Ohren. Bi-bimm, bi-bimm, bi-bimm, machte das Geläut, und ich versuchte kräftiger zu läuten, schneller, härter: Wenn wir schon mal dabei waren, warum nicht die Ruhe im Dorf ein wenig stören? Also zog ich und zog, nochmal, nochmal, ich riss regelrecht an der Kordel, schaute mich dabei verstohlen zu den anderen um, aber außer Thilo bekam niemand mit, was abging, bi-bimm, bi-bimm, bi-bimm. Na komm, feuerte ich mich innerlich selbst an – schneller, lauter! – und freute mich auf das Chaos. Doch nichts geschah. Schweiß rann mir in die Augen. Egal, wie ich zog, das Läuten blieb rhythmisch, wolkig, schön. Irgendein fieser Mechanismus im Glockenturm entschärfte jede Kraft, federte ab, speicherte und glich aus, sodass am Ende wieder jenes harmonische, harmlose Gebimmel über dem Tal erklang, das ich seit meiner Kindheit kannte. Eins zu null für das Gusseisen.

Prisoner of War

Es war heiß. Wir hatten fast nichts zu trinken. Und dann, nur wenige Stunden, nachdem wir in die Hände der Engländer gefallen waren, tauchten am Himmel auf einmal amerikanische Flugzeuge auf. Sie bombardierten uns und die abfahrbereite britische Kolonne. Was für ein Irrsinn! Diese Aktion kostete einige das Leben – Briten und Deutsche gleichermaßen. Bei uns erwischte es den Kompaniekoch.

Der Marsch nach Tunis war sehr hart. Im Stadtzentrum war ein riesiges Gefangenenlager errichtet worden. Dort war was los. Das fiel mir jetzt erst richtig auf. Die Einheimischen standen links und rechts der Straßen, durch die wir kamen, manche jubelten, aber die meisten interessierten sich gar nicht für uns. Überhaupt war die Zivilbevölkerung während des Afrikafeldzugs mehr oder weniger unbeteiligt gewesen an unseren Kämpfen. Für unseren Alltag an der Front spielten sie keine Rolle. Die deutschen Soldaten hatten bei den Tunesiern aber an sich keinen schlechten Ruf. Einige konnten ja Französisch und ich auch, so war eine kleine Unterhaltung möglich. Aber um sich richtig zu verständigen, hätte man Arabisch sprechen müssen, und das konnte ich leider nicht. Manchmal hatten uns die Männer Couscous verkauft, und solange wir dort Chef waren, sagten sie: »Allemand et Arab – gifgif«, also enge Freunde oder so, und dazu das Zeichen mit den zwei aneinander geriebenen Zeigefingern, weil man mit den Franzosen einen gemeinsamen Feind hatte. Auch was die Frauen anging, war es anders als in Frankreich zum Beispiel. Hier waren sie verschleiert und zurückhaltender. Nur wenn wir Wasser aus den Tiefbrunnen holten, kam man ein bisschen in Kontakt. Sonst wurde aneinander vorbeigelebt.

In unserem *Prisoner of War* Camp hielt der Bataillonskommandeur, Major Krumsick, eine Rede. Immer mussten sie Reden halten, die Säcke, aber gut. Er meinte, wenn er gewusst hätte, wie alles einmal enden würde, dann hätte er uns in Corbie nicht so einen strengen Dienst aufgebrummt.

*

Nach einigen Tagen in der prallen Sonne und auf Notration wurden wir am Hafen von Tunis in ein Kohlenschiff verladen. Unten im Ladebereich war Platz für hunderte Männer. Da standen wir wie die Heringe zusammengepfercht. Unser Ziel war Oran in Algerien. Etwas außerhalb der Stadt war mitten in der Wüste ein amerikanisches Lager für deutsche Kriegsgefangene errichtet worden.

Kurz nach der Ankunft gab man uns einen Vordruck, den wir an die Familie schicken konnten. Darauf der Hinweis, dass man in Gefangenschaft gekommen war. Es war die erste Nachricht an meine Eltern seit Monaten. Wir hatten eine Art Code ausgemacht, für den Fall, dass ich gefangen genommen würde, um die Zensur zu umgehen – also schrieb ich so etwas wie: »Wie geht's dem Otto, Richard, Andreas und Norbert?«, damit sie wussten, ich bin in ORAN.

Je zu viert wurden uns kleine Zelte zugewiesen. Darin dämmerten wir vor uns hin. Pro Tag erhielten wir ein paar Kekse und eine Feldflasche Wasser. Nicht gerade viel. Einige wurden krank. Das größte Problem war aber die Hitze tagsüber. Und die Kälte in der Nacht.

*

In Oran dauerte es nicht lange und ich musste ins Lazarett. Zwei Fußgelenke und ein Handgelenk waren über

Nacht schmerzhaft angeschwollen. Gelenkrheuma sei das, wurde mir gesagt. Von der einseitigen Ernährung oder dem Hungerleiden. Da lag ich also und versuchte mich zu erholen. Ein deutscher Doktor, auch ein Gefangener, brachte mir eine Medizin, von der mir schlecht wurde. Er meinte: »Dann ist wohl auch das Herz noch angegriffen.«

Ich wollte meine Ruhe. Trotzdem kam ich mit einem jungen Soldaten, der auch in dem riesigen Lazarettzelt war, ins Gespräch. Er wollte mir unbedingt seine Geschichte erzählen und nervte ganz schön rum. Die anderen Kranken und Verletzten waren stumpf und stumm. Sie drehten sich weg oder verzogen sich, wenn er es bei ihnen versuchte. Also kam er immer wieder zu mir. Ich war wegen der Entzündung bettlägerig und konnte mich quasi nicht wehren.

Er war 18 und hatte sich nach seinem 16. Geburtstag freiwillig zum Kriegsdienst gemeldet. Ich glaube, er war der Sohn eines Studienrats in Heidelberg. Auf jeden Fall war er bloß noch Haut und Knochen, weil er sich mit Ruhr oder Typhus angesteckt hatte. Dafür war er ziemlich aufgedreht, ein richtiger Zappelphilipp. Aber irgendwann gab er sich zufrieden. Er grinste und sagte: »Bis morgen, Kamerad!«, und verzog sich auf seine Pritsche.

Ich hab ihn noch vor Augen. Ein junger Bursche, ein Würstchen eigentlich. Am nächsten Tag kam er nicht wieder. Einer sagte, dass sie ihn am Morgen mit den anderen Toten weggeschafft hatten.

*

Meine Gelenkentzündung ging zurück. Ich erholte mich und kam wieder etwas zu Kräften. Ich hatte Zeit gehabt zum Nachdenken. Mir war klargeworden, dass ich auf keinen Fall so weit weg übers Meer wollte. Wir wussten inzwischen, dass sie uns bald in die USA überschiffen würden, die Gerüchte waren eindeutig. Ich hatte Angst, so weit von der Familie entfernt zu sein. Noch weiter. Also plante ich einen Fluchtversuch. Im Nachhinein ein schlimmer Fehler.

Es waren der Hermann Höflinger, aus Schlier bei Ravensburg, und ich und noch zwei, die mitmachten: ein Unteroffizier und ein Gefreiter, an dessen Namen ich mich nicht erinnere. Wir wollten in den folgenden Nächten zu Fuß von Oran nach Spanisch-Marokko abhauen. Das war die Idee. Ich hatte trotz der zahlreichen Kontrollen und Abtastungen immer noch eine Karte von Nordafrika und einen Kompass bei mir.

Als wir mit Küchendienst dran waren, mussten wir in großen Kübeln den Küchenabfall aus dem Lager raustragen. Unten drin hatten wir diverse Sachen versteckt, mit denen wir Araber als Helfer bestechen wollten. Also weg mit dem Küchenmist und los! Aber die Wachen am Lagertor bemerkten sofort, dass wir nicht gleich wieder zurückkamen und begannen mit der Suche. Wir rannten weiter, vielleicht eine Viertelstunde durch das Gelände, bis zu einem Weinberg, wo es trichterförmige, tiefe Erdlöcher gab. In so ein Loch legten wir uns. Alle voll aus der Puste und halb verreckt. Da hörten wir sie schon oben nach uns suchen. Die Stimme eines US-Offiziers, der in gebrochenem Deutsch nach uns rief und viele, aufgeregt klingende Stimmen der arabischen Helfer.

Es dauerte nicht lang.

Wir krochen aus dem Loch. Mit hängenden Köpfen. Unterwürfig, jetzt, wo sie uns doch wiederhatten, hofften wir einfach, dass sie uns nichts taten.

Sie brachten uns auf einen schattenlosen Platz, der vielleicht 15 mal 15 Meter groß war. Jeder von uns wurde in eine Ecke gestellt und einzeln durchsucht. Der Unteroffizier machte Mucken, jedenfalls wurde er noch mit Schlägen per Seitengewehr traktiert.

Die folgenden Tage bis zur Reise in die USA mussten wir Tag und Nacht direkt neben einem Wachturm verbringen. Das hat ganz schön gezehrt. Aber alles das war nicht so tragisch wie meine eigene Blödheit, die dazu geführt hatte, dass mir alles, was ich noch gerettet hatte, abgenommen worden war: Ausweis, Führerschein und vor allem die vielen Fotos. Entgegen den Versprechungen der Amerikaner habe ich sie nie wiedergesehen.

*

Im Herbst 1943 – oder war es schon Winter? – wurden wir mit dem Schiff von Algerien in die USA verschifft. Tausende Mann. Fast zwei Wochen hat das gedauert. Im Geleit hatten wir immer zwei amerikanische Kriegsschiffe, die uns vor deutschen U-Boot-Angriffen schützen sollten. Und so ging es im Zickzackkurs an der afrikanischen Küste entlang durch das Mittelmeer und dann quer über den Atlantik. Die meiste Zeit waren wir eingesperrt, so dass wir eh nicht viel sahen von draußen. Aber wir bekamen gutes Essen auf dem Schiff. Von Anfang an. Der Kapitän hatte wohl irgendwie was für die Deutschen übrig.

*

Es ging über New York und dann per Zug quer durch das Land. Bis wir in unserm Lager in Oklahoma ankamen. Die ganze Reise beeindruckte mich schwer. New York mit der

Freiheitsstatue, den Wolkenkratzern, und dann die Landschaftsvielfalt überall. Alles immer irgendwie extrem – riesengroß oder weit und flach, Flüsse, fünfmal so breit wie der Rhein, und Straßen, so endlos lang und schnurgerade. Anders halt als in Niederdossenbach. Aber auch schön. Das hat mir gefallen. Obwohl wir im Güterzug hocken mussten und ziemlich ausgezehrt wahren. Auch moralisch.

In Oklahoma wurden wir erstmal entlaust. Und dann aufgepäppelt. Die haben uns gut behandelt, da kann man nix sagen. Nach der Genfer Konvention bekamen wir die gleiche Essensration wie die amerikanischen Soldaten. Das wurde eingehalten. Für uns war das am Anfang ein unbegreiflicher, ganz ungewohnter Überfluss. Vor allem Obst gab es viel. Und auch ganz unbekannte Sachen. Ich bekam sogar mal einen Ausschlag, weil ich zu viele Orangen gegessen hatte. Andere Gefangene schafften es immer wieder, Schwarzbrennereien einzurichten – einige starben, weil der Selbstgebrannte gepanscht war.

Am Anfang ging es mir nicht gut. Anstatt froh zu sein, die Gemetzel überlebt zu haben, habe ich noch wochenlang den abgenommenen Papieren und Fotos nachgetrauert. Ich dachte, dass die Gefangenschaft bald zu Ende gehen würde, ich mich also gar nicht erst daran gewöhnen sollte. Aber das änderte sich bald. Man musste sich ablenken. Denn das Schlimmste im Lager war die Langeweile. Das sah ich an anderen Deutschen, die nur noch rumhingen, wenn sie nicht arbeiten mussten. Nachdem ich meinen Frust vom Anfang überwunden hatte, dachte ich: Wenn ich schon mal hier bin, dann muss ich das auch irgendwie nutzen. Der Krieg wird ja doch einmal zu Ende gehen, und dann gehe ich zurück, um mich um meine Familie und den Hof zu kümmern.

*

Also verbrachte ich meine Freizeit mit Englischlernen. Schon in Frankreich, ach was, schon früher, mit den Kriegsgefangenen in Schwörstadt, hatte ich gemerkt, dass mir das Spaß macht. Also hab ich immer gut zugehört, Vokabeln aufgeschrieben und alle Möglichkeiten genutzt, um in Kontakt zu kommen. Bald konnte ich Zeitung lesen und sogar Bücher.

Am Anfang musste ich noch bei der Schwerstarbeit mitmachen. Eisenbahngleise reparieren und neu mit Schotter unterfüttern. Das war eine Schufterei. Aber ich hatte den Nachweis aus Oran, dass mein Herz angegriffen sei. Das wurde in Oklahoma nochmal untersucht, und auch wenn ich nicht so ganz verstanden habe, was genau los gewesen sein soll damit, war ich froh darüber, dass mich die Amis ab sofort unter *permanent light duty* stellten. Ich musste also keine körperlich schwer anstrengenden Tätigkeiten mehr machen, sondern wurde zum Spüldienst, für einfache Gartenarbeit oder verschiedene Inventursaufgaben eingesetzt.

Es war schon erstaunlich, wie schnell man sich anpassen konnte an den neuen Alltag. Wie sich so Strukturen bildeten. Und Freundschaften. Oder Feindschaften ... Einmal hatte ich eine Zahnlücke. Das war für die Amerikaner eine Lappalie, die nicht beachtet wurde. Aber es gab deutsche Ärzte, die im Lager schwarz behandelten. Sechs Stangen Zigaretten musste ich dafür besorgen. Über Ecken konnte ich die beschaffen. Aber nur gegen etwas anderes mit Tauschwert. Ich weiß nicht mehr, was ich zu bieten hatte. Obst, Nüsse oder vielleicht Streichhölzer, ein Werkzeug, das ich irgendwo erschlichen hatte. Sechs Stangen. Das kostete die Behandlung beim Zahnarzt. Richtig gute

Brücken mit Gold waren entsprechend teurer. Da musste man sich kümmern.

Einer zum Beispiel, der René aus dem Elsass, der war so einer ... Der hätte eine ordentliche Zahnbehandlung dringend nötig gehabt. Lag aber immer nur auf seinem Pelz mit glasigen Augen, sprach kein Wort. Jede freie Minute im Bett. Seine Kleider hat er darunter in einen Pott voller Wasser gelegt und ließ sie da einweichen. Das reichte ihm – wir andern wuschen unsere Kleider selbst in den großen Waschküchen mit Seife. Aber dem René, dem war alles egal.

Es gab einige solche Typen. Kaputte, brutale, hinterhältige Leute. Durch den Krieg und die Nazi-Erziehung waren wir alle versaut. Unter den Deutschen im Lager gab es verschiedene Gruppen, die sich gegenseitig bekämpften. Eine wilde Mischung aus strammen Nazis auf der einen und »Commies« auf der anderen Seite. Dazwischen ein Haufen einfacher Leute, die vor sich hinbrödelten und von nichts was wissen wollten, Angst hatten, das Maul aufzumachen. Oder auch die Alten vom Volkssturm, die später noch kamen, 40 Jahre und älter waren die. Ich erinnere mich an einen von ihnen, einen Wiener, mit dem ich viel zu arbeiten hatte und dabei gerne mit ihm sprach. Das war ein Netter.

Und dann gab es natürlich noch die deutschen Offiziere. Die hatten einen besseren Status. Sie wurden nicht mit der Mannschaft zusammengesteckt. Nur anfangs waren die Unteroffiziere bei uns, bis sie sich beschwerten. Also bekamen sie ein eigenes Lager. Doch später kamen wieder welche zu uns, weil ich inzwischen für die Arbeitseinteilung zuständig war. Das hatten sie gar nicht gern.

Bei den Offizieren gab es auch ein paar, die nicht ganz mit dem Strom schwammen, obwohl das sehr schwer und gefährlich war. Aber die allermeisten von denen und auch viele von den Soldaten waren für den Führer. Ob Nazi oder nicht – wir alle glaubten, dass der Sieg irgendwann kommen würde. Unser Sieg. Ich selbst war einfach unfähig, mir vorzustellen, wie es wäre, als Verlierer aus dem Krieg hervorzugehen. Was würde dann aus der Heimat werden? Wie würde es meiner Familie ergehen? Wir waren so indoktriniert. Und man durfte auch gar nichts dagegen sagen. Man konnte nicht. Viele wurden von den eigenen Landsleuten im Schlaf oder in der Dusche abgestochen, weil sie sich falsch geäußert hatten.

*

Ich schrieb viele Briefe nach Hause. Immer eine Seite, nicht mehr. Es gab spezielles Papier, das wohl durchleuchtet wurde. Ich weiß aber nicht, ob es wirklich zensiert wurde. Vermutlich haben sie nur Stichproben gemacht. Aber wir wussten ja, dass wir nicht über irgendwelche Kriegsthemen schreiben durften, oder darüber, was genau wir machten.

Der Briefaustausch funktionierte an sich ganz gut, wenn man bedenkt, wie der Krieg ausgeartet war. Obwohl zwei Monate vergingen, bis die Briefe jeweils ankamen, sie erreichten meistens ihr Ziel. In den Briefen: immer das gleiche. Meine Hoffnung, dass es der Familie gut geht. Ihre Antwort, dass ich mir keine Sorgen machen sollte. Dass wir alle bald wieder vereint sein würden und so weiter. Ich fühlte mich furchtbar, weil ich doch wusste, was die entbehren mussten. Mein Vater krank und schwach im Bett. Meine alte Mutter mit den Schwestern Tag und Nacht bei der Arbeit. Ihre Sorgen um mich und den Alfons an der Front in Russland ...

Es muss schlimm gewesen sein in Deutschland um diese Zeit. Meine Mutter hat mir später viel davon erzählt. Über die schlechte Versorgungslage der Zivilbevölkerung, die Angst vor Fliegerangriffen in den Städten und der Gedanke, dass die Söhne nicht mehr nach Hause kommen könnten. Und trotzdem gab es nach wie vor so Leute. Die alte Probst zum Beispiel, die war eine ganz Fanatische und ließ allen möglichen Scheißdreck ab, von wegen Endsieg.

*

Einmal bat mich ein anderer Gefangener, für ihn einen Brief einzuwerfen. Ich hatte da gerade einen Job, bei dem ich auch mal aus dem Lager rauskam. Er hatte Verwandtschaft in den USA und wollte ihnen schreiben, was aber verboten war. Ich hatte schon ein mulmiges Gefühl. Warf den Brief dann aber in einen Briefkasten ein. Und wurde erwischt. Ein amerikanischer Soldat hatte mich beobachtet. Bis zu diesem Tag waren alle sehr zufrieden mit mir gewesen. Das war ein dummer Fehler, den ich lange bereute.

Ich musste beim Colonel vorstellig werden. Das war der Chef unseres Gefangenenlagers, ein hohes Tier bei den Amis. Er verhörte mich. Aber ich erzählte ihm sofort alles. Er war sehr wütend: »Watch out for your curls, young man!«, sagte er. Der Dolmetscher übersetzte, dass der Colonel mich einen Kopf kürzer machen wollte. Es war dann aber so, dass mir und dem anderen Gefangenen zur Strafe die Haare auf dem Kopf abrasiert wurden. Das war im Lager immer die erste Maßnahme bei einem Vergehen. Wir sind nochmal gut davongekommen. Aber mir hat der ganze Scheiß ganz schön zu schaffen gemacht. Und wie er das gesagt hat, das weiß ich noch ganz genau: »Watch out for your curls, young man!«

*

Für mich waren die Tage nie zu lang, obwohl doch immer klar war: Das muss alles so schnell wie möglich vorbeigehen. Ich hatte mir Aufgaben gesucht und konnte immer auch Englisch lernen. Wir durften zum Beispiel Radio hören, als Max Schmeling in Amerika gekämpft hat.

Und natürlich Fußball. Ich spielte so viel wie möglich. Wir waren nicht schlecht. Jede Kompanie hatte eine erste und eine zweite Mannschaft. Ich war in der ersten. Dann gab es Turniere gegen die anderen deutschen Mannschaften. Ich erinnere mich noch, wie wir mal ein Turnier gewannen. Jeder bekam eine Urkunde – und zur Feier des Tages wurden die Lichter erst eine Stunde später ausgeschaltet. Wir durften noch länger in unserer Baracke den Sieg genießen. Ja, das waren so Spiele! Aber mir hat's gefallen.

*

In Amerika habe ich ein zweites Mal den Führerschein gemacht. Das war Anfang 1945. »Prisoner of War Driving Licence« stand auf dem Dokument. Damit konnte ich dann einen Job machen, bei dem man rausfahren durfte. Eine gute Sache. Auch, weil ich dann viel mit den Amis in Kontakt kam. Inzwischen konnte ich so gut Englisch, dass ich sogar Lagersprecher hätte werden können – als Dolmetscher. Aber die Alternative war, dass ich in einen Betrieb außerhalb kommen würde, wo man mich wegen meinen Englischkenntnissen brauchen konnte. Die Chance habe ich ergriffen und im Commissionary angefangen. Den Lagersprecher machte dann ein junger Student, der schon in Deutschland Englisch gelernt hatte.

Zusammen mit einem amerikanischen Soldaten und einem befreundeten deutschen Kriegsgefangenen namens Albert Miehling musste ich zu der Zeit dann fast täglich mit dem kleinen Lkw losziehen. Im Commissionary wurden verschiedene Dinge gelagert: Baumaterialien, Sanitärwaren, Geräte, Werkzeug, aber auch Nahrungsmittel wie zum Beispiel Süßkartoffeln und Dosenfutter. An einen Artikel kann ich mich noch sehr gut erinnern. Auf der Schachtel stand »Apparatus Decontaminating« oder so ähnlich. Ich packte es mal aus, es war ein komischer kleiner Apparat aus Plastik drin – eine Art Zerstäuber gegen Infektion und Ansteckung.

Wir mussten dann die Lkws, die dort ankamen, be- und entladen, alles in die Regale einordnen und Inventur machen. Also Einnahmen und Ausgaben eintragen. Da hab ich schon einiges gelernt, was ich später in meiner Holzfirma wieder brauchte. Dann machten wir selbst noch ein paar Lieferungen, unter anderem zu einer Garnisonsküche der amerikanischen Flieger.

Ein älterer Gefangener, ein Sachse, der auch im Commissionary arbeitete, meinte, er verstünde mehr vom Fach als ich. Er wollte etwas buhlen bei der Vorarbeiterin. Aber ich konnte sehr gut Englisch und das war wichtiger. Gwen, also Gwendolyn, meine Vorarbeiterin, ließ mir meinen Job, und der Sachse gab Ruhe. Sie war sehr nett und hilfsbereit. Nach dem Krieg habe ich ihr noch lange geschrieben. Als sie umzog, brach der Kontakt leider ab.

*

Im Commissionary gab es auch einen Büroraum. Den musste ich täglich ausfegen, gleich am Morgen. Dort arbeiteten zehn Frauen. Das war natürlich schon ein

Grund für sich, wieso dieser Job so toll war. »Hello Joe!«, »Good Morning, Joe, how are you today?« Sie waren sehr charmant, die amerikanischen Frauen ... Aber eine von denen kam immer extra früh. Wegen mir. Weil wir dann kurz allein waren und so ein bisschen gemütlich reden konnten. Mary. Sie war die jüngste. Es hat sich dann eine kleine Liebschaft entwickelt. Aber ganz *doucement*. Händchenhalten und so. Man musste vorsichtig sein. *Fraternisation* war verboten.

Ihre Eltern waren irischer Abstammung. Das hat man auch an ihren Haaren gesehen, ganz rot. Als ich erzählte, dass ich drei Geschwister habe, meinte sie, dass ihre Eltern leider nur eine Tochter bekommen hätten. Da sagte ich, ja, es wär schon schön, wenn es noch mehr von ihrer Sorte gäbe.

Bald wurde unser Captain James aufmerksam auf uns. Ich wollte Mary nicht in Schwierigkeiten bringen. Und ich hatte ja auch immer den Drang, nach Hause zu kommen. Ich wusste, die brauchen mich. Alfons war noch im Krieg ... Aber wer weiß, ob man sich noch verliebt hätte.

*

Dann wurden wir nach Stockton verlegt. Wieder ging's per Zug Richtung Westen quer durchs Land. Es war Frühjahr. Und obwohl wir vor allem durch die trockenen Gegenden im Süden der USA fuhren, war die Landschaft grün und fruchtbar. Vom Zug aus sahen wir die Rocky Mountains nördlich vorbeiziehen. Das war schon beeindruckend.

Stockton liegt in Kalifornien, östlich von San Francisco. Das Lager war neu errichtet worden, und so hatten wir immerhin keine großen Startprobleme. Die meisten, die dort untergebracht wurden, kannten sich schon halbwegs. Wenn man das so nennen kann.

Ich bekam dann bald eine Arbeit in der Garnisonsküche zugeteilt. Das war ein schöner Job. Ich musste das deutsche Arbeitskommando, also etwa zwölf Mann, leiten. Mit dem amerikanischen Chef besprach und arrangierte ich alles und teilte ein, wer was zu tun hatte. Also Kartoffeln schälen, Wasser aufsetzen oder die großen Fleischkonserven, Öl und Gewürze ranschaffen. Danach mussten wir das Essen ausgeben. Manchmal hatte ich zwischendurch Zeit und konnte rausgehen, um zu lesen. Oder ich schrieb Vokabeln auf einen Zettel, den ich immer dabei hatte, und lernte sie. Das Interesse an der Sprache ging nie verloren, und ich konnte sie gut üben: Es war ja die Küche einer Ami-Garnison – die Soldaten kamen vorbei und wir gaben ihnen das Essen aus. Frühstück, Mittagessen, Abendessen. Viele Schwarze waren dabei, das fiel mir auf.

Teilweise kamen auch deutsche Unteroffiziere und Feldwebel in den Küchendienst. Ich war bloß Gefreiter. Denen gefiel es nicht, dass ich ihnen etwas zu sagen hatte. Weil sie einen höheren Dienstgrad hatten und länger im Krieg gewesen waren. Einer schrie mich mal an, weil ich ihm aufgetragen hatte, die Küchenabfälle zusammenzukehren. Da kam von dem so was wie: »Halt's Maul und riech erstmal dorthin, wo ich schon geschissen hab, du Arschloch!« Am Ende schritt ein Ami ein. Und dann musste er doch fegen, der Flegel. Wir waren nicht mehr im Krieg.

*

Trotz aller Ablenkung im Alltag war der Krieg in der Heimat doch das Hauptthema. Wir wussten von der Landung der US Army in Frankreich und Italien, von Stalingrad und der vorrückenden Roten Armee, auch wenn uns die Informationen immer erst spät und nur teilweise erreichten.

Manche redeten von den Wunderwaffen, die kommen würden, und davon, dass Hitler bald höchstpersönlich über amerikanischen Boden spazieren würde, um uns hier rauszuholen.

Dann zeigten sie uns die Filme aus den KZs.

Es war März oder April. Die Stimmung im Lager war sehr schlecht. Unsere Bewacher waren strenger geworden. Aber sie blieben zivilisiert. Es gab keine grundlosen Strafen oder so was. Aber ich merkte, da war was im Busch.

Der Grund waren die Nachrichten aus Europa. Sobibor, Treblinka, Auschwitz ... Wir wurden in das Lagerkino getrieben. Alle. Niemand sollte sich drücken. Wir wussten nicht, was los war. Nur Gerüchte hatte es gegeben, wie immer.

Es war ein furchtbarer Film. Wir standen da, dicht gedrängt, mucksmäuschenstill. Manche haben sich übergeben, als die Leichenberge gezeigt wurden, die ausgemergelten Gesichter von Kindern, Frauen, Männern, Alten. Dann die Gaskammern. Verbrennungsöfen. Verkohlte Menschenknochen. So viele Menschen.

*

Wir wurden in unsere Baracken zurückgeschickt. Alle sprachlos wie zuvor. Aber dann, nach einer Weile, sagte so ein primitives Arschloch: »Gottverreckt, hätten sie doch alle umgebracht!«

Andere stimmten ihm zu. Und der Rest saß da, auf den Pritschen, und niemand gab Antwort. Keiner widersprach. Auch ich nicht.

*

Ich hatte einen Schock. Es war ganz komisch. Für ein paar Tage konnte ich kein Deutsch mehr reden. Ich wollte nicht. Aber es war ... wie als könnte ich es auch gar nicht mehr. Aus Ekel.

Und es will mir auch bis heute nicht in den Kopf ... Wie man Kinder umbringen kann im KZ. Bloß weil sie nicht Deutsche sind oder was? Was haben sie denn mit den Juden gehabt?! Dass die schuld sind an allem, was soll denn das? Was ist das denn für eine Philosophie oder Anschauung?! Aber wir – ich habe zum Beispiel nichts von der Verfolgung gewusst. Von der Hetze haben wir was mitbekommen. Im Radio und in der Zeitung allemal. Aber in den Städten haben sie es doch selbst gesehen, was dann passiert ist, wie die Nazis die jüdischen Läden abgebrannt haben in der Kristallnacht, oder? Das war schon 1938! Im Dorf haben wir das nicht so direkt erlebt. Und auch nicht in Frankreich oder Afrika. Aber ist das eine Entschuldigung? Ich weiß es nicht. Schuldig fühle ich mich eigentlich nicht. Aber ich schäme mich.

*

Am 30. April, zehn Tage nach seinem Geburtstag, hat sich der Hitler dann erschossen. Hat sich selbst umgebracht, die feige Sau. Die Amis feierten. Ich war noch immer wie in einem ... besonderen Zustand. Ich kann mich nicht erinnern. Auch nicht so genau an den Tag der Kapitulation. Der 8. Mai 1945 war kein Tag der Niederlage, sondern ein Tag der Befreiung. Hat der Weizsäcker später gesagt. Es stimmt schon. Aber wer konnte sich damals wirklich befreit fühlen? Die Vertriebenen? Die dezimierten Familien in Russland, Frankreich, England, Deutschland? Die Angehörigen der über 60 Millionen Toten? An der Front, in den Gasöfen, die Bombenopfer?

Aber trotzdem: Der Krieg war zu Ende. Finally. Heute bin ich froh darüber, dass die Deutschen verloren haben. Damals verdrängte ich jeden Gedanken daran, die Hauptsache war, der Familie würde es bald wieder besser gehen. Die Amis würden den einfachen Leuten helfen und schauen, dass die Franzosen sie gut behandelten in ihrer Zone. Ich würde bald entlassen werden und sie alle wiedersehen, hoffte ich.

Ich war noch mehr als ein Jahr in Stockton.

*

Wir erfuhren Frühsommer 1946 davon, dass man unsere Entlassung plante. Es dauerte noch ziemlich lange, aber dann bestiegen wir in San Francisco endlich das Schiff, das uns wieder nach Europa bringen sollte. 3000 Leute waren drauf, viele wurden seekrank. Ich hatte keine Probleme und konnte die Reise genießen: nach Süden, vorbei an Mexiko bis nach Panama, und dort durch den Panamakanal mit seinen riesigen Schleusen. Das war schon wahnsinnig.

Dann kam die Hiobsnachricht. Ich hatte gedacht, es ginge nach Hamburg. Doch sie brachten uns nach Liverpool. Noch immer nicht auf europäisches Festland.

*

Nach einem weiteren halben Jahr in Liverpool, also insgesamt über drei Jahren Gefangenschaft, bin ich von England über Holland wieder nach Deutschland gekommen.

Die letzte Station war das Entlassungslager in Bad Kreuznach. Dort wurden mir meine neuen Dokumente ausgehändigt und etwas Geld für die Zugfahrt nach Hause.

Irrlicht

»Und?«

»Ja, krass«, sagte Felix und quetschte sich zwischen Nico und Resa auf die zerschlissene Couch, die das Zentrum des Backstage-Bereichs – einer fensterlosen, stinkenden Besenkammer voller technischem Equipment, Bierkästen und Müllsäcken – bildete. Eine leere Rotweinflasche kippte um und blieb an der aufgequollenen Tischkante hängen.

Felix erfrischte sich an seiner Afri-Cola: »Aaaah!«

Sechs Augenpaare starrten ihn erwartungsvoll an, während er mit beiden Händen eitle kleine Tupfbewegungen seitlich der Stirn vollführte, als würde er seine Frisur richten. Dumpf drang die Musik durch die beiden Wände, die uns vom Publikumsraum trennten, die Plastikaschenbecher auf dem Resopal-Tisch tanzten.

»Was is jetzt?!«, platzte es aus Nico raus.

Felix unterbrach seine Haarpflege, grinste in die Runde. Richard, Alwin und Maize saßen ihm, Nico und Resa gegenüber auf Stühlen, eng gedrängt; ich war der einzige, der stand, die Gitarre bereits um den Hals gehängt. Erst als Nico ihn in die Seite boxte, erbarmte sich Felix: »Leute – der Laden ist voll, *ge-ram-melt* voll!«

»Wuhuuu!«, machte Richard und vollführte einen kleinen Sitzhopser, während Nico konstatierte: »Wir werden alle sterben.« Resa, die das Konzert klargemacht hatte, lehnte sich zurück und pustete Rauch aus: »Sag ich doch.«

Ich fühlte mich alles andere als erleichtert. Ich hatte die Hosen gestrichen voll. Ich schaute zu Alwin, unserem Sänger, unserem Frontmann – von seiner Laune hing alles ab. Aber wie es um diese stand, war schwer zu sagen. Den ganzen Tag schon war er als der totale Zombie unterwegs gewesen, wortkarg und lahmarschig, und nur durch pausenloses Quarzen überdeckte er mehr schlecht als recht, dass er seit Tagen nicht geduscht zu haben schien, was ihn auch geruchstechnisch in die Nähe eines Untoten rückte. Vor Kurzem war er zu Hause rausgeflogen und wohnte jetzt allein in einer Single-Klitsche in Lörrach, die zwölfte Klasse würde er zum zweiten Mal wiederholen müssen, und das Mädchen seiner Wahl wollte lieber »Freunde sein«. Schöne Scheiße. Der WIZO-Song, der draußen gerade aufgelegt wurde, lieferte den passenden Soundtrack:

Wie ein Quadrat in einem Kreis, eck' ich immer wieder an, obwohl ich doch schon lange weiß, dass ich niemals ändern kann, was sich niemals ändern wird, weil das Schlechte immer bleibt, und auch die Sonne wieder scheint, egal was auch passiert ...

Doch als sich unsere Blicke trafen, konnte ich förmlich sehen, wie er die Zombie-Hülle abstreifte und in die Ecke warf. Für ein paar Stunden würde er nun den ganzen Dreck im Leben vergessen – sein Bühnen-Ich war erwacht, es hatte den Ruf des Publikums vernommen!

»Na dann, eins-zwo, eins-zwo«, rezitierte Maize einen seiner aktuellen Sprüche und klopfte Alwin und Richard übertrieben auf die Schultern.

Alwin sprang auf, Kippe im Mundwinkel, und pushte sich forward mit einigen Lockerungsübungen. »Yo-ho-ho«, sang er, die Rampensau war angeknipst.

Richard schob sich seine nerdigen, semiprofessionellen Stöpsel in die Ohren. Mir wäre es peinlich gewesen, im *Irrlicht* mit Ohrenstöpseln gesichtet zu werden, aber Richard stand über derartigen Dingen – er trug das blonde Haar lang und strähnig wie ein Metalhead und kleidete seinen zähen Playmobil-Männchen-Körper in unverwüstlich nachteilhafte Hemden. Seine Ambition galt der Musik selbst und weniger dem Eindruck, den wir damit machten. Vermutlich war er das einzige Bandmitglied, das nicht nervös war.

»Eins-zwo, eins-zwo«, sagte Maize schon wieder, jetzt neben mir stehend, und setzte an, auch mir auf den Rücken zu hauen.

»Moment«, sagte ich an Felix gewandt: »Wie sieht's mit dem Nebel aus?«

»War nichts von zu sehen«, sagte er und verzog das Gesicht.

»Boa nee«, quengelte ich, »das ist doch scheiße!«

Marc, der die Technik im *Irrlicht* machte, hatte behauptet, dass die Nebelmaschine erst ein paar Wochen alt war, und beim Soundcheck hatte alles super funktioniert – warum jetzt nicht? Bevor wir auf die Bühne kämen, sollte der Raum mit dichtem Kunstnebel geflutet sein, passend zu unserem ersten Song, einem Instrumentalstück namens »Wolfgang für Anfänger« (warum auch immer), das sphärisch-harmonisch begann, sich dann mit jedem hinzukommenden Instrument steigerte und in einem sich überschlagenden Ska-Riff kulminierte. Ich hatte mir extra ein langes Klinken-Kabel besorgt, um die ersten Töne schon im Backstage anspielen zu können. Und dann wollte ich hinaustreten durch den schweren schwarzen Stoff, der uns von der Bühne trennte, hinaus in den Nebel, und jene Membran zwischen uns und dem Glück durchstoßen, hinein in diesen süchtig machenden wunderschönen Zustand des Zusammenhalts.

»Was denn«, stichelte Nico, »hast du Schiss, dass jemand den Pickel auf deiner Lippe sieht?«

»Das ist kein Pickel, du Affe«, blaffte ich.

»Sondern?«

»Herpes, Mann.«

»Iiih, Herpes!«

Eigentlich wusste ich Nicos Spott in solchen Momenten auszuweichen, er versuchte ja bloß die eigene Nervosität zu überspielen, außerdem hätte ich zweifellos denselben Spruch gebracht, wären die Umstände umgekehrt. Aber bei dem ätzenden Grinsen in seinem bärtigen Clownsgesicht fiel es mir schwer, ihm nicht einmal kräftig die rote Nase umzudrehen. Ich wies mich innerlich zur Ruhe. Disziplin, Junge! Wir waren keine Kinder mehr. Keine Spackos aus der Mittelstufe, die nicht wussten, was sie mit sich Besseres anfangen sollten, als sich einen Sport daraus zu machen, in Hecken fremder Leute zu springen, beim Shisha-Rauchen Qualm zu schlucken und Minuten später wieder auszurülpsen oder nächtelang mit alkopopklebrigen Fingern »CS«, »Warcraft« und »Age« zu zocken – fern aller Frauen und Mädchen dieser Welt, ohne Sinn und Verstand. Nein. Die Zeit der Hackfressen war vorbei. Die Epoche der Sonnenbrillen bei Nacht war angebrochen. Wir hatten eine Band. Wir waren cool. Wir waren fame – oder würden es mal sein, aber immerhin: Für heute Abend waren wir die local heroes im *Irrlicht,* und das als Vorband von »Plenty Enuff«, einer meiner Lieblingsbands aus der Schweiz. Und dabei war unsere Mucke nicht so tumb wie die der zahllosen nullachtfünfzehn Punk- und Metal-Bands, die die regionale Szene dominierten, aber auch nicht so emotional-verzottelt wie die der Weltmusik-Heinis von der Waldorf-Schule. Wir waren »Rather Different« – *die einzige Ska/Reggae/Funk/Hip-Hop-Band aus Niederdossenbach*, bäm!

Ich schaute in die Gesichter meiner Crew, hatte einen Heidenschiss.

Aber sie waren ready.

Resa zischte: »Los, Willi«, mein Spitzname seit Grundschulzeiten, als der vier Jahre ältere Bernhard Klöter beim

Schlittenfahren am Dorfhang entschieden hatte, mich so zu nennen.

Ich nahm das Plektrum zwischen die zitternden Finger und hob es in einer theatralischen Geste vor uns in die Luft wie den Leib Christi. Und hielt den Atem an. Dann senkte ich den Blick, brachte die Finger der linken Hand in Position, drehte mit rechts den Lautstärkeregler meiner Gitarre auf, atmete aus – und spielte den ersten Akkord.

*

Mit meinem Opa hatte ich in dieser Zeit nur wenig zu tun. Wir bewegten uns in unterschiedlichen Welten, logisch bei fünfundsechzig Jahren Altersunterschied. Umso erstaunlicher ist es, wie nah wir einander später waren, persönlich, aber auch politisch – obwohl die Impulse und Erfahrungen, aus denen sich unsere Ansichten entwickelten, unterschiedlicher nicht hätten sein können.

Ich hatte Glück. Weil ich in Schopfheim zur Schule ging. Solange ich mich erinnere, verkündete der Brückenpfeiler an der Ausfahrt zur Umgehungsstraße, wo man sich befand: in »Punkrock City«. Weder der Schriftzug noch das Anarchie-Zeichen darunter wurden jemals entfernt. Das Zentrum von »Punkrock City«, in einem alten Bahngebäude, war das *Café Irrlicht*. Es bestand seit den Achtzigern, organisierte jährlich ein großes Festival, und natürlich hatte es schwer zu kämpfen mit Stadtpolitik und Polizei, hatte regelmäßig irgendwelche »Asis« im Haus, die »Stress machten«, und stand immer wieder kurz vor der Schließung, *aber es bestand*. Es widerstand. Und prägte so mehrere Generationen von jungen Menschen, politisch, soziokulturell, hedonistisch. Und auch wenn ich nie ein echter »Irrlichter« wurde (weil nicht »aktiv«), und mir viele von denen auch einfach zu humorlos waren in ihrer szenetypischen Art, die Wahrheit mit Löffeln zu fressen, so bin ich doch voller Dankbarkeit, dass es diesen Ort, diesen Freiraum, gab. Denn seine Existenz war alles andere als selbstverständlich. In Wehr beispielsweise, der nächstgelegenen Stadt, wäre ein selbstverwaltetes linkes Jugendzentrum wie das *Café Irrlicht* unvorstellbar gewesen. In Wehr hielten »Die Republikaner« zeitweise mehr Sitze im Gemeinderat als die SPD. In Wehr hatte die rechte Skinhead-Band »Blutrausch« ihren Proberaum und feierte fröhlich Feste. Wehr war »Nazi Town«.

Ja, verdammtes Glück hatte ich. Denn, nachdem er mich als Futzi mit »Wolfenstein 3D« und anderen PC-Spielen vertraut gemacht hatte, blieb Michi Klein mir weiterhin führsorglich zugetan. Er war meine Mitfahrgelegenheit im Tischtennisverein und machte mich mächtig stolz, als er irgendwann verlauten ließ, wie überrascht er davon sei, dass man sich mit mir – einem Fünfzehnjährigen – ganz normal unterhalten könne: »Im Ernst, Valinski«, sagte er. »Wenn sich erstmal dein Babyspeck verabschiedet hat, wird noch richtig was aus dir.«

Es dauerte noch ein paar Jahre, bis ich den Speck los war und meine Haare lang genug waren, um eine Band zu gründen. Aber in der Zwischenzeit konnte ich dank Michis Deutschpunk-, Ska- und Metal-MP3-CD meinen Musikgeschmack verfeinern. Dank ihm lernte ich fabelhafte Bands wie »Slime«, »Schleim-Keim«, »Daily Terror« oder »Klappstuhlgang« kennen, aber auch die »Dödelhaie«, »Aufbruch«, »Abwärts«, »Loikaemie« und natürlich »Zaunpfahl«, »Wizo« und allen voran »Rantanplan«, die ich auch heute noch ohne Kopfschmerzen hören kann. Laut Buschfunk aus der Heimat ist der gute Michi inzwischen in den Gemeinderat Schwörstadt eingezogen. Im Ernst, Michalski – für die CDU?!

Und so ging alles seinen Gang. Vom Vater meiner ersten Freundin »erbte« ich einen grünen Bundeswehr-Parka. Bei »Thomas Philipps Sonderposten« gab es Springerstiefel für 30 Euro. Und all die Patches, Buttons und Nietenarmbänder, die es eben brauchte, um mein Punk-Outfit zu vervollständigen, bestellte ich beim »EMP Magazine«. Meine Mama schlug die Hände über dem Kopf zusammen, mein Papa enthielt sich jeden Kommentars, aber sie ließen mir meinen Spaß. Immer. Auch dafür bin ich zutiefst dankbar.

Ich durfte Gitarrenunterricht nehmen. Bei meiner Freundin übernachten. In den Urlaub mit Freunden fahren, auch wenn es mal etwas mehr kostete. Und aus dem Tischtennis austreten, um stattdessen über unserer Garage einen Proberaum einzurichten. Und spätestens als ich mit sechzehn einen Roller samt Führerschein hatte, begann jener Bereich in meinem Hirn wieder zu flackern, der seit meiner Kindheit in Dunkelheit gehüllt gewesen war (sprich: während der Pubertät, dieser unsäglichen, düsteren Zeit) und der ein seltsames und spezielles Lebensgefühl verwaltete: die absolute Freiheit.

*

Es war ein Desaster. Meine Finger waren steif und ungelenk wie die eines gichtkranken Greises. Ich stolperte über ein Mikrofonkabel, und der Verstärker schrie wütende Rückkopplungen in die Welt hinaus, als ich mich an ihm vorbei nach vorne auf die Bühne schob. Ein Stöhnen ging durch den Publikumsraum. Ich wagte nur einen kurzen Augenaufschlag, doch der reichte, um die madige Stimmung wahrzunehmen, die mir entgegenschlug. Die Leute lauerten. »Na, dann zeig mal, was du drauf hast, du Pseudo«, sagten ihre verkniffenen Gesichter.

Am andern Ende des Raums hingen ein paar Alt-Irrlichter an der Bar und wirkten extrem erbost darüber, dass ich sie bei dem unterbrach, was sie gerade taten (Zwiegespräche mit ihren Bierkrügen führen), dazwischen waberte unter in rotes Licht getauchten Rauchschwaden eine einzige Masse von Iros, Lederjacken und Bierflaschen. Irgendwer schrie »Williwilliii!«, aber eben nicht auf die aufmunternde Art, wie es mir schien. Ganz klein kam ich mir vor. Spielte mich schwitzend um Kopf um Kragen, und obwohl es ein langsames Stück war, lag ich doch immer eine Viertelnote daneben. Ich vermisste den Nebel.

Doch dann, nach Sekunden, die sich wie Stunden angefühlt hatten, setzte Maize endlich mit der Bassline ein, und auf einmal war das, was hier passierte, Musik – und nicht mehr bloß E-Gitarren-Katzenjammer. Ich schaute auf, wir nickten uns zu. Wie immer, wenn er konzentriert spielte, hatte er den Unterkiefer vorgeschoben und die Augen halb geschlossen. Ruhig und auf den Punkt rollte der Bass unter meinem Geklimper. Das gab mir Sicherheit, das klang nicht schlecht. Ich starrte wieder auf den Hals meiner Gitarre, wo meine linke Hand irgendwelche Dinge tat, auf die ich keinen Einfluss mehr hatte, und war berauscht vom Gesamtklang unserer 7-köpfigen Kapelle, als auch die anderen auf die Bühne gekommen und mit ihren Instrumenten eingestiegen waren.

*

Und mein Opa? Der machte wilde Sachen. Der ging mit einer seiner Ladys zum Schwimmen oder Tanzen oder ließ sich bei einem Vereinsfest blicken. Der hatte seinen Papierholzhandel aufgegeben und war nun mit seinem Senioren-Club beschäftigt, wo er ehrenamtlich Französisch-Unterricht gab. Er reiste in die USA, um die Orte seiner Gefangenschaft ausfindig zu machen, und tauschte sich mit ehemaligen Wärtern und deren Nachkommen aus. Später, da muss er schon Ende Achtzig gewesen sein, fuhr er mit seinen Kindern nach Corbie, wo er als Wehrmachtssoldat stationiert gewesen war; auch dort lernte er Veteranen kennen und pflegte im Anschluss eine Art Brieffreundschaft mit einem Lokaljournalisten, der über den Besuch geschrieben hatte. Außerdem war der alte Sturkopf die ganze Zeit schwer beschäftigt mit dem Rechtsstreit, den er noch immer mit der Bundesrepublik führte: Dass Miftar und seine Familie in den Kosovo abgeschoben worden waren, lag schon länger zurück. Nichts hatte die »Rückführung« (in Form eines nächtlichen Polizeibesuchs) verhindern können, auch nicht, dass mein Opa Miftar zuvor adoptiert hatte. Inzwischen ging es nur noch darum, Miftar zu Besuch ins Land zu holen oder ihm eine Arbeitserlaubnis auf Zeit zu beschaffen. Aber auch diese Versuche liefen meist ins Leere. Der deutsche Staat und seine Bürokraten auf den Ämtern blieben hart.

Mein Opa war kein Deutschland-Fan. Noch nie. Sein ganzes Erwachsenenleben war von der Erinnerung an die NS-Diktatur geprägt, sie bildete die Grundlage für ein tief verankertes Misstrauen. Aber erst im Alter, als er sich verstärkt mit der deutschen Vergangenheit beschäftigte, wurden ihm auch Entwicklungen der Gegenwart umso deutlicher – und wie sehr sie ihm gegen den Strich gingen. Er begann, Leserbriefe zu schreiben (zur Griechenlandkrise, zum NPD-Verbotsverfahren, zur Umbenennung der Hindenburg-Schule in Bad Säckingen) und schimpfte über die deutsche Außenpolitik, die er an vielen Stellen als heuchlerisch bezeichnete. Mit einer glorreichen Aktion machte er sich sogar strafbar: Damit die Behörden nichts davon mitbekamen, dass Miftar in Deutschland gewesen war (er war inoffiziell eingereist, um ein paar Wochen auf dem Hof zu arbeiten), packte mein Opa den Zweimetermann kurzerhand in den Kofferraum und fuhr ihn unentdeckt über die Grenze in die Schweiz – von wo aus er dann zurück in den Kosovo reisen konnte, ohne in Deutschland etwas angehängt zu bekommen.

Ich habe mich oft gefragt, woher mein Opa seine Energie nahm. Seine *positive* Energie. Seine Haltung. Seinen Gerechtigkeitssinn. Woher den unermüdlichen Gestaltungswillen? War es das Vorbild, das seine Mutter ihm gegeben hatte, ihr christliches Weltbild? War es die politische Einstellung seines Vaters, der schon früh vor den Nazis warnte? Oder waren es eher spätere Erfahrungen, die er mit seiner Frau, meiner Oma Erna, machte, die einen solchen Einfluss auf ihn hatten? Vermutlich all das zusammen. Vor allem aber mag es die Gefangenschaft gewesen sein, die ihn zu einem freien Menschen machte – die Gefangenschaft in den USA, *the land of the free and the home of the brave.*

*

Im *Irrlicht* war man natürlich nicht gut auf die USA zu sprechen (nur Deutschland war schlimmer). Die USA standen für Militarismus, religiösen Fanatismus, Umweltzerstörung, Verblödung und Fettleibigkeit – ihre Statussymbole waren nicht mehr die Freiheitsstatue, sondern Guantánamo, Abu Ghraib und das Emblem der National Rifle Association. In meiner Jugend wurde immer deutlicher, wie verdammt viel Dreck die Amis an ihrem Stecken hatten. Verkörpert durch George W. Bush und dessen Krieg gegen die »Achse des Bösen«, der im Irak anstelle der versprochenen Massenvernichtungswaffen nur Ölfelder und lukrative Verträge über den Wiederaufbau des »befreiten« Landes fand. Und da der aktuelle Präsident nicht gerade viel dafür tut, dass sich der Ruf seines Landes in der Welt irgendwie bessert, hilft es auch nicht, dass zwischendurch mit Barack Obama mal einer von den Guten am Drücker war.

Mein Opa hat die Trump-Wahl nicht mehr miterlebt. Er hätte den Kerl verteufelt. Für ihn war *America* längst *great*. War's immer gewesen. Die Amerikaner hatten die Welt von Hitler befreit. Und obwohl sie von all den Gräueltaten der Deutschen gewusst hatten, behandelten die Amerikaner ihre Gefangenen nach internationalem Recht – wie Menschen, nicht wie Bestien. Per Marshall-Plan hatten sie Westdeutschland wieder auf die Beine geholfen und schützten es im Kalten Krieg vor einer russischen Invasion. Dass dies nicht nur aus altruistischen Gründen geschah, war weniger ein Thema für meinen Opa. Was für ihn zählte, war vor allem das, was er selbst vor Ort als *Prisoner of War* erlebt hatte.

Daher die Erkenntnis, dass die Demokratie – aller Mängel zum Trotz – eine verdammt feine Sache ist. Daher sein weltoffener Humanismus, seine Neugierde und sein Wille, aktiv das eigene Leben zu gestalten. Aber auch sein pragmatischer Liberalismus, gepaart mit einem Hang zum Zweifel an staatlichen Autoritäten. Ganz im Sinne jener zwiespältigen Frontkämpfermentalität, für die die Amerikaner in der Welt bekannt sind mit ihrem *Dream*: Jeder und jede hat nach dem eigenen Glück zu streben, Reichtum und Armut sind eine Frage von Anstrengung und Faulheit. Darüber hinaus kann man sich innerhalb der demokratischen Grundordnung weitgehend eine eigene Doktrin zusammenstellen, so krude sie auch sein mag.

Wer selbst »in der Fremde« gelebt hat, kann leichter Berührungsängste überwinden und Empathie für diejenigen entwickeln, die sich in Deutschland fremd fühlen, weil sie aus einer anderen Sprache, Kultur oder Religion kommen. Ich weiß nicht, ob die Gastarbeiterinnen und -arbeiter, die mein Opa im Laufe der Zeit beschäftigte, nur einen Hungerlohn bekamen, schließlich war er in mancher Hinsicht sparsam bis zur Knauserigkeit (keiner feilschte wie er!). Mir scheint aber, dass sie für ihn mehr waren als billige Arbeitskräfte, vielleicht nicht immer, aber doch sehr oft. Das jedenfalls schließe ich aus den zahlreichen Freundschaften, die sich entwickelten und über Jahre und Jahrzehnte erhalten blieben, in Form von Anrufen, Grußkarten und Besuchen aus allen möglichen Ländern.

Ich erinnere mich zum Beispiel gut an Francisco und Francesca, die in den Siebzigern aus Katalonien gekommen waren und später alljährlich bei meinem Opa und meinen Eltern anriefen, um uns in (immer unverständlicher werdendem) Alemannisch frohe Weihnachten und einen guten Rutsch zu wünschen. Ich erinnere mich auch an einen Besuch in den Neunzigern. Sie kamen zusammen mit ihren inzwischen erwachsenen Kindern, deren Begeisterung über das Grün des Schwarzwalds und das viele Wasser am Rheinfall in Schaffhausen ich damals nicht nachvollziehen konnte, wo es doch in Spanien (Sonne! Meer! Strand!) viel schöner war. Wir hatten sie zwei, drei Jahre zuvor in Castellón besucht, ich wusste also Bescheid.

Und natürlich erinnere ich mich auch an Daljit aus Indien. Ein kräftiger, schöner Mann war das, mit langem schwarzem Vollbart und einem beeindruckenden Turban auf dem Kopf. Seit ich denken kann, gab es immer wieder News aus Amerika, wo sich Daljit nach seinem Aufenthalt in Deutschland selbstständig machte und wo er heute mehrere Restaurants betreibt und seine Söhne auf die Uni schicken konnte. Als er erfuhr, dass mein Opa im Sterben lag, buchte er kurzerhand einen Flug. Er wollte sich verabschieden. Meiner Mutter erklärte er, wie wichtig ihm das gewesen sei, und warum er so eine besondere Beziehung zu meinem Opa hatte. Er sei damals mit seiner Frau und den beiden kleinen Söhnen als 23-Jähriger nach Deutschland gekommen. »Zum Schaffe«, sagte sie, »for work«, hatte er gesagt. Und da bei den Langholz-Touren immer auch viel Zeit zum Reden blieb, entwickelte sich mein Opa ein bisschen zu einem Ersatzvater, der ihm viel erklärte und sich seine Gedanken anhörte – im Gegensatz zu seinem Vater zu Hause, der immer *busy* gewesen sei und keine Zeit für ihn gehabt habe. »Toll, dass sie sich nochmal gesehen haben«, schloss meine Mutter. »Dem Vati hat das auch viel bedeutet, glaube ich.«

Dass man in der Familie Mutter stets in irgendeiner Form von internationalem Austausch mit allen möglichen Leuten stand, war für mich immer normal. Aber wenn ich jetzt so darüber nachdenke, wird mir erst klar, wie krass schön das tatsächlich war und ist – und wie viel mein Opa uns allen damit geschenkt hat.

*

»Wolfgang für Anfänger« endete nach einem langen melancholischen Trompetensolo – für Felix immer besonders anstrengend, weil er noch nicht warmgespielt war, aber schon gleich zu Beginn des Abends höchste Töne aus seinem Blechgeflecht pressen musste – und ging direkt über in den nächsten, einen schnellen Ska-Song. Alwin sang und hüpfte über die Bretter, Resa und ich machten die Background-Vocals:

I won't sell my soul to you, 'cause it's all that I got left, so run away or I'll beat you up, this will never be your biggest theft – never be your biggest theft ...

Und tatsächlich, es funktionierte. Ein Wogen kam auf. Jemand grölte. Ein anderer schrie: »Oi, oi, oi!« Und ein Mädchen mit geschwärzten Augenrändern und einer Kette, die von Nasen- zu Ohrring gespannt war, wurde an die Bühnenkante zu meinen Füßen gespült, sprang aber sofort wieder auf und warf sich in die Menge. So kann's weitergehen, dachte ich und schüttelte brav den Offbeat in meine sechs Saiten.

Als ich auch ein paar bekannte Nasen im Gewühl ausmachte – Leute aus unserer Schule, den Kleinen Walz (unser größter Fan der ersten Stunde), den Flo, den Bocki, ein paar Mädels, darunter die Freundinnen von Nico, Maize und Felix –, erinnerte ich mich kurz und schmerzlich daran, dass meine eigene Freundin nicht hier war, weil sie sich einen feuchten Pups für meine Band interessierte. Bitter! Und dann aber auch wieder: Egal. Denn:

»Wollt ihr ein bisschen tanzen?«, jaulte Alwin zur Bridge zwischen Refrain und Strophe 2, und die Leute antworteten – höchst unartikuliert, aber sie antworteten. Er hatte sie alle am Wickel: die Rude Boys mit den Hosenträgern, Schachbrettmustern und Working-Class-Attitüde; die einsachtzig große Oi-Skin-Braut, die Resa hinter vorgehaltener Hand »das Schweinemädchen« nannte; die Punks, die Headbanger, die Reggae-Löwen und die Handvoll Hopper, die sich hierher verirrt hatten, anstatt im Jugendzentrum abzuhängen, alle. Es wurde gepogt, geskankt, gebounced, gehottet. Und spätestens als unsere Bläser-Combo aus Resa, Richard und Felix ihre in qualvollsten Stunden einstudierte Choreographie performte, begann auch noch der vergraulteste Alt-Irrlichter unseren Takt in seinen Bierkrug hineinzunicken.

Ganz so, als hätte es noch dieser hoheitlichen Zustimmung durch den Ältestenrat bedurft, sprang genau in diesem Moment zwischen unseren Verstärkern die Nebelmaschine an, und ein einziger kollektiver Gedanke stieg zwischen den Köpfen der Tanzenden in den Raum auf: Die Zukunft dieser Band, so dachten sie unisono, wird eine glorreiche sein.

Und das war sie dann auch. Wenn auch nur für kurze Zeit. Der Rest liegt im Nebel.

Arbeit und Familie

Es war schlimm, wie zerstört alles war. In Holland hatte ich schon einige zerschossene und unbewohnbare Orte gesehen, aber dann die deutschen Städte am Oberrhein, durch die ich kam ... Was die Leute da zu erleiden gehabt hatten, während es mir in der Gefangenschaft doch relativ gut gegangen war! Vollkommen in Schutt und Asche. So kam es mir zumindest vor. Der Krieg war schon fast eineinhalb Jahre vorbei, es war Ende 1946. Es hat Jahre und Jahrzehnte gedauert, bis sie alles wieder halbwegs hergerichtet haben.

Von Bad Kreuznach fuhr ich nach Schwörstadt. Draußen lagen Massen von Schnee, und nur wenige Leute waren unterwegs. An den Bahnhöfen Gedränge. Mannheim. Baden-Baden. Karlsruhe. Offenburg. Manchmal verlief die Strecke direkt am Rhein. Ich glaube, er war komplett zugefroren, so kalt war es. Einer der härtesten Winter überhaupt.

Irgendwo hinter Basel kam ein Schaffner. Es war der Albert de Waal, den ich vor dem Krieg schon gekannt hatte. Wir redeten länger und es war nett, einen bekannten Menschen zu treffen. Aber dann beim Abschied, kurz vor der Station Schwörstadt, sagte er, dass es ihm sehr Leid tue mit dem Alfons.

Ich sagte: »Aber die Hoffnung muss man doch behalten!«

Er schaute mich komisch an. Da wusste ich, es stimmt was nicht.

Dann hat er es mir erzählt, ganz eilig, weil ich gleich aussteigen musste. Dass mein Bruder im Krieg getötet worden war. Dass er gefunden wurde. Irgendwo vor Berlin.

Eine Welt brach für mich zusammen. Meine Mutter und meine Schwestern hatten mir immer geschrieben, er sei vermisst. Vielleicht würde er sogar wieder da sein, wenn ich nach Hause käme, hatte in den Briefen gestanden. Die Hoffnung stirbt zuletzt ... Es war schrecklich. Und es auf diese Art zu erfahren ... Ich wollte es nicht glauben.

In Schwörstadt bin ich ausgestiegen. Kein Gepäck. Nur Wut und Trauer. Ich bin in den Wald gerannt. Richtung Rebgarten. Anstatt den direkten Weg nach Niederdossenbach zu gehen, lief ich stundenlange Umwege über den Dinkelberg. Ich musste mich irgendwie sammeln. Warum hatten sie mich angelogen? Es war ein ganz schlimmes Gefühl. Das schlimmste in meinem ganzen Leben.

Aber dann musste ich doch heim zu meinen Eltern und Schwestern. Zu meiner Mutter, die doch so viel mehr hatte erleiden müssen als ich. Der erste Mann im Ersten Weltkrieg getötet, vier Kinder auf die Welt gebracht und immer nur schaffe, schaffe, schaffe, dabei war sie doch schon so alt. Und dann mein lieber Vater, ein Pflegefall. Sie kümmerte sich aufopferungsvoll um ihn, was hatte er nicht alles durchgemacht in den Schützengräben. Und genauso wie ich und die Schwestern hatten schließlich auch sie jemanden verloren: Alfons.

Also ging ich nach Hause.

*

Vor allem wurde geheult. Als ich am Hof ankam und sie sah, war der Groll verschwunden. Oberflächlich auf jeden Fall. Wie alt sie aussahen. Und ausgemergelt. Mein Vater lag im Bett, er konnte nicht mehr raus.

Meine Mutter erzählte von Alfons. Er sei immer der Meinung gewesen, dass er seine Kameraden im Osten nicht im Stich lassen konnte. Er hätte sich verstecken sollen, als er im Frühjahr 1945 wegen einer Verletzung zu Hause war.

Die Franzosen standen schon vor der Tür, alle wussten, es geht bald zu Ende. Aber ihm ist das nicht in den Sinn gekommen. Welchem dreckigen Regime er damit diente, war ihm immer noch nicht klar. Ob er überhaupt bis zu seiner Einheit gelangt ist, wissen wir nicht. Berlin war bereits fast eingenommen. Er starb verwundet in einem Güterzug, der von der Front Richtung Westen fuhr. Zwei Wochen vor Kriegsende. In Templin ist er begraben.

*

Vielleicht hatten sie Angst gehabt, mir die Wahrheit per Brief nach Amerika mitzuteilen, weil sie dachten, ich würde dann nicht mehr nach Hause kommen. Und vielleicht wäre das sogar passiert. Aber jetzt war ich wieder zu Hause, und auch wenn die ersten Jahre überschattet waren – wir hatten nie viel Zeit zum Grübeln und Verzagen. Wir mussten arbeiten. Einander versorgen. Ich habe mich gezwungen, immer nach vorne zu schauen, nicht nach links, nicht nach rechts. Und auch nicht zurück. Jetzt treibt mich die Vergangenheit umso mehr um.

*

In der Nachkriegszeit kamen die Leute aus Bad Säckingen und Rheinfelden wieder zum Hamstern zu uns aufs Dorf. Überall war das Essen knapp. Anfangs gab es Essensmarken.

Im Dorf ist fast aus jedem Haus mindestens einer im Krieg umgekommen. Alle mussten bluten – egal ob Nazi oder nicht. Man konnte froh sein, dass das Dorf selbst vom Krieg verschont geblieben war. In der französischen Zone waren wir soweit ganz gut dran. Alles war unsicher, und viele von den Besatzungstruppen hassten die Deutschen, zu Recht, aber sie verhielten sich im Großen und Ganzen zivilisiert. Viele von den alten Nazis verkrochen sich. Wenn aber rauskam, dass einer aktiv für die Nazis gearbeitet hatte, dann waren sie gnadenlos, anfangs. Einer, der Birsner zum Beispiel, wurde noch nach dem Krieg geholt und ohne Prozess umgebracht.

Aber so richtig hat das nicht funktioniert mit der Entnazifizierung. In Schwörstadt war zwar der Bürgermeister ein anderer als vor dem Krieg. Aber der Rest – ist geblieben. Der Ratsschreiber zum Beispiel. Immer noch derselbe. Und immer noch konnte er mich nicht ausstehen. Als ich mit meinen Entlassungsdokumenten ankam, um meinen Ausweis abzuholen, stänkerte der mich an und machte blöd. Er meinte: »Ja, hast du denn auch ein Pfund Butter dabei?« Ich sollte ihn dafür bezahlen, dass er mir meinen Ausweis gibt. Also drohte ich damit, dass ich mich in Säckingen auf dem Bezirksamt beschweren würde. Da wurde er noch wilder. Also bin ich ab – und hab alles in Säckingen gemeldet. Das Bezirksamt machte ihn zur Sau. Da hat er sich noch rausreden wollen. Von wegen, dass er das mit meinem Ausweis nicht verweigert hätte, nur etwas verschlampt. Einige konnten ihr Fähnchen drehen, wie es gerade nötig war.

Ansonsten gab es noch eine Veränderung: Aus den Ostgebieten kamen viele Flüchtlinge. Sie wurden vom Staat vor allem auf dem Land verteilt. Einige waren nicht gut zu sprechen auf diese Fremden. Bei uns wohnte am Anfang auch einer in der Kammer. Später wurden dann drei Bauplätze am Ortsausgang für sie frei, und so konnten sie bauen.

Von den ausländischen Kriegsgefangenen sind auch manche länger geblieben. Ich erinnere mich sogar an einen Franzosen, der schon seit dem Ersten Weltkrieg nicht mehr in seine Heimat zurückgekehrt war. Das war ein ziemlicher Halunke. Er handelte mit Waschsand und hatte einen Spleen mit Katzen. Die hat er gehasst und anscheinend welche aufgeknöpft. Er blieb hier, weil ihm als Deserteur in Frankreich wohl der Prozess gemacht worden wäre. Er hatte keine Familie, war aber sehr bekannt, weil er von Tür zu Tür ging, um seine Ware zu verkaufen. Ein guter Kontakt, wenn es um Schmuggelware ging. Einmal, schon Ende der 1940er, war ich arbeitsmäßig in der Schweiz. Die hatten dort Zucker. Etwas, das in Deutschland sehr rar geworden war. Ich kaufte zwei, drei Kilo und versteckte den Zucker in einem Rohr auf meinem Wagen. Einen Teil hab ich für uns behalten. Und den Rest an den Franzosen verhökert.

*

Ich war inzwischen Mitte zwanzig. Meine Mutter meinte, dass es also langsam Zeit sei. Sie meinte: »Heirate die Nachbarstochter – die ist doch ganz nett und lieb.« Aber vor allem ging es darum, die Landwirtschaft zu vergrößern. Unsere Felder waren mit denen von den Nachbarn gut gelegen und der Bruder war im Krieg umgekommen, also würde sie alles erben. Aber das Mädchen war – ein Luder. Sie hatte schon ein Kind von einem Franzosen. Meine Mutter meinte: »Das ist doch nicht so schlimm. Und sie braucht Hilfe damit!« Aber mir hat das nicht gefallen.

Dann lernte ich Erna kennen. Bei einem Tanzkurs 1949. Sie hatte auch ihren Bruder, wie Alfons Jahrgang 1923, im Krieg verloren. Sie wohnte in Schwörstadt an der Hauptstraße, und wir kannten uns vom Sehen aus der Kindheit.

Sie war jünger als ich, Jahrgang 1930. Erna war prädestiniert, eine Landfrau zu werden – sie hatte ihre Frische und ihr Temperament trotz der Strapazen und Gräuel der Kriegsjahre bewahrt.

Ich bin einfach nur noch zu *ihr* hingegangen beim Tanzen. Und dann haben wir uns zu einem Spaziergang verabredet.

Als nächstes stellte ich mich bei ihren Eltern vor. Das war erst kompliziert, weil unsere Väter vorm Krieg mal einen Streit gehabt hatten. Mit gegenseitiger Anzeige und allem. Aber solche Sachen kamen auf dem Dorf ständig vor. Alles nur ein Haufen Sturköpfe. Letztlich haben mich die zukünftigen Schwiegereltern aber gut aufgenommen.

Wir haben uns noch einmal getroffen, Erna und ich. Bei ihr zu Hause haben wir vorsichtig geschmust. Und dann war uns – und allen anderen – ohne große Worte klar, dass wir heiraten. Gegen alle Widerstände. Denn nicht alle fanden das gut. Zum Beispiel hat eine Nachbarin einen Brief an meine Schwiegereltern geschrieben. Sie sollten sich in Acht vor mir nehmen, weil ich nur das Haus wollte und so Zeugs. Aber das war eh so eine alte Schindmähre.

Meine Mutter war von der Schönheit meiner Erna überrascht. Hat ihr viele Komplimente gemacht. Und damit war die Sache klar.

*

Kurz nach dem Krieg hatte ich einen Winter lang in Wehr bei einem Steuerberater gearbeitet. Aber ich merkte schnell, dass das nichts für mich war – in so einem Büro hocken. Außerdem plante der Steuerberater, dass ich seine Tochter, die Martha, heirate. Das wollte ich dann schon gar nicht.

Aber ich hatte viele Ideen und gab mir Mühe, die Familie zu versorgen. Wir kauften einen kleinen Traktor. Für diejenigen, die selbst keinen hatten, übernahm ich verschiedene Arbeiten. Mist wegfahren, mähen, solche Sachen. Ich war noch etwas billiger und besser als die von der Gemeinde, die das Gleiche im Angebot hatten. Deshalb kamen immer ein paar gute Aufträge rein.

So ging es langsam aufwärts. Ich weiß noch, das Jahr 1948 war ein kleiner Wendepunkt: Es gab viele Kirschen in diesem Jahr, so konnten wir durch den Verkauf gut hinzuverdienen. Auf solche Sachen kam es damals an.

Dann gründete ich ein eigenes Geschäft. Ich holte mir beim Fingerlin Karl ein Papier, das bewies, dass ich ausreichend Fachkenntnisse hatte. Und vom Steuerberater eine Bescheinigung für Buchführung. Zusammen mit meinem Führerschein hatte ich damit alle drei Grundsteine zusammen, um mein Holzhandelsgeschäft anmelden zu dürfen.

Darauf konzentrierte ich meine Energie. Ich wollte nicht mehr, dass meine Schwestern und ich mit Kühen den Acker machen mussten. So primitiv wie in meiner Kindheit. Das war vorbei. Musste vorbei sein. Der Aufbau im Dorf machte sich auch daran bemerkbar, dass die Leute wieder Vereine gründeten. Ich wurde gefragt, ob ich wieder mitmachen wollte. Doch ich konnte nicht mehr. Es war mir suspekt geworden.

Die Wirtschaft erholte sich langsam. Am Anfang sind die Bauern noch gern mit den Traktoren zur Kirche gefahren. Das war billig für sie, weil die Schlepper Steuerbefreiung hatten. Aber das wurde verboten. Nicht wegen der Kirche. Und nicht, weil es eigentlich ein Problem ist, wenn die Leute auch außerhalb der Landwirtschaft damit unterwegs sind. Man wollte eben, dass die Bauern auch noch ein Auto kauften. Und das haben sie gemacht. Einen VW für vielleicht 5.000 Mark oder später einen Opel Rekord.

Überall schossen kleine Betriebe aus dem Boden. Die kleinen Schreiner, Sattler, Schmiede, Gipser, Maurer, die Krämer oder Tante-Emma-Läden, die Bäcker, die Metzgereien – sie bekamen Konkurrenz. Und während einige von ihnen wuchsen, mussten die anderen bald eingehen. Plötzlich schienen überall nur noch Versicherungen Geld machen zu können.

*

Der Kalte Krieg war natürlich so eine Sache. Deutschland wurde wieder aufgebaut. Mit Unterstützung per Marshall-Plan. Vor allem die Franzosen waren damit unzufrieden. Die Länder im Osten hatten es schwerer. Deutschland war zum Schauplatz eines neuen weltweiten Konflikts geworden. Als Pufferzone für den Westen. Deshalb floss so viel Geld zu uns. Auch wir auf dem Land bekamen davon was mit. Nicht nur im Radio oder in der Zeitung, sondern handfest, vor Ort. Abwehrvorrichtungen gegen die Sowjetunion. Nahrungsmittellager für den Atomkrieg. Ein Munitionslager in Maulburg. Oder im Hotzenwald haben sie Sprengmaterial untergebracht, um im Fall der Fälle die Waldwege in die Luft zu jagen, damit keine russischen Panzer ins Wehratal vordringen könnten.

Begriffen haben wir nicht so recht, was das sollte. Andererseits war die Angst vor den Russen uns allen eingeimpft worden. Ich hielt mich raus. Erst später, als es darum ging, ob meine Söhne zur Bundeswehr gehen sollten, befasste ich mich wieder mehr mit der Politik. Deutschland sollte keine Armee mehr haben, fand ich. Trotzdem habe ich sie gehen lassen. Aus einer Art Sympathie zu den Amerikanern. Ich dachte, die beschützen uns, also können wir sie auch unterstützen. Ich habe in Amerika eine ganz andere Mentalität kennengelernt, als wir sie bei den Nazis hatten. Dort waren die Leute stolz auf ihr Land. Aber sie waren nicht nur unterwürfige Handlanger, hatten alle ihre freie Meinung. Bei der US Army haben sie »Rest in Peace« auf die Kreuze geschrieben – und nicht so abartiges Zeug wie bei uns: »Gefallen für Führer, Volk und Vaterland«.

*

Das sogenannte Wirtschaftswunder, das durch den Kalten Krieg begünstigt wurde, hatte einen Nebeneffekt: Die Entnazifizierung wurde sehr vernachlässigt. Damals hab ich mich nicht damit befasst. Heute weiß ich zum Beispiel vom Industriellen Krupp, der gleich wieder entlassen wurde, weil sie ihn gebraucht haben für die Aufrüstung gegen die Russen. Oder der gottverreckte Globke – der Kommentator der unmenschlichen Nürnberger Rassegesetze, der dann in der BRD der zweite Mann hinter Adenauer wurde. Filbinger, der noch nach Kriegsende als Marinerichter Todesurteile vollstreckt hat und dann, als es rauskam, als Ministerpräsident in Baden-Württemberg in den Siebzigern, da meinte der Sack: »Was damals rechtens war, kann heute nicht Unrecht sein.« Ja, so Leute. Vor allem CDU-Mitglieder, die sich als Politiker aufgespielt haben mit großer Schnauze. Auch der Kiesinger ist der Entnazifizierung entgangen. Der hat es sogar zum Kanzler gebracht. NSDAP-Mitglied von Anfang an. Dann hochgearbeitet im NS-Außenministerium, um nicht an die Front zu müssen. Der war vielleicht kein Judenmörder, aber ein arrogantes Arschloch ohnegleichen.

Und das ist auch der Punkt heute: Nicht nur, dass ganz Europa damals verzichten musste, damit Deutschland wieder auf die Beine kommen konnte. Sondern auch, dass viele Naziverbrecher nicht gebüßt haben und dass die Deutschen weiterhin das Maul aufreißen, anstatt etwas Demut zu zeigen, und sich aufspielen, als wären sie was Besseres! Dass es Ländern wie Griechenland heute so schlecht geht, hat seine Gründe, und die liegen zu großen Teilen weit in der Vergangenheit. Deshalb muss man sie auch so gut und lange wie möglich unterstützen!

Aber leider gibt es genug kleine und große Nationalisten in Deutschland. Und trotz der Gedenkveranstaltungen überall ist das doch der Geist von damals, der noch immer mehr oder weniger existiert.

*

Am 19. April 1951 haben Erna und ich geheiratet. Erst auf dem Standesamt und anschließend in der Kirche. Mit den wenigen Gästen gingen wir zu den Schwiegereltern in Schwörstadt nach Hause. Frau Opel aus Rheinfelden hat groß gekocht für alle. Als sie sah, dass ich mich auch mit den anwesenden Kindern unterhielt, prophezeite sie uns eine kinderreiche Familie.

Der Pfarrer, Herr Schottmüller, meinte, uns Eheunterricht geben zu müssen. Auf dem Dorf hatte man uns ja nie so recht erklärt, was es mit der Liebe auf sich hat. Nur früher, als wir jünger waren, haben die älteren Mädchen eben ihre Witze erzählt. Der Pfarrer hat uns dann ein bisschen was gesagt. Aber alles sehr oberflächlich. Andererseits – ein wenig wussten wir natürlich schon.

Wir haben eine schöne kurze Hochzeitsreise gemacht. Ich habe das Motorrad meines Schwagers ausgeliehen.

Wir sind in den Schwarzwald gefahren. Zwei Tage später mussten wir zurück sein. Es war Zeit, die Kartoffeln zu pflanzen.

*

Wir hielten zusammen, von Anfang an. Erna stand hinter mir. Nur hin und wieder, im Sommer beim Heuen, hat sie gesagt: »Jetzt könntest du aber auch mal zu Hause bleiben, bei dem schönen Wetter.« Aber ich musste weiterarbeiten, meinen Betrieb am Laufen halten. Alles war noch im Aufbau. Es war schwer. Man musste kämpfen. Ab 1950 hatte ich angefangen mit dem Nebenerwerb: Holztransporte und Holzhandel. Zuerst verkaufte ich Brennholz und lieferte an verschiedene Betriebe nach Rheinfelden, und dann in die ganze Region.

Wenn man so einen Betrieb hatte, musste man immer schauen, dass man seine Kunden bedienen konnte. Schließlich hing ein ganzer Produktionsprozess von meinen Lieferungen ab. Das war oft anstrengend, weil manchmal viele Aufträge auf einmal kamen und dann plötzlich wieder weniger los war.

Natürlich wäre ich gerne mehr zu Hause gewesen. Aber selbst am Wochenende sind wir zum Holzhandel gegangen oder am Sonntag – zusammen mit den Kindern – in den Wald gefahren, um die Stämme anzuschauen, die ich in den nächsten Tagen abholen wollte, oder Holz, das ich kaufen wollte. Samstag war sowieso Arbeitstag.

Das Handeln interessierte mich. So wuchs das Unternehmen parallel zu unserer Landwirtschaft nach und nach. Erst kauften wir einen kleinen Bulldog, dann irgendwann einen Unimog. Und die Mitarbeiter rauchten wie die Schlote, das Führerhaus war voller Qualm.

*

Erna und ich wollten von Anfang an Kinder haben. Sie war ungeduldig. Nachdem sie neun Monate lang nicht schwanger geworden war, ging sie zum Frauenarzt und fragte, ob etwas nicht in Ordnung sei. Aber es war alles okay. Wir mussten auch nicht mehr lange warten. Wir waren sehr glücklich und gespannt, was es sein würde. Ein Mädchen? Ein Bub? Es wurde ein Mädchen: Anita wurde am 14. September 1952 geboren. Ich wollte sie Evelyn nennen, aber der Typ auf dem Amt meinte, das geht nicht.

*

Unser zweites Kind wurde ein Bub. Wir haben ihn nach meinem Bruder benannt: Alfons kam am 16. November 1953 auf die Welt. Zwei Jahre später, am 19. November 1955, folgte Clemens. Probleme bei der Geburt eines der Kinder hatte Erna nie. Ich kann mich auch an keine größeren Schwierigkeiten in der Beziehung zwischen uns erinnern. Wir haben eben zueinander gehalten und uns am Aufwachsen der Kinder erfreut. Als Familienvater war ich zusätzlich motiviert.

Ich frage mich aber, wie ich mit meinen Kindern umgegangen wäre, wenn ich den Krieg nicht erlebt hätte. Wir waren nicht mehr integer. Ich schlug meine Kinder nicht gern und nicht arg, auch wenn es trotzdem – vor allem am Anfang – immer wieder mal eins auf den Hintern gab. Und geschimpft wurde viel. Unsere Eltern waren mit uns nicht anders verfahren. Trotzdem glaube ich, dass wir durch den Krieg noch viel rauer oder unsicherer geworden sind. Vor allem unter Männern. Zum Beispiel erinnere ich mich an eine Szene, wir waren gerade am Heueinladen. Unser Wagen blockierte die Straße. Ein Schweizer namens Kiem, den ich sowieso gefressen hatte, kam mit seinem Traktor und hupte wie blöd, weil er durchwollte. Es dauerte halt. Aber er machte immer weiter rum und konnte einfach nicht die Schnauze halten. Ich bin rübergegangen. Hab ihn von seinem Karren geholt, ihn an der Gurgel gepackt und an die Wand vom Nachbarhaus gedrückt. Dann gab er Ruhe.

*

Lioba, unser viertes Kind, wurde am 15. April 1957 geboren. An diesem Tag gab es eine schwierige Arbeit in Hasel. Ich hatte einen Holzkauf über Stammholz abgeschlossen, ab Wald, ungerückt, an einem Abfuhrweg. Es war sehr eng alles und abschüssiges Gelände. Wir rückten die Stämme an den Waldrand auf eine Wiese und luden sie auf den Hänger. Mit der Seilwinde mussten wir den Hänger hin- und herziehen, um ihn dann auf den Weg zurückzubekommen. Dann fuhren wir alles zum Sägewerk. Wegen der tiefen Spuren in der Wiese musste ich den Besitzer entschädigen. Ich hab mich aufgeregt. Das legte sich aber, als wir spät abends nach Hause kamen und erfuhren, dass Lioba auf der Welt gelandet war.

*

Am Anfang der nächsten Schwangerschaft war Erna oft nicht gut aufgelegt. Doch hatte sie irgendwann einen Traum, dass sie einen schönen Sohn bekommen würde. Von da an war sie in glücklicher Erwartung. Am 28. Juli 1958 war es dann so weit: Ehrfried kam auf die Welt.

*

Es war schon später Nachmittag, wir mussten nach einem langen Arbeitstag noch einen Hänger Langholz abfahren. Oberhalb von Schlechtbach, also zwischen Gerspach und Kürnberg, war das. Als wir geladen hatten, um das Holz beim Betrieb Ernst Maier in Fahrnau abzuliefern, musste ich anhalten. Das Warnlicht am Ende der Stämme flackerte. Es war schon dunkel, also war es notwendig, das in Ordnung zu bringen.

Ich zog die Handbremse und stieg aus. Mein Mitarbeiter – sein Name fällt mir leider nicht mehr ein – war zum ersten Mal dabei. Er hat sich eine Kippe angesteckt und sich irgendwo herumgedrückt, während ich hinten an dem Lampenstecker rumgerissen hab, um zu kontrollieren, ob alles richtig verkabelt war. Ich hob meinen Kopf zwischen die Stämme hinten, da merkte ich, dass sich was bewegte – und plötzlich kam der ganze Karren ins Rollen und bewegte sich auf den Steilhang längs der Straße zu. Ich rannte los, am Hänger vorbei zur Kramer-Zugmaschine, versuchte auf das Trittbrett hochzukommen, um den Motor zu starten und dagegenzusteuern – aber da ging der ganze Laden hinten den Steilhang runter, und noch bevor ich die Tür aufgerissen hatte, wurde ich die Halde hinuntergeschleudert.

Alles stürzte zusammen. »Volle Deckung!«, schoss es mir durch den Kopf, wie im Krieg ... Und an die Familie dachte ich und ... ich war sicher, jetzt ist es aus. Aber das war nur ein kurzer Gedanke. Dann war ich weg.

Als ich wieder zu mir kam, lag ich unten bei den Stämmen. Keine Schmerzen. Vom Schock. Zehn, zwanzig Meter weiter oben stand der Mitarbeiter und machte große Augen, die Kippe sogar noch im Schnabel, glaub ich. Das

Kramer-Fahrzeug und der Anhänger waren eingeknickt, die Stämme aus der Fixierung gebrochen und den Hang runtergerollt, ich dazwischen ... Dann kamen die Schmerzen, und ich versuchte hochzukrabbeln, irgendwie da rauszukommen, weil immer noch alles instabil war, und ich meinte, die Gedärme hängen mir raus, so brannte es am Bauch. Aber die Verletzung war am rechten inneren Oberschenkel. Alles aufgerissen.

Mein Glück war, dass dann gerade ein Auto vorbeikam – hier oben auf dem Feld! Der Mitarbeiter hatte sich wieder im Griff. Er zerrte mich hoch, ich weiß noch, wie ich geschimpft hab. Sie haben mich nach Schopfheim ins Krankenhaus gebracht. Dort hat man mich irgendwie versorgt. Für ein paar Tage war mir alles egal ... Das war am 20. Oktober 1959. Ich war 37 Jahre alt. An dem Tag hätte es mit mir vorbei sein können.

Die Leute in Schwörstadt meinten: Jetzt ist er pleite. Der Karren kaputt, und fahren kann er auch nicht mehr. Erna erzählte mir das. Das hat mich rasend gemacht, die blöden Sausäckel, wieder nur am Rumtratschen! Aber ich hatte auch Angst, dass sie Recht behalten würden. Als man mich fragte, was mit dem Fahrzeug passieren sollte, sagte ich, dass sie es nach Überlingen zu den Kramer-Werken bringen sollten. Ein Transportunternehmer aus Lörrach erledigte das für ein Schweinegeld. Dagegen war die Reparatur sehr günstig, weil die Werkstatt viel Zeit dafür hatte – es dauerte fünf Monate, bis ich das Krankenhaus verlassen konnte.

Fast die ganze Zeit über musste ich im Bett liegen. Das machte mich ganz fuchsig. So ruhiggestellt zu sein. Und dazu die Untersuchungen und Operationen. Hautübertragungen und so Sachen. Das war schwer für mich. Aber vor allem für die Familie.

Der kleine Ehrfried war etwas mehr als ein Jahr alt. Wenn Erna mit ihm ins Krankenhaus kam, fremdelte er, kannte mich nicht mehr. Und ständig klingelte bei uns zu Hause das Telefon, weil der Stabhalter und andere Süffel aus dem Dorf in Schwörstadt im Schwanen hockten, so besoffen, dass sie nicht mehr laufen konnten – und dann haben sie meine Erna angerufen nachts um zwölf, dass sie abgeholt werden wollten, die alten Nichtsnutze. Diese Anrufe haben Erna sehr erschreckt, weil ich im Krankenhaus lag und sie immer dachte, das Telefon klingelt wegen mir.

*

Ab Mitte der Sechziger ging es wieder aufwärts. Ich konnte wieder arbeiten, der Kramer war repariert. Außerdem haben meine Eltern sich in diesem Jahr entschieden, ihr Eigentum an uns drei Kinder, meine Schwestern und mich, zu übergeben. Haus, Hof, Feld und Wald.

*

Am 11. Dezember 1962 freuten wir uns über die Geburt unserer dritten Tochter, Karin. Und am 26. Mai 1964 wurde Johanna geboren. Sie war ein sehr hübsches Baby. Erna wurde viel für sie gelobt.

*

Bislang lebten wir sehr beengt im alten Haus unten im Dorf. Erna und ich, meine Eltern, die Kinder und je nachdem ein oder zwei Mitarbeiter. Das hatte keine Perspektive. Also bauten wir den Aussiedlerhof oberhalb der Bergstraße in den Feldern zwischen Niederdossenbach und Schwörstadt.

Nach meinem Unfall hatte ich wieder mehr Lust, mich mit der Landwirtschaft zu beschäftigen. Und es bot sich an, weil es staatliche Unterstützung gab. Erna war zuerst nicht begeistert von der Idee. Sie sah das Beispiel einer Frau vom Aussiedlerhof auf dem Hollwanger. Nach der Kirche erzählte die immer ausführlich, wie anstrengend es doch sei, so weit draußen. Wenn man ohne Auto, also immer mit Rad oder Stierfuhrwerken, ins Dorf kommen musste, ein Krampf sei das, so weit abgelegen. Erna sah aber, dass wir hier oben mehr Platz hatten und alles besser einrichten konnten, im Stall, in der Küche und so weiter. Wir machten einige Schulden. Aber sie waren erträglich, weil der Zins recht niedrig war.

Der Bau dauerte von 1963 bis 1965. Es war eine schwere Zeit. Wir hatten die Baugenehmigung bekommen und die Betreuungsübernahme durch die GFK, die Gesellschaft für die Förderung der inneren Kolonisation, die später in die Deutsche Gesellschaft für Landentwicklung umbenannt wurde. Für den Rohbau hatten wir das Angebot von der Baufirma Fridolin Mayer aus Schwörstadt. Bald danach übergab er seinen Betrieb an die Schweizer Firma Bertschinger, die das Gebot zu gleichen Bedingungen und Beträgen übernahm. Obwohl im Plan verzeichnet, wurden keine Rollladenfensterstürze eingebaut. Erst im Frühjahr 1964 wurden die falschen Fensterstürze abgebrochen und die richtigen eingebaut. Das war nicht der einzige Fehler, den diese Schlamper gemacht haben.

Die Bauleitung hatte eigentlich Herr Schaffer von der Landentwicklung. Aber im täglichen Ablauf musste ich selbst tätig sein. Erna kam mich dann manchmal mit dem Auto im Wald holen. Wenn mit den Bauleitern oder Handwerkern irgendwas war oder so. Dann machte der Rogg Karle die Langholzarbeit teilweise allein. Einmal, als ich zurückkam, bot sich mir ein unerfreulicher Anblick: Er war weg, und das Langholz nicht verladen, die Maschinen standen mitten auf dem Weg. Wie sich herausstellte, war der Rogg Karle von der Polizei geholt worden. Eine Frau hatte ihn angezeigt, weil er sie angeblich belästigt hatte. Er behauptete, dass er nur unschuldig in einen Busch gepinkelt habe. Die Frau sei zufällig vorbeigekommen. Ich traute dem Rogg Karle alles zu.

Der Bau kam dann doch irgendwann zu einem guten Ende. Wir hatten immer mehr Land dazugekauft oder gepachtet. So hatten wir ein ordentliches Fleckchen Erde rund um unser Grundstück zusammen, obwohl sich mancher Widerstand von den Bauern im Dorf gegen uns geregt hatte. Sie hatten Angst, dass wir zu groß werden würden.

Am Tag vor dem Weißen Sonntag von Clemens sind wir dann auf dem Hof eingezogen.

*

Anfangs hatten wir noch immer Kühe im Stall. Irgendwann kam mal einer, der Tremmel Toni, und fragte, ob er bei uns sein Pferd unterstellen könnte. Danach kamen noch andere Leute mit dem gleichen Wunsch auf uns zu. Es wurden immer mehr. So entstand die Idee, den ganzen Betrieb zum Reiterhof umzustrukturieren. Ich dachte zuerst, dass man das nach und nach machen könnte. Doch mein Sohn Alfons meinte, es sei besser, gleich alle Boxen auf einmal zu Pferdeboxen umzubauen.

Eines Tages kam ein Herr vom Landwirtschaftsamt auf dem Hof vorbei. Er wollte mit Erna sprechen. Aber sie war nicht zu Hause. Dafür informierte ihn die nicht ganz dreijährige Karin, dass die Mama nach Säckingen ins Krankenhaus gegangen sei, um dort ein »Buscheli« abzuholen. Gemeint hat sie den Franz, unseren jüngsten Sohn. Er wurde am 26. Oktober 1965 geboren – ein Dreivierteljahr nach dem Tod seiner Oma Anna, meiner Mutter, am 18. Februar 1965. Mein Vater, von dem ich meinen Vornamen geerbt hatte und der ja immerhin acht Jahre jünger war als sie, lebte noch bis zum 6. März 1967, bettlägerig und voll pflegebedürftig, wie seit fast vier Jahrzehnten.

*

Mit ein paar wenigen Kameraden aus dem Krieg und der Gefangenschaft stand ich noch im Kontakt. Es war ja keine Zeit, um Briefe zu schreiben oder große Reisen zu unternehmen. Aber irgendwann Mitte der Sechziger konnte ich einmal den Albert Miehling im oberbayerischen Beilngries besuchen.

Erna und ich fuhren mit unserem Auto nach München zu einer Landwirtschaftsausstellung. Zu Hause hatte eine Dorfhelferin die Aufsicht über die Kinder. Gegen Abend in München angekommen, fragten wir beim Tourismusbüro wegen einer Übernachtungsmöglichkeit. Sie hatten nur noch ein Angebot in einem neueren Haus für 50 D-Mark pro Person ohne Frühstück. Am nächsten Tag fanden wir eine Pension für 14 D-Mark pro Person mit Frühstück! Und am dritten Tag fuhren wir Richtung Norden nach Beilngries und buchten dort eine Übernachtung, bevor wir Albert Miehling, seine Frau und ihre zwei Söhne besuchten.

»Bist'n feiner Herr word'n«, meinte der Albert und zupfte an mir rum. Dabei hatte ich nur meinen Sonntagsanzug an. Es war komisch, ihn zu treffen, aber auch gut und interessant, Erinnerungen auszutauschen.

Albert war mit mir im Gefangenenlager gewesen. Wir hatten zusammen in einer Fußballmannschaft gespielt und gemeinsam im Commissonary gearbeitet. Außerdem hat er einmal für mich sechs Stangen Zigaretten geklaut, damit ich meinen Dentist bezahlen konnte.

*

Erna kümmerte sich nicht nur um die Landwirtschaft und die Kinder. Sie hat auch ihre Eltern versorgt.

Der Schwiegermutter ging es meistens ganz gut. Sie war eine liebe Frau, die auch unsere Kinder sehr gern hatte. Aber fast noch lieber hatte sie die Rosen in ihrem Garten in Schwörstadt und die Katzen. Sie waren ihre große Leidenschaft und hatten fast noch mehr Rechte als die Menschen außenrum. Sie war die zweite Frau von Ernas Vater. Die erste wurde vom Blitz totgeschlagen, im Feld unten. Das kam damals öfters vor. Ich weiß auch noch, als ich ein Kind war, wie es im Dorf mal geheißen hatte: »Der Willi wurde vom Blitz erschlagen!« Das war der Bub von einem Nachbarn. Bei Regen hatte er sich zum Schutz unter einen Baum gestellt. Es war nur ein einziger Blitz gewesen, wir haben ihn gehört. Es muss der gewesen sein, der den Willi erwischt hat. Als sie ihn auf dem Leiterwagen durchs Dorf zogen, war er noch nicht steif. Nur ganz blau. Wahrscheinlich das Blut, das stockte ... Der Bruder vom Willi blieb im Krieg. Danach war es aus mit der Landwirtschaft der Eltern.

Ernas Vater spielte am Sonntagnachmittag immer Karten im *Lamm*. Viele blieben dort sitzen und soffen. Die Frauen mussten im Stall arbeiten. Aber weil die Schwiegermutter ihm kein Vesper mitgab, kam er zum Essen immer nach Hause. Später musste er dann viel gepflegt werden, weil er dement wurde. Erna kümmerte sich um ihn. Manchmal wollte er die Kinder schlagen. Teilweise werden sie böse, die Dementen. Als er starb, war Erna bei ihm. Sie hielt ihn, doch er sackte einfach in sich zusammen.

*

Am 29. Juni 1971 kam Melanie auf die Welt, das jüngste Kind. Da war die Mutti schon fast 41 Jahre alt. Aber es ist gutgegangen – und jetzt waren wir vollständig.

Um die Zeit von Melanies Geburt, etwa von 1971 bis 1973, habe ich beim Telekolleg im Dritten Programm des Fernsehens mitgemacht. Interessiert haben mich wieder die Sprachen. Sonst habe ich nicht so viel Wichtiges gelernt. Aber danach hatte ich die Mittlere Reife.

*

Wir hatten praktisch keine Freizeit. Vielleicht mal ein Vereinsfest, zu dem wir gegangen sind, oder ein Tanzabend mit meiner Frau. Wir tanzen beide gern. Im Januar 1972 hatten wir zum ersten Mal die Möglichkeit, richtig in den Urlaub zu fahren. Nach Italien. Ohne die Kinder, aber mit einer Gruppe von 20 anderen Leuten. Es war ein günstiges Angebot, das das Haus der Bauern in Freiburg organisierte. Uns hat es gut gefallen. Turin, Pisa, Florenz. Eine Woche auf Ischia, von wo wir auch eine Fahrt zum Vesuvio gemacht haben und dann hochgewandert sind.

Auf dem Rückweg war ich noch auf eigene Faust mit Erna in Rom. Dort wollte ich beichten. Ich weiß nicht so genau, wieso. Es hat sich eben angeboten. Wir haben den Vatikan besichtigt und sind dann beichten gegangen. Davor hatte ich nur von Zeit zu Zeit gebeichtet, nie so richtig mit Überzeugung, sondern weil man es eben sollte. Zum Beispiel als junger Bursche mal in Säckingen. Dort, im Klösterle, war ein Pater, der immer ganz genaue Einzelheiten hören wollte. Wenn ich sagte: »Ich habe unkeusch gedacht«, dann hat ihm das nie gereicht.

In Rom meinten sie zu mir, ich solle zu einem Deutsch sprechenden Beichtvater gehen. Aber die waren alle besetzt. Also bin ich zu einem englischsprachigen. Es war das letzte Mal, dass ich gebeichtet habe.

Erna und ich haben später noch zwei, drei andere Reisen unternommen. Meistens mit der kleinen Melanie. Das waren schöne Fahrten. Nach Kroatien. Und einmal waren wir in Berlin. Das war etwa 1975. Wir flogen mit einem amerikanischen Flugzeug, weil es den anderen noch nicht erlaubt war. Ein skurriler Aufenthalt war das. Wenn man sich umschaute, dachte man, man sei direkt in der Tagesschau gelandet.

*

Mein Langholz-Unternehmen lief, aber es war immer ein hartes Business. Die Konkurrenz war stärker geworden. Und manche Händler wurden richtig gehässig, wenn man nicht punktgenau und exakt lieferte. Der Papierholzhandel war regelmäßiger und eigentlich sogar einträglicher als das Herumfahren des Langholzes. Aber insgesamt gefiel mir die Arbeit gut. Sie war sehr abwechslungsreich.

Nach dem Unfall hatte ich meistens einen Helfer. Nicht mehr nur hin und wieder, wie zuvor. Es war auch mal einer vom Arbeitsamt dabei. In Schopfheim fiel der Wagen um, weil er ihn auf den Bordstein gelenkt hatte. Er selbst kam noch hervor, aber der Wagen war umgekippt.

Alfred Attinger war öfters dabei. Der hatte manchmal epileptische Anfälle. Er nannte es »Beiztanz«. Zum Beispiel in Rippolingen, wir wollten grade losfahren, da legte er plötzlich los. Zappelte wie wild. Ich verfrachtete ihn auf eine Bank. Er schäumte aus dem Mund. Also rief ich zu Hause an. Erna kam. Sie brachte die Spanier mit, die bei uns wohnten. Sie arbeiteten in der Fabrik Schicht, halfen aber auch bei uns manchmal aus. Manuel und Francisco. Das waren zwei Gute. Mit ihnen und ihren Familien habe ich heute noch Kontakt. Sie nahmen den Attinger mit. Der Doktor meinte, man könnte die Anfälle behandeln mit der richtigen Medizin.

Der Benz Hermann ist noch einer, der auch immer wieder beim Langholzfahren dabei war. Der war so richtig ein Halbwilder. Machte immer Sprüche, erfand Sachen, die nicht stimmten. Zum Beispiel behauptete er, er habe der schwangeren Erna bei der Geburt von Lioba oder Ehrfried helfen müssen, weil er sie gerade zum Krankenhaus fuhr. Sie habe unterwegs das Kind bekommen. Das stimmte aber gar nicht.

Manchmal waren keine Helfer da. Dann musste ich von den Kindern welche mit in den Wald nehmen. Alfons, Clemens, Ehrfried, auch Anita, Lioba und Johanna sogar. Die mussten dann »schwiecke«, also hinten unten drin im Anhänger sitzen und an der Kurbel drehen, wenn's um scharfe Kurven ging. Ich saß dann vorne in der Zugmaschine und schrie ihnen zu, was zu tun war. Heute ist das zum Glück weniger kompliziert, und niemand muss seine Kinder für so gefährliche Arbeit missbrauchen.

Vom Rogg Karle hab ich schon erzählt. Der war ein Süffel vom Fach, aber trotzdem machte er seine Arbeit.

Mit dem hab ich viele Touren gemacht. Am Wochenende betrank er sich. Am Montag war er immer noch so besoffen, dass er nicht richtig arbeiten konnte. Einmal wollte er abhauen. Doch ich packte ihn, wusste, dass er wieder etwas nüchterner sein würde, wenn wir vor Ort wären – wir mussten nach Badenweiler. Mehr als genug Zeit zum Ausnüchtern!

Wir hatten für die Arbeit im Stall und im Wald immer öfter auch Aushilfskräfte aus anderen Ländern. Aus Spanien, der Türkei, dem Kosovo, Rumänien – von überall her. Der Miftar war natürlich ganz wichtig und ein Guter. Oder auch der Daljit zum Beispiel. Der war ein indischer Sikh und durfte oder wollte sich deswegen nicht die Haare schneiden, die er immer unter seinem Turban trug. Einmal wurde er beim Arbeiten von einem Stamm am Kopf getroffen und umgehauen. Der Turban flog runter. Die Haare waren wirklich sehr lang, aber auch gut gepflegt. Er war kurz bewusstlos, aber als er wieder zu sich kam, lachte er und sagte, dass ihm die Haare das Leben gerettet hätten. Da hat er wohl Recht gehabt. Heute lebt Daljit mit seinen zwei Söhnen und seiner Frau in den USA. Sie haben drei oder vier Restaurants, die Jungen studieren, Flugfahrttechnik oder so was. Sie kommen uns sogar alle paar Jahre besuchen. Das sind sehr nette Leute. Und gute Arbeiter.

*

Außer nach meinem Unfall musste ich nie ins Krankenhaus. Ich hasste es da. Deswegen hatte ich auch ganz schön Angst, als mir 1984 ein Arzt gesagt hat, dass das Knorpelding an meiner Lippe ein Krebs war. Der erste Doktor meinte noch, das ist Herpes, aber ich hatte das Gefühl, dass es nicht weggeht oder sogar wächst. Also bin ich eben ins Krankenhaus und die meinten, das muss operiert werden. Ich fand das furchtbar. Wenn ich das an der Lippe hatte, dann doch bestimmt auch noch woanders. Vor allem, wenn das von den Hautverbrennungen in Afrika kam.

Mit Erna, Melanie und ihrer Freundin Elke waren wir in Frankreich, in Paris, mit einer organisierten, günstigen Reise der Bauernschule. Die Mädchen waren im Louvre, Erna und ich in Notre Dame. Ich konnte die Reise nicht recht genießen, weil mir der Krebs nicht aus dem Kopf gehen wollte. Ich fühlte mich noch zu jung. Man sieht, wie viele jung und unwürdig dahinsterben an dieser hässlichen Krankheit. Es gibt einen französischen Fachbegriff für diese spezielle Angst: »Cancérophobie« oder »Peur du Cancer«. Wenn ich irgendwas hatte in den nächsten Jahren, Halsweh oder sonst was, dachte ich immer gleich, dass es Krebs ist ... Die Gefahr ist groß, dass man nicht mehr für die Familie sorgen kann. Ich hatte das erlebt mit meinem Vater. Zu viele geliebte Menschen hingen auch von meiner Gesundheit ab. Ich kannte einen, der etwas an der Nase hatte. Nach und nach wurden ihm Teile davon wegoperiert, bis die Nase ganz verschwunden war. Und kurz darauf starb er daran.

Der Krebs hat mich noch lange gequält, aber richtig ausgebrochen ist er nicht. Ich musste später noch eine Operation am Handgelenk machen lassen, mit Hauttransplantation, und als Senior dann immer wieder kleine Geschichten, wegen der aggressiven streuenden Krebsflecken.

*

Aber das Schlimmste ... neben dem frühen Tod meines Bruders, neben Krieg und Gefangenschaft ... das Furchtbarste überhaupt, das war der unerwartete, viel zu frühe Tod von meiner lieben Erna. Wenigstens musste sie nicht leiden, hoffe ich. Aber ich glaube nicht. Nicht wie im Krieg. Sie war spät abends in den Garten gegangen, den sie, so ähnlich wie ihre Mutter, sehr pflegte. Es hatte ein Gewitter gegeben. Deshalb war der Boden schön weich, also wollte sie wohl Unkraut zupfen. Ich war eingeschlafen und merkte nach Mitternacht, dass Erna nicht da war. Wir fanden sie tot im Garten.

Ich konnte es nicht begreifen. Und kann's auch heute nicht. So schade, dass sie so früh gehen musste. Sie hätte viel Freude gehabt an unserer Großfamilie, an den über dreißig Enkelinnen und Enkeln, den Urenkelinnen und Urenkeln. Ich will gar nicht dran denken.

*

1989 war das. Ja. Ich wollte nicht mehr weitermachen. Mit der Arbeit. Und auch sonst war mir alles verleidet. Mir fehlte die Kraft. An Weihnachten sagte ich zu meinen Kindern: »Ich häng den Beruf an den Nagel.«

»Du arbeitest doch schon wieder«, meinte meine Tochter Lioba.

Und ich sagte: »Aber ich mag nicht mehr.«

Unimog

Es ist dunkel, als ich ankomme. Unter meinen Füßen knirscht der Kies, mit dem die Schlaglöcher im Weg gefüllt wurden. Bei Familie Winter flackern Fernsehbilder durch die Rollo-Lamellen, ansonsten hat sich die Siedlung bereits in den Schlafmodus versetzt. Das Gartentörchen quietscht, zerreißt die Stille. Ich schiebe mein Klapprad über die Wiese zur Terrasse und lehne es an die halbverwitterten Planken der alten Sitzbank. Die Luft ist klar, es hat geregnet. Immerhin. Regen heißt Abkühlung, Abkühlung heißt Schlaf. Und auch die Pflanzen haben das Wasser dringend nötig.

Ich setze mich auf die Stufen zur Verandatür. Im roten Schein des Fahrradlichts krame ich mein Handy aus dem Rucksack und antworte auf Sarahs SMS, in der sie fragt, wie es um die Kirsche steht. *Sieht prächtig aus*, schreibe ich, obwohl ich nicht nach dem Baum geschaut habe, morgen dann. Ich schicke ihr einen *Kuss!*, dann starte ich die Taschenlampen-App. Es ist 22:22 Uhr. Viermal meine Glückszahl. Ein gutes Zeichen.

Mit dem grotesk dicken Schlüsselbund, dessen Anblick jeden Hausmeister vor Neid erblassen ließe, mache ich meinen Rundgang über das Grundstück. Ich schließe die kleine Gästehütte auf, dann Schuppen Nr. 1, Nr. 2, den Duschraum, die Waschküche, den Werkraum, den Schlauchraum, Schuppen Nr. 4, das »Bootshaus«, Schuppen Nr. 5, die »Garage« und zuletzt den Bungalow, wo ich den Strom anschalte. Nachdem ich alle Fenster geöffnet habe, gehe ich wieder nach draußen. Auf den Dächern und auf der Wiese liegen unzählige, teilweise armdicke Äste, die unsere beiden Kiefern und die alte Lärche abgeworfen haben. Es hat wohl nicht nur in Berlin so schlimm gestürmt.

Als ich mich in den betonierten Schacht im Garten beuge, um das Hauswasserventil aufzudrehen, fällt mir ein, was mein Opa über den Tod meiner Oma erzählt hat. Eine Nacht wie heute muss es gewesen sein, als sie starb, draußen, den Kopf zwischen Salatköpfen, Möhren und Beerensträuchern, nach einem Gewitter.

Das Ventil unter mir löst sich, und das Wasser rauscht durch die Leitungen, die ich vor einem Jahr installiert habe. Das Geräusch erfüllt mich immer wieder mit Stolz und jagt mir zugleich eine Höllenangst ein, weil ich jederzeit damit rechne, dass irgendwo eine der Verbindungen platzt. Ich habe ja keine Ahnung von diesen Dingen, bin nur dreist genug, sie einfach auszuprobieren. Trial and Error, quasi mein Lebensmotto.

Ich hebe den Kopf aus dem Schacht und ziehe an einem Löwenzahn, der zwischen Thymian und Minze in Sarahs Kräuterbeet wächst. Ob sich Unkraut nach einem Gewitter tatsächlich besser zupfen lässt? Bestimmt. Meine Oma wird's schon gewusst haben. Wenn ich an sie denke, steigt ein warmes Gefühl in mir auf, obwohl ich mich eigentlich nicht an sie erinnern kann. Allerdings weiß ich noch gut, wie mich meine Eltern eines Nachmittags im Frühsommer überraschend mit Nachbarn nach Rheinfelden geschickt haben. Ich war zwei, zweieinhalb Jahre alt und habe diese Szene erst Jahre später einordnen können. Meine Eltern hatten es vergessen, ich dagegen wusste es genauer: Ich war mit der Tochter vom Gutmann Hans und ihrer Familie in Rheinfelden gewesen. Zum Eis essen. Während sich der Rest meiner Familie zur Beerdigung meiner Oma traf. Lieber hätte ich auf das Eis verzichtet.

Es gibt ein Foto von Erna mit mir auf dem Arm. Sie steht in Gummistiefeln und Kittelschürze vor dem Misthaufen und zeigt ihre Goldzähne. Sie war damals neun Jahre jünger als meine Eltern heute. Wie gern hätte ich sie kennengelernt.

Meine Knie knirschen bedenklich, als ich mich aufrichte. Ich beende die Taschenlampen-App, schaue in den Himmel. Er ist sternenklar. Das muss man der Gegend lassen: Nirgends – mal abgesehen von den Dörfern in den Anden – habe ich solche Sternenhimmel gesehen. Die Milchstraße hat hier, in der sachsen-anhaltischen Prärie, einen Fettgehalt von 3,9 Prozent, wohingegen er auf unserem Balkon in Berlin bei mageren 0,3 und auf dem Tempelhofer Feld bei maximal 1,5 Prozent liegt.

Ich schließe die Augen. Die kühle, frische Luft legt sich wie ein feuchtes Tuch auf mein Gesicht. Ich lausche, kann aber nichts hören. Nicht einen Vogel, kein Insekt, auch keinen Hund, oder doch – da, ein Plätschern, das muss dieser Zierbrunnen sein, den ich schon öfter gehört habe, aber bisher keinem der Nachbargrundstücke zuordnen konnte. Der Bach kann es jedenfalls nicht sein – er hat sich vom Hitzesommer nicht erholt. Trotz seines künstlichen Ursprungs erfüllt mich das Geräusch mit Ruhe. Der Niederdossenbacher Bach klang ganz ähnlich. Bei offenem Fenster konnte ich ihn nachts in meinem Zimmer hören. »Ab in die Kojen«, sagte mein Vater immer, Schlafenszeit.

Und morgen arbeiten.

*

Arbeit, Arbeit, Arbeit. Fünf Jahre hatte ich in der Agentur malocht, nachdem ich direkt aus dem Studium kommend dort eingestiegen war. Dabei war es ein wirklich guter Job, herausfordernd und abwechslungsreich, finanziell absolut grenzwertig, klar, aber für den Anfang einer Karriere im Literaturbetrieb ideal. Meine Chefin förderte mich, ich lernte viel Neues, Grundlegendes, und von Anfang an landete die Agentur, die eben erst gegründet worden war, beachtliche Erfolge. Sie hatte schnell den Ruf, eine unter den drei, vier wichtigsten Literaturagenturen im deutschsprachigen Raum zu sein.

Auch meine Eltern waren beruhigt, dass nun doch noch etwas aus mir wurde. Immerhin arbeitete ich für Elisabeth Ruge, die Tochter des bekannten TV-Korrespondenten Gerd Ruge, den sie aus dem Fernsehen kannten. Und im Gegensatz zum Schreiben für die Schublade oder meinem literaturwissenschaftlichen Studium war die Agenturtätigkeit auch eine, die von alten Schulfreundinnen und Verwandten auf den alljährlichen Weihnachtstreffen verstanden wurde oder gar deren Interesse weckte.

»Wow, Agent, klingt ja spannend.«

»Voll.«

»Mit der Lizenz zum Töten?«

»Aber hallo!«

»Ganz schön gefährlich.«

Und so weiter. Jedenfalls, neben all den genannten Vorteilen hatte der Job noch etwas für sich: Ich war gut darin! Und das, obwohl ich – mal abgesehen vom Tischtennisspielen – keine spezielle Begabung habe. Das ist amtlich wie der Ausweis von Max Mustermann und eine Tatsache, unter der ich schon immer leide, weil ich mich natürlich für etwas außerordentlich Besonderes halte. Und dieses latent überhöhte Selbstbild, gepaart mit einer einigermaßen breiten Kompetenzpalette, ist die perfekte Voraussetzung, um als Agent erfolgreich zu sein! Du musst kein Spezialist sein, vielmehr musst du relativ viele Dinge relativ gut können. Als Agent bist du der Unimog unter den Literaturmenschen, ein echtes »Universal-Motor-Gerät«, dem man auch mal eins auf den Deckel geben kann, ohne dass es gleich zusammenbricht. Wichtig ist nur, dass es keiner merkt! Du musst trotzdem schillern wie ein frisch gewachster Ferrari.

Irgendwann wollte ich nicht mehr schillern. Gut, dass Agent Tritschler in Wahrheit als Doppelagent agierte und immer auch für die Gegenseite spionierte – für den Autor Valentin Moritz.

*

Nachts wirft die Lärche ihre Zapfen aufs Dach, irgendwelche Tiere machen Radau. Manchmal erhellt ein Blitz den Raum, aber auf den Donner warte ich vergeblich, das Gewitter ist zu weit weg. Ich schwitze in verstörendem Ausmaß, wälze mich hin und her und mit mir meine Gedanken. »Scheiß Natur«, murmle ich, weil es mich aufregt, nicht einschlafen zu können, dabei weiß ich ganz genau, dass es eine andere, eine innere Unruhe ist, die mich wachhält.

Denn ich war gekommen, um Großes zu tun. Schreiben. Hart arbeiten. Arbeit und Struktur, bete ich mir immer wieder vor, Arbeit und Struktur, obwohl ich den gleichnamigen Blog respektive das Buch nie gelesen habe. Am Mittwoch muss ich wieder in Berlin sein wegen der Rückengymnastik, vier Tage, bis dahin muss das erste Kapitel fertig sein. Scheitern ist keine Option. Die Datei mit dem Arbeitstitel »Das letzte Bad« ist noch gähnend leer, aber wird schon. Ich weiß, was ich schreiben will, und allzu lang soll es eh nicht werden. Auch die anderen sechs Kapitel, jeweils drei, vier Seiten, das dürfte doch in sechs Wochen machbar sein. Acht maximal. Sechs durch sieben sind – keine Ahnung, also sagen wir sieben durch sieben, ein Kapitel pro Woche, locker. Okay. Dann habe ich etwas Puffer für das erste Kapitel, drei Tage, nach den vier Tagen, die ich hier bin. Vier Tage müssen reichen, klar, aber Puffer ist nicht falsch. Und zwischendurch kümmere ich mich um das Schuppendach und den Gartenwasseranschluss. Zum Ausgleich. Auch wichtig. Ansonsten gießen, Rasen mähen, häckseln, am besten mal einen neuen Kompost anlegen, na, und vielleicht finde ich auch die Zeit, um die Wände im Bad endlich zu streichen, das wär nicht übel, das sollte gemacht werden, bald, und morgen gleich die Abwassergrube checken, wer weiß, wie voll die ist, nicht dass sie wieder überläuft, gibt immer was zu tun, was noch?

Gedankengewitter. Erst als irgendwann zu Blitz und Donner doch noch der Regen einsetzt, schlafe ich endlich ein.

Um 6:30 Uhr klingelt der Wecker. Ich raffe mich auf, torkle zur Toilette, nachdem ich Kaffee aufgesetzt habe. In meinem Kopf hat nur ein einziger Gedanke Platz: »Scheiß Idee, scheiß Idee, scheiß Idee ...« Ich kann nicht. Will nicht. Will viel lieber was anderes machen. Schlafen. Sägen, hämmern, schleifen, egal. Oje, was für ein luschiger Schriftsteller ich doch bin. Ich schaue in den Spiegel.

Wo ist das Feuer?

Mein verschlafenes Gesicht, rot geränderte Augen, verkniffene Lippen.

Wo der innere Drang?

Einige Pickel sind so reif, dass sie schon beim Ansatz einer Berührung ihren Eiter gegen den Spiegel ejakulieren.

Wo die geistige Sexiness?

Ich sehe aus wie ein verzottelter Einsiedler, unrasiert und mit Büßerstriemen auf Brust und Schultern. Dabei bin ich erst gestern angekommen.

Ich räuspere mich, strecke meinem Gegenüber die Zunge raus und spucke herausfordernd ins Waschbecken. Noch ein trotziger Augenaufschlag, dann spüle ich das Becken aus und putze mir die Zähne.

Es ist 7:23 Uhr, als ich mich an den Schreibtisch setze. Der Kaffee ist kalt. »Don't cry – work«, hat Rainald Goetz damals auf seinen Debütroman »Irre« draufgeschrieben. Na dann.

Es ist 9:10 Uhr, und ich stehe auf, laufe umher, setze mich wieder. Dehnübungen.

10:42 Uhr.

11:04 Uhr.

11:29 Uhr. Ich habe noch nicht einmal eine halbe Seite zustande gebracht.

11:40 Uhr.

11:47 Uhr. Vielleicht Vollkorn-Fusilli mit Tofu-Tomatensauce?

Draußen scheint die Sonne, die Temperaturen steigen. Bei Bragullas wird der Rasenmäher angeworfen. Es dauert nicht lange, da antworten weitere Nachbarn mit ihren Geräten. Holz wird gespalten, Hecken werden getrimmt, das Kreischen einer Steinsäge hebt an. Als in Radis die Feuersirene Alarm schlägt, beginnen einige Hunde zu heulen. Ich schalte das Radio an und stopfe mir die letzten Nudeln in den Mund. Ich drehe das Radio lauter, um die Kakophonie der Tüchtigkeit um mich herum auszublenden, aber das Programm auf Radio Brocken ist so bescheuert, dass mein Augenlid nervös zu zucken beginnt.

Es ist 12:30 Uhr, und ich ziehe mir in Schuppen Nr. 2 die Handschuhe über, überlege, welche Maschine ich anwerfen sollte, und laufe zu Schuppen Nr. 5, um den Rasenmäher hervorzuziehen, besinne mich aber eines

Besseren – zu wenig Zeit, denn um 13 Uhr ist Mittagsruhe. Also zurück zu Schuppen Nr. 2, Motorsäge? Nein, bis zum Spätherbst sollte ich die beiden Bäume noch stehen lassen. Als nächstes fällt mein Blick auf den Häcksler. Perfekt. Das ganze Schnittgut von der Hecke wollte ich schon lange kleinmachen. Danach habe ich bestimmt den Kopf frei und setze mich nochmal an den Text.

14:47 Uhr. Ich habe den Haufen weggehäckselt und ein Kompostgerüst gebaut, um das Material unterzubringen. Ich bin dreckig. Richtig dreckig. Als ich den Häcksler zurück in den Schuppen schleppe, stoße ich mir den Kopf an der Decke und stöhne auf. Wieso bloß mussten die Vorbesitzer alles mit PVC-Böden und Kunststoffplatten in Holzoptik verunstalten, sogar die Schuppendecke? Why?! Das ist ein Schuppen, wozu diese unsinnige Verkleidung, die nur dafür sorgt, dass sich oben der Marder breitmacht und man nicht mitbekommt, wenn das Dach undicht ist? Ich hole Atemmaske und Brecheisen aus dem Werkraum und reiße – nachdem ich mühsam den Schuppen leergeräumt, ein paar neue Regalbretter eingezogen und zur Abwechslung zwischendurch den Rasen gemäht habe – die Decke einfach raus.

19:12 Uhr. Ich mache mir ein Bier auf. Alles juckt. Ich kratze mich im Nacken, fingere Styroporkrümel aus dem verschwitzten Haaransatz hervor, meine Arme sind pustelig rot, ich kratze weiter. Mein Augenlid zuckt aufgeregt wie ein kleines panisches Tier. Mit dem Schreiben wird's heut' nix mehr.

22:00 Uhr. Der Furor hat ein Ende. Benommen lese ich nochmal, was ich morgens geschrieben habe: »Ich frage mich, wovon er träumt.« So lautet der erste Satz. Eigentlich kein schlechter Anfang.

*

»Manchmal vermisse ich die Einfachheit«, stellte mein Opa einmal fest, als er von seiner Kindheit erzählte. Er redete von der Klarheit der alltäglichen Aufgaben, die aus der damaligen Lebensweise und den beschränkten, *einfachen* (nicht gänzlich ärmlichen) Verhältnissen resultierte. Man tat, was man tun musste, und dies möglichst gut.

Er sann dem Gedanken nach, blickte aus dem Fenster. Etwas an der Überlegung schien noch unvollständig. Wir saßen in seiner Wohnung, vor mir stand ein Glas Wasser auf dem Tisch, er trank Kaffee – wie immer stark mit Wasser verdünnt, eine abscheuliche Brühe. Mir schien es bemerkenswert, dass das, wonach er (ein Senior auf dem Lande) sich sehnte, *weniger* war und nicht *mehr*. Andererseits: Die Welt ist zusammengerückt im Laufe seines Lebens und zugleich unglaublich viel komplexer und kurzlebiger geworden, auch in der Provinz. Selbst mir ist das Getöse dort draußen und auf meinem Smartphone längst zu viel geworden.

Plötzlich sprang er auf.

»Also, beim Säen zum Beispiel!«, rief er und begann durch die Wohnung zu laufen. »Das war – also das war schon was!«

Angesichts einiger Müdigkeitsaussetzer zuvor war ich perplex, wie hellwach er auf einmal wirkte. Voller Elan erklärte er, wie das Saatgut früher von Hand aufgebracht wurde, sorgfältig und regelmäßig, zum rechten Zeitpunkt des Tages, in Abhängigkeit von den Mondphasen. Er zeigte mir, wie die richtige Wurftechnik (eine halbkreisförmige Bewegung aus dem Handgelenk) zu sein hatte, und zog dabei seine Bahnen durch das Zimmer. Er habe immer dafür gesorgt, dass das Feld gleichmäßigen Bewuchs hatte, vor allem auch an Ecken und Rändern – dort, wo heutzutage gar nichts mehr wachse, weil die großen Maschinen diese Flächen nicht bearbeiten könnten. Damals jedenfalls sei ihm das wichtig gewesen. Natürlich um die Fläche maximal zu nutzen, vor allem aber, *weil es ja sonst nach nix ausgesehen hätte*. Und das habe er nicht gewollt, das habe sich *nicht richtig angefühlt dann*. Wenn er es aber gescheit gemacht habe, egal wie alltäglich die Aufgabe gewesen sei, egal wie erschöpfend, sei er nach getaner Arbeit voller Zufriedenheit heimgekommen.

Ich hörte und stimmte zu, verstand aber seinen Punkt nicht so ganz. In seiner Beschreibung sah ich eher einen übertriebenen Arbeitsethos à la »Schaffe, schaffe, Häusle baue« und jenen urdeutschen Präzisionsfetisch, der mir so zuwider (wie aber leider auch: zu eigen) war. Und während mein Opa sich freute und noch eimerweise imaginäre Dinkel-, Hafer- oder Weizensamen unter seinen Schreibtisch, das Sofa und den Wohnzimmerschrank pfefferte, schielte ich zu meinem Aufnahmegerät, um sicherzustellen, dass diese merkwürdige Szene aufgenommen worden war.

Später wurde mir klar, worum es dabei eigentlich ging: Der junge Josef war beim Aufbringen des Saatguts einfach *voll im Flow* gewesen, im perfekten Gleichgewicht. Es hatte etwas mit Konzentration zu tun. Mit Vertiefung, Genauigkeit, selbstgesetzten Zielen und sichtbaren Ergebnissen. Und ich wüsste keinen Zustand, der erfüllender wäre. Mein Opa spielte ein Spiel mit knallharten Regeln – aber *er selbst* hatte die Regeln aufgestellt.

Heute stelle ich mir gerne vor, dass er sein ganzes Leben in diesem Zustand verbracht hat. Dass die Arbeit, die Familie, die Sprache und jede Herausforderung, die er sich im Laufe der Jahrzehnte suchte, in einem einzigen Dauer-Flow ineinander übergegangen sind. Dass sein

Dasein von Konzentration und Tiefe geprägt war, und dass er, ein Künstler im Grunde, sich frei bewegte und nicht weiter um die Außenwelt scherte, die nur auf eines aus war: Beschleunigung. Es ist eine romantische Vorstellung, ich weiß.

*

Das Lenkrad hatte in der Mitte einen Mercedes-Stern und war so groß wie die Hula-Hoop-Reifen, mit denen ich im Buben-Turnen schon viele steifhüftige Minuten verbracht hatte. Es roch nach Motoröl und Schweiß, nach frischem Sägemehl und der staubigen Luft, die sich in der Fahrerkabine aufgeheizt hatte. Ich zuckte zusammen, als mein Opa die Tür zuwarf, und presste den Bärli noch enger an mich. Entgegen allen Einwänden meiner Mutter hatte ich entschieden, dass er mitkommen sollte.

»Waschen können wir den nicht mehr«, hatte sie gesagt, »letztes Mal ist ihm der Kopf abgefallen, weißt du noch?«

Ja, ja, daran konnte ich mich nur zu gut erinnern, es war schrecklich gewesen. Trotzdem! Ich wollte auf Bärlis beruhigende Anwesenheit nicht verzichten. Außerdem war ich der Meinung, dass er ein Recht darauf hatte, auch mal ein Abenteuer zu erleben. Also blieb ich stur, und so saßen wir nun zu zweit auf der Sitzbank im Unimog, die Beine auf einer Werkzeugkiste im Fußbereich abgestellt, zwischen klebrigen Werkzeugen, Lappen und leeren Wasserflaschen, während mein Opa auf der Fahrerseite einstieg und den Motor startete. Die Welt um uns herum begann zu vibrieren, und mit einem Ruck ging es los. Erst als wir schon über die Felder fuhren, hielt mein Opa einen Moment an, zog die riesige Handbremse und beugte sich zu mir rüber, um mir den Gurt anzulegen. Sich selbst schnallte er nicht an, wie ich missbilligend zur Kenntnis nehmen musste.

Die Fahrt mit dem Unimog ist meine älteste Erinnerung an meinen Opa. Doch heute weiß ich, dass sie sehr wahrscheinlich nie stattgefunden hat. Zumindest kann sich meine Mutter nicht daran erinnern, dass ich jemals mit ihm bei einer Tour dabei gewesen wäre. Es existiert ein Foto von mir und dem Bärli im Unimog – am Steuer sitzt allerdings mein Onkel Ehrfried. Mag sein, dass meine Schwester oder einer meiner Cousins mit unserem Opa unterwegs gewesen war und davon erzählt hat. Ich war einer unter Vielen, da kommen schnell die abwegigsten Mythen auf, Handlungen und Figuren verwandeln sich, und am Ende glaubt jeder, er selbst sei es gewesen, der dieses oder jenes erlebt habe. Man muss sich nur oft genug denselben Impuls über die Synapsen jagen. Insofern sind Erinnerungen auch Entscheidungen – für das eine und gegen das andere. War es mein Cousin Patrick, der zwischen den Strohballen abgestürzt ist, oder bin ich es gewesen? Wer hat damals die Wasserpfeife im Reiterstübli versteckt? Und welcher von uns war jener Glorreiche, der die Handvoll Kraftfutter hinter der Reithalle wieder ausgekotzt hat? In Wirklichkeit ist nichts von alledem passiert. Zumindest ist das die wahrscheinlichste Variante. Und doch ist alles wahr.

Es ist wahr, dass ich mit dem Bärli an der Hand neben dem Hänger stand, während mein Opa vier kurze Planken von einer Ablage zerrte und sie links und rechts neben dem Unimog ablegte. Es ist wahr, dass die vier fettigen hydraulischen Stützen knarzten, als sie auf die Bretter trafen und den ganzen Unimog anhoben, mit wummerndem Motor schwebte er über dem Waldboden. Und es ist wahr, dass mein Opa sagte: »Geh mal weg da«, indem er an mir vorbeistapfte und anfügte: »Hock irgendwo hin und wart, bis ich fertig bin.«

Dann kletterte er den roten Kranaufbau hinter der Fahrerkabine hinauf, wo es einen kleinen Sitz für ihn gab, ganz oben im Nacken des Krans. Etwas quietschte. Ich war wie gebannt. Ein Beben durchfuhr die Maschine.

»He, hau ab jetzt!«, rief er wild gestikulierend von dort oben. Erschrocken rannte ich durchs Unterholz davon und hörte, wie es hinter mir laut wurde. Ich versteckte mich hinter einem entwurzelten Baumstumpf. Der Arm des Krans hatte sich ruckend und lärmend in Bewegung gesetzt, obenauf mein Opa wie ein Drachenbezwinger mit Hornbrille. Der Kran schien mir völlig außer Kontrolle geraten, voller Wut darüber, dass man ihn an den Unimog gefesselt hatte, zuckte er durch die Waldluft, klapperte, schnaubte, schnappte, schrie mit seinem Greifmaul und wollte meinen Opa abschütteln, aber der hatte sich in den schuppenen Ohren des Monstrums festgekrallt und zerrte daran herum. Aber die Ohren waren Hebel und das schreiende Maul ein Greifarm, der weder mich noch meinen Opa packte, sondern den ersten Holzstamm, den er auf den Anhänger lud.

*

Die Klimaanlage in der Regiobahn zurück nach Berlin ballert. Ich versuche, die fremde Familie im Abteil auszublenden, ihr Gezeter, ihre Wurstbrote und den frechen Köter, der unter dem Sitz hindurch an meiner Wade schnüffelt. Mein Magen knurrt. Am Gleisbett verblüht der Mohn, ein glitzernder See entpuppt sich als Photovoltaikanlage. Riesige Mähdrescher ziehen über die Weizenfelder, Windräder winken. In zwei Stunden beginnt der Rückengymnastikkurs am Hermannplatz. Ich schreibe Sarah, dass wir uns direkt dort treffen. *Hab den früheren Zug verpasst. Musste noch in den See springen.*

Freu mich auf dich, antwortet sie, und ob wir nach dem Sport zusammen was essen gehen wollen; ich soll erzählen, wie es um unser Grundstück steht und wie es mit dem Schreiben lief.

Acht Seiten habe ich in den vier Tagen zustande gebracht. Immerhin. Nur: Wenn ich so weitermache, wird das Kapitel fünfmal so lang wie geplant. Und der Rest? Oje.

So viel Arbeit.

Weil die Toten schweigen

Ich habe noch viele Jahre weitergemacht. Ich musste doch immer schauen, dass man was verdient. Und überhaupt wurde ich unruhig ohne Arbeit. Andere Leute können das vielleicht. Im Alter sich nochmal ausruhen oder so was. Ich war da von meinen Eltern her geprägt. Aber die Arbeit hat mich auch fit gehalten, glaube ich. Im Kopf und in den Beinen.

Langholz fuhr ich selbst noch bis 1997. Der Werner, der erste Mann von der Johanna, war auch mal dabei. Ihm hat halt die Erfahrung gefehlt – der hat den Wagen kaputtgedeppert, weil er zu schnell in eine Kurve fuhr. Und der Albert, Johannas zweiter Ehemann, hat es auch probiert, aber nicht so lang. Ihm ist der Hänger auch mal umgekippt im Wald. Schlimmes passiert ist zum Glück aber nichts. Zum Schluss haben wir nur noch Papierholz transportiert, Stammholz bloß zwischendurch.

Als ich nicht mehr selbst gefahren bin, hab ich mich auf den Handel mit Papierholz konzentriert. Das Geschäft habe ich bis 2005 weitergeführt. Ich verdiente gutes Geld damit. Ich lieferte nur Holz, das ich selbst gekauft hatte, immer frei Fabrik. Und weil sie dort normalerweise etwas mehr maßen, als ich lieferte, läpperte sich das über den Monat hin zusammen. Als Selbstständiger musst du hinterher sein. Du kannst nicht auf die Uhr schauen und sagen: »Schau, jetzt sind acht Stunden um – und fertig.«

*

Nach dem Tod von der Mutti ging es auch bald um die Frage, was mit dem Hof passieren würde. Der Alfons sollte den ganzen Laden übernehmen. Er überlegte es sich eine Zeitlang. Der hätte das prima machen können, fachlich war er ja schon als Junger sehr fit. Aber sein Interesse war nicht groß genug, das Unternehmerische lag ihm nicht. Also wollte er lieber etwas anderes machen. Er fand eine schöne Arbeitsstelle in der Vita-Zahnfabrik in Bad Säckingen und lernte bald seine Frau kennen.

Es hat mich lange beschäftigt, das mit der Weitergabe von dem Hof. Die anderen Buben – Clemens, Ehrfried, Franz – machten verschiedene technische Ausbildungen und wollten alle keine Bauern sein. Anita und Lioba waren Lehrerinnen geworden und fest im Beruf. Melanie war noch zu jung, und weil Karin und Johanna schon bei der Umstellung zum Reiterhof maßgeblich beteiligt gewesen waren, waren sie gut geeignet. Karin hat es in die Schweiz gezogen, aber Johanna, die immer auch eine sehr talentierte Reiterin gewesen ist, hat dann die Ausbildung zur Landwirtin gemacht und schließlich den ganzen Betrieb übernommen. Sie mochte die Arbeit draußen und mit den Pferden. Ich hoffe, sie hat Freude damit und dass sich später noch eins von ihren Kindern findet, das weitermachen will. Wir haben immer viel Krach gehabt ... Aber sie hat es schon recht gemacht. Halt nach ihrem Stil und dem vom Albert.

*

Miftar kam Anfang der Neunziger mit seiner Frau und den Kindern nach Deutschland. Sie waren Kosovo-Albaner und hatten aus der Heimat abhauen müssen, weil der Milošević in Serbien und seine Gegenseite total verrückt geworden sind. 1991 tauchte der Miftar dann ein paar Mal bei uns auf, um zu fragen, ob er auf dem Hof arbeiten könnte. Mir kam's ein bisschen aufdringlich vor, aber da kannte ich ihn ja noch nicht. Er hat Arbeit gesucht und war halt engagiert. Wir brauchten aber niemanden zu der Zeit.

Später hat ihn die Johanna dann geholt und ganz offiziell angemeldet. Ein anderer Aushilfsarbeiter war ausgefallen oder schlecht, ich weiß es nicht mehr genau. Miftar war dann ein wirklich guter Mitarbeiter. Wir hatten ja viele Asylbewerber oder Gastarbeiter bei uns auf dem Hof gehabt. Und viele haben auch was getaugt, aber beim Miftar war's noch was Besonderes. Der konnte das. Mit den Tieren, im Stall ausmisten und vor allem das Holzfahren. Mit Ernst und Konzentration war der immer dabei, als wär es seins. Und wir haben uns auch gut verstanden, so persönlich eben. Auch die Leute auf dem Hof mochten ihn, weil er sehr freundlich war. Ich hab ihm alles gezeigt und wollte ihn auch unterstützen in Deutschland. Für ihn war ich wohl ein bisschen wie ein Vater. So hat er's mir später gesagt.

Dann ist die Polizei gekommen und hat ihn mitgenommen. Er hatte irgendeinen Termin versäumt, glaube ich. Wegen so einer Lappalie! Dann ging es Schlag auf Schlag. Die Lage im Kosovo hatte sich verändert, viele von den Albanern sind wieder zurückgegangen. Die Ausländerbehörde hat auch Miftar und seiner Familie das Asyl abgelehnt und einen Ausreisetermin festgesetzt.

Mir wollte das nicht in den Schädel. Wieso sollte der denn jetzt wieder zurück? Er hatte doch eine gute Arbeit mit viel Aussicht. Er und seine Frau hatten sich bemüht, die Kinder hatten sie eben erst auf die Schule geschickt – und was erwartete sie in der Heimat? Bürgerkrieg und Armut. Ich wollte helfen und war auch stur wegen den Arschlöchern in Rheinfelden, die das entschieden hatten, wegen diesem Unrecht!

Wir sind zu einer Anwältin gegangen. Haben erst versucht zu prozessieren. Das hat nichts gebracht. Aber dann kamen wir auf die Idee mit der Adoption. Manche von meinen Kindern waren skeptisch wegen der Erbschaft, aber sie kannten den Miftar gut und mochten ihn. Außerdem wurde festgeschrieben, dass er nicht erbberechtigt sein würde. Also hab ich ihn adoptiert.

Aber geholfen hat es nix. Im Jahr 2000 kam die Abschiebung. Wegen dem Druck und weil klar war, dass sie nicht bleiben durften, hatten sie eingewilligt, freiwillig zu gehen. Aber die Sachbearbeiterin, oder wer das auch entscheidet, hat die Polizei losgeschickt: Mitten in der Nacht sind sie in der Wohnung vom Miftar in Schwörstadt angerückt. Haben die Kinder aus den Betten geholt. Sie gezwungen, alles zu packen, und dann ab zum Flughafen! Furchtbar. Eine unmenschliche Behandlung war das. Und warum? Es war vollkommen unnötig und ging nur darum, dass der Staat seine Macht zeigen konnte.

2001 haben wir auf dem Hof Spenden von den Reitern gesammelt. Ich hab das Geld per Western Union in den Kosovo geschickt. Damit konnte Miftar sich eine Fahrkarte bis Karlsruhe kaufen. Alles illegal natürlich. Er ist dann ein paar Tage auf dem Hof gewesen und hat geschuftet, um ein bisschen Geld zu verdienen. Dann sind wir noch zu der Anwältin hin, aber die meinte, das hat keinen Wert – wenn er sich illegal hier aufhält und erwischt wird, kann er nie wiederkommen und der ganze Prozess ist verloren. Also hab ich ihn in die Schweiz gebracht. In der Nähe von Genf hatte er Bekannte aus der Heimat. Ich hab ihn über die Grenze an der Zollstelle Inzlingen gefahren, im Kofferraum von meinem Mercedes. Den Grenzübergang kannte ich schon vom Holzfahren her gut und wusste, dass da fast nie kontrolliert wird. Und vor allem war ich als Opa ja eh nicht verdächtig. Aber trotzdem, abenteuerlich war's. Und traurig. Es hat sich angefühlt, als hätten wir den Kampf verloren ... Ich bin rechts raus und hab ihn wieder vorne sitzen lassen. Dann sind wir nach Genf zu seinen Leuten gefahren.

Den Schweizern musste er sagen, dass er von Italien hergekommen sei. Sonst wär's wieder blöd gewesen mit dem Aufenthaltsrecht in Deutschland. Die Schweizer haben ihn in ein Gefangenenlager nur für Asylbewerber gesteckt. Abschiebehaft. Das war in Basel, direkt an der Grenze zu Frankreich. Damit es schneller ging, hat sich Miftar dann bereit erklärt, freiwillig zu gehen – er bekam etwas Geld dafür vom Schweizer Staat und wurde ausgeflogen.

2003 durfte er zum ersten Mal wiederkommen. Er war ja mein Adoptivsohn, das hat etwas geholfen bei der Genehmigung des Visums. Aber nur ganz kurz. Vielleicht eine Woche war er da. In den nächsten Jahren wurde der Aufenthalt noch drei, vier Mal genehmigt. Er hat immer Tag und Nacht gearbeitet, hauptsächlich im Stall. Johanna hatte viele Aufgaben für ihn, und er hat sie gut erledigt. Natürlich habe ich ihn schwarz bezahlt. Er hatte ja keine Arbeitserlaubnis. Wenn ein Familienfest war, haben wir den Miftar auch eingeladen. Ich fand es gut, wenn's ein bisschen international zuging bei uns. Auch sonst waren ja oft Franzosen oder Schweizer dabei oder eben die Austauschfreundinnen von meinen Enkeln aus der ganzen Welt.

Dann durfte Miftar plötzlich fünf Jahre lang nicht mehr kommen. Without a reason. Die haben keine Gründe genannt. Obwohl in seiner Heimat noch immer alles im Argen war. Sozial, aber auch wirtschaftlich. Die haben einfach keine Arbeit dort. Und das nur wegen der Schnepfe in Rheinfelden auf dem Amt! Die hat das entschieden und hätte auch anders entscheiden können. Ich dachte noch, vielleicht hat ihn jemand verpfiffen. Denen gesagt, dass er bei uns gearbeitet hat. Ich hoffe nicht.

Solange ich da bin, will ich etwas helfen, wenn's geht. Als ich mal in Berlin war, habe ich dort zum Beispiel einen Brief an den Minister abgegeben. Aber geantwortet hat er nie ... Zuletzt habe ich Miftar an meinem 90. Geburtstag gesehen. Das war 2012.

*

In meiner Zeit als Senior hat noch die Marianne eine Rolle für mich gespielt. Wir haben uns Mitte der Neunziger per Zeitungsannonce kennengelernt. Ich war damals schon einsam, so ohne die Mutti. Ich glaube, Marianne hat sich bei mir gemeldet, nicht umgekehrt. Was mag ich wohl in die Anzeige reingeschrieben haben? Altes Eisen, ohne Rost? Anfang siebzig, charmant, gepflegt. Mag Tanzen, Schwimmen, Sprachen, Französisch, Englisch ... Was weiß ich.

Sie hat mich schon gut versorgt, da kann man nichts sagen. Aber je älter wir geworden sind, umso anstrengender ist es mit ihr gewesen, weil das mit der Eifersucht schlimmer wurde. Bei ihr ist das vielleicht von der Jugend gekommen. Jemand, der kein Selbstbewusstsein hat, solche Leute haben dann oft Angst vorm Verlassenwerden, denke ich. Sie hatte es nicht leicht als junges Mädchen und hatte deshalb später Komplexe. Sehr früh, mit 14, ist sie zu Hause rausgeschmissen worden. »Du bist alt genug und ich kann dich nicht mehr ernähren«, meinte der Vater. Sie hat bei einem Bauern als Magd gearbeitet und später geheiratet. Mit dem Mann war sie nicht ganz glücklich. Der starb sehr früh und gesoffen hat er am Ende auch noch. Mit ihren Kindern hatte sie auch ein paar Beziehungsprobleme.

Ich habe mich auch mit anderen Frauen verabredet. Einfach so, ist doch klar, freundschaftlich eben. Zum Tanzen in Bad Bellingen mit einer aus dem Elsass. Oder zu anderen Gelegenheiten, mit der Frau Scherer zum Beispiel. Da gab es überhaupt keinen Grund ... Die waren halt auch froh – es gab nicht mehr so viele Männer in unserem Alter, zu viele sind im Krieg oder in der Folge gestorben oder dement geworden. Es war schwer mit der Marianne. Und ihrer Eifersucht. Ich weiß noch, wie mich mal drei – oder waren es vier? – Frauen gefragt haben, ob ich mit ihnen Silvester feiern möchte. Und, ja gut, ich hab sie alle gern gehabt, es waren alles Nette, jede auf ihre Art. Also hab ich gedacht, man könnte auch mit allen gemeinsam feiern. Aber das hat der Marianne nicht gefallen – sie hat die andern angerufen und zur Sau gemacht.

*

Die Marianne hat mir öfters so kitschigen katholischen Kram geschenkt. Plastikkerzen, Marienbildchen ... Sie ist schon religiös. Aber vielleicht auch eher von der Kultur her, ich weiß es nicht. Die Religiosität ist so eine Sache. Ich zweifle vor allem an den sogenannten Amtskirchen, die Religionskriege geführt haben mit unbeschreiblichen Gräueltaten und Machenschaften. Die vor dem Hitler gekuscht haben. Und die noch immer einen riesigen Besitz verwalten. Oder warum halten die Katholischen so fest am Zölibat? Doch nur, damit das Erbe von dem Geistlichen nach seinem Tod an die Kirche übergeht. Mit Jesus hat das nichts zu tun.

Was ich weiß, ist ... dass das Leben halt unterschiedlich lang ist. Das macht mich traurig – dass manche, die es nicht verdient haben, viel zu früh gehen müssen. Ob ich an ein Leben nach dem Tod glaube, das weiß ich zum Beispiel gar nicht recht. Aber glauben heißt ja auch: nicht wissen. Etwas, das beweisbar ist, daran braucht man nicht zu glauben.

*

»Democracy is the worst form of government – with the exception of all the others.« Das ist schon der richtige Spruch. Ich bin zwar froh, dass wir Demokratie haben, und man muss sie auch verteidigen, aber das demokratische System ist immer noch verbesserungswürdig. Das, was mir nicht gefällt, ist die Unehrlichkeit. Wie sich die Politiker aufspielen. Wie doppelmoralisch die palavern können! Zum Beispiel aktuell, wenn man schaut, wie sie die Türkei umgarnen, anstatt einfach mal zu sagen: In Armenien, das war ein Völkermord von euch! Und dann sitzen sie immer alles aus, bis jemand anderes da ist, dem sie die Schuld zuschieben können. Das ist eklig. Und mit dem Personenkult ist es in der Demokratie fast so schlimm wie ... naja, nicht ganz, aber trotzdem: Es wird halt übertrieben. Wir sind doch alles nur Menschen! Und keiner ist besser als der andere. Auch im Sport. Obwohl, da ist es nicht so tragisch.

Aber wenn sie dann mit ihren »Helden« ankommen! Oder so blödes Drumherumgeschwätz, von wegen, sie seien »gefallen«! Ich sage nicht mehr »gefallen« – sie sind ermordet worden, umgekommen oder verreckt. Sie sind keine Helden. Sondern Opfer. Opfer und Täter. Es war kein edler, kein idealer Tod. Auch die französischen oder die amerikanischen Soldaten waren keine Helden. Blödsinn. Mein Bruder, Alfons, ist kein Held. Er wollte nicht sterben. Er wollte auch nicht töten. Er hat sein Leben auch nicht hingegeben – sie sind vom Regime in den Tod getrieben worden.

Es kann sich vielleicht einer hervortun durch besondere Leistung, aber ist das dann ein Held? Ich finde, man kann Menschen loben, man kann sie vielleicht »heldenhaft« nennen. Also sagen, sie sind *wie* ein Held. Aber Menschen *sind* keine Helden. Ein Held ist etwas Übernatürliches – etwas Unmenschliches.

*

Und wenn dann so alte Hornochsen so saublöd daherschwätzen – wie das mich aufregt! Zum Teil sind die doch selber dabei gewesen. Wie kann das sein? Doch nur, weil sie es immer noch nicht kapiert haben. Weil sie es nicht kapieren wollen. Wenn Nachrichten von Menschen kommen, die verfolgt werden, zum Beispiel. Und dann lassen die alten Säcke so Kommentare los! Eine zum Beispiel, eine Alte aus Säckingen, die jetzt im Rollstuhl sitzt, geifert immer, es sei besser gewesen damals. Obwohl sie selbst am Ende noch als Flakhelferin aktiviert worden ist. Was ist denn los mit denen? So ein Scheißdreck aber auch.

Mich hat die Geschichte halt immer mehr beschäftigt, vor allem, seitdem ich nicht mehr arbeite. Und dazu wird man älter und man weiß, allzu lange hat man nicht mehr. Man kann froh sein, wenn man noch einigermaßen fit ist. Also kommt man ins Denken. Und manche Sachen wollen mir einfach nicht in den Kopf gehen. Wie das mit den KZs. Juden, aber auch Behinderte, hier ums Eck in Heidelberg! Sinti, Roma, Schwule, Zeugen Jehovas, Kommunisten. Kinder, wie Anne Frank und ihre Schwester.

Heute haben die Leute andere Sorgen. Der Euro und solche Sachen.

*

Man muss gegen die Halsstarrigkeit sein und gucken, dass man selber nicht verbittert und böse wird. Sondern positiv und offen. Das ist das Wichtigste. Und da ist es egal, wie man erzogen wurde. Jeder kann an sich selber arbeiten. So sehe ich das. Und deshalb gefällt mir auch der Spruch von dem französischen Autor Stéphane Hessel: »Empört Euch! Denn das Schlimmste ist, wenn man gleichgültig bleibt.«

*

Gut ist es, wenn die Leute aktiv bleiben. Wie bei der »Tafelrunde« in Bad Säckingen zum Beispiel. Oder im Französischunterricht für Senioren, das war auch noch gut. Aktiv und aufgeschlossen, wie so viele Menschen, die ich aus dem Elsass vom Städteaustausch mit Aillevillers kenne oder von meiner Reise in die USA.

Aber so viele – und das sind die, die dann auch das Maul aufreißen – hocken überall und verzapfen ihre böse Ideologie und verklären, wie es wirklich war. Deshalb bin ich auch so bockig wegen dieser Hindenburg-Schule in Bad Säckingen. Da bin ich stur, halt doch ein halber Hotzenwälder.

Der Hindenburg hat die Demokratie von Anfang an zur Sau gemacht. Die hat keine Ordnung, keine Zucht, hat er gesagt. Aber er hat sie sich trotzdem schön zunutze gemacht, der Streber. Hat sich alles zurechtgemogelt, und beliebt beim Volk war er auch. Die haben's geschafft, alles als legal hinzustellen, aber eigentlich war er ein Landesverräter. Und dann hat er den fürchterlichen Hitler per Ermächtigungsgesetz zum Diktator gemacht, obwohl er als Präsident die Pflicht gehabt hätte, die Demokratie der

Weimarer Republik zu schützen. »Im Geiste von 1914« sollte der Hitler das Volk einigen. Und das hat er dann auch gemacht. Der Hindenburg hat die Dolchstoßlegende erfunden. Und die Leute haben's geglaubt. Er hat sich gut von den Nazis bezahlen lassen dafür.

Dass die Schule in Bad Säckingen weiter nach diesem abscheulichen Aufschneider benannt bleiben sollte, das ist zum Kotzen! Wieso überhaupt sollte man eine Grundschule nach einem Militär benennen? Aber in Säckingen waren sie schon immer tiefschwarz. Vorm Krieg sowieso und seit dem Krieg hockt die CDU da ununterbrochen im Rathaus.

*

Man muss skeptisch bleiben. Wieso braucht's denn immer Wachstum zum Beispiel? Oder – es ist doch komisch, dass wir anscheinend zu wenig Facharbeiter haben und gleichzeitig Arbeitslose. Aber die Einwanderer werden rausgeschmissen. Das ist doch Heuchelei. Die EU ist nicht nur ein Friedensnobelpreisträger. Auch Kriegstreiber. Und Waffenproduzent. Waffenexporteur an Länder, die heute noch als friedlich eingestuft werden und morgen die Waffen gegen die eigene Bevölkerung oder andere Länder richten. Die Kriege werden anderswo geführt. Das sind keine Territorialkriege mehr. Keine Rassenkriege. Keine ideologischen Kriege. Sondern reine Wirtschaftskriege. Zum Teil war das schon beim Hitler so: Er war hochverschuldet und hatte der Industrie vieles versprochen. Also musste er liefern.

Zwischen 50 und 60 Millionen Menschen starben im Zweiten Weltkrieg. Allein 20 Millionen Russen. Mindestens sechs Millionen Juden – in den Ghettos, im KZ, auf der Flucht. Und die Deutschen, diejenigen, die überlebt haben, sind versaut gewesen. Moralische Krüppel allesamt.

Wenn man gesehen hat, wie die Leute um einen getroffen werden und verbluten, und man weiß, man hätte das selbst sein können, das prägt. »Weil die Toten schweigen, beginnt alles wieder von vorn.« Das hat der französische Philosoph Gabriel Marcel mal gesagt. Es stimmt.

*

Aber man darf auch nicht die Hoffnung verlieren. Man muss Interessen nachgehen und sie pflegen, das ist gesund. Und zusammenhalten muss man. Füreinander einstehen.

Zu sehen, wie die Enkel aufwachsen. Von ganz klein auf dabei zu sein, wie sie zur Schule gehen, Sachen lernen und mir dann eventuell später Freunde oder Freundinnen vorstellen, das war für mich immer sehr schön im Leben. Ich bin froh, dass alle aus der Familie offene Leute sind, dass sie arbeiten und nicht rechtsradikal oder ausländerfeindlich geworden sind. Das kann mir keiner leidig machen.

Kein Held

»Der Herr Bürgermeister!«, rief er und zeigte mit der Spitze seines Gehstocks auf meine Nasenwurzel, woraufhin sich der Rollstuhl unter ihm wie von Geisterhand in Bewegung setzte.

»Guten Tag«, sagte ich und schüttelte irritiert die fleischige Hand, die mir entgegengestreckt wurde. Hinter den massigen Schultern des alten Mannes und dem breitkrempigen schwarzen Hut auf seinem Kopf entdeckte ich die Frau, die ihn schob; so klein, unscheinbar und alterslos war sie, dass ich sie einen Augenblick später schon wieder vergessen hatte.

»Wun-der-bar!«, deklamierte er, indem er mit dem Gehstock auf den Fliesenboden stieß. »Wie lange ist es her? Fünf Jahre? Zehn Jahre?«

Ich lächelte, beugte mich etwas vor und nickte dem Mann höflich zu. Auch wenn er mir irgendwie bekannt vorkam, wusste ich nicht, wer er war. Seine Erscheinung verunsicherte mich, so aufrecht und herrschaftlich saß er da, den Stock wie ein Zepter in der Hand. Sein bis zur Hutkrempe glattrasierter Schädel saß auf einem Stiernacken sondergleichen, einige Plaketten prangten am Revers seines Sakkos, darunter blitzte ein Kettchen, das von einer Taschenuhr zeugen mochte. Kurz gesagt: Er sah aus wie eine Figur in einem Gemälde von George Grosz. Fehlte nur das Monokel.

»Wissen Sie, ich –«

»Ach«, fuhr er mir ins Wort und klopfte in einer jovialen Geste mit dem Stock gegen mein Schienbein, »Schwamm drüber!«

»Dann ist ja gut«, murmelte ich und schaute mich um, wohin ich mich flüchten könnte, ohne unhöflich zu sein.

Die Wirtschaft hatte sich inzwischen gefüllt. Drei Viertel der Gäste gehörten der Großfamilie Mutter an, einige Vereinsleute aus Schwörstadt und Nachbarn aus Niederdossenbach waren gekommen, den Rest bildeten Senioren, die ich nicht kannte. Ich schielte zu meinem Opa rüber. Er sprach mit einer etwa siebzigjährigen Frau in einem Ethnokleid, die sich so lebhaft über etwas amüsierte, was er gesagt hatte, dass ihre Armreifen und Halsketten bis zu mir herüberklimperten. Marianne saß mit griesgrämiger Miene daneben.

»Also dann«, wandte ich mich nochmal dem Rollstuhlfahrer zu, der mit einem Stofftaschentuch einige Schweißperlen aus dem Kragen tupfte. Misstrauisch taxierte er mich.

Er sagte: »Bleiben Sie nicht zum Dessert?«

Wollte der mich verarschen? Das Essen hatte noch nicht einmal angefangen, und ich trug Jeans, abgelatschte Sneakers, ein schwarzes T-Shirt mit dem Aufdruck »Sabotage now!« und eine offene Regenjacke, deren Ärmel ich provisorisch mit einem bierdeckelgroßen orangenen Zeltflicken abgedichtet hatte. Also bitte: Den Bürgermeister welcher traurigen Stadt sollte man mit mir verwechseln? Ich hatte keine Ahnung, also spielte ich mit.

»Sorgen Sie sich nicht, mein Lieber. Ich bleibe.«

Die Augen des Mannes wurden schmal, sodass ich fürchtete, zu dick aufgetragen zu haben. Aber dann hellte sich sein Gesicht auf und er lachte: »Nichts anderes hatte ich von ihnen erwartet, Herr Bürgermeister!«

»Nicht wahr? Also ich –«, versuchte ich nochmal den Absprung zu schaffen, »wünsche Ihnen noch eine schöne Feier.«

»Eins noch«, zischte er und packte meinen Arm. Mit erstaunlicher Kraft zog er mich zu sich herunter und flüsterte mir ins Ohr: »Sind Sie extra angereist? Für den?«

Sein Kinn ruckte unbestimmt in den Raum hinein. Ein undefinierbarer, dumpfer Geruch stieg mir in die Nase.

»Selbstverständlich«, sagte ich und dann etwas leiser, verschwörerisch: »Er ist mein Großvater.«

»Ihr Groß-«, dem Alten blieb der Mund offen stehen.

»Mütterlicherseits«, nickte ich pflichtschuldig.

Und anstatt noch etwas zu sagen, sackte mein Gegenüber in sich zusammen, den Blick leer und von einer so maßlosen Enttäuschung geprägt, dass mir schwindelig wurde. Der Rollstuhl drehte ab, nahm langsam Fahrt auf, und ich war kurz davor ihm nachzurufen: »Kommen Sie zurück! Es hat doch nichts zu bedeuten!« Doch stattdessen schaute ich ihm nur lange nach, bis seine Erscheinung schließlich zwischen den wabernden Körpern der anderen Gäste verschwunden war.

Erst als mir mein Cousin Alexander auf die Schulter haute, kam ich wieder zu mir. Er grinste, als hätte er die Szene beobachtet, aber als ich ihn darauf ansprechen wollte, griffen auch schon die nächsten Hände ineinander, meine Patentante Lioba, ihr Mann Oskar, dann Johannes, Patrick, Benjamin, Karin, Ehrfried, Anna, Rosalie, Alfons, Tabea, Florian, Mira, Lara, Laras Freund, Miras Freund, Laura, Stella, Luis, Franz, sein kleiner Sohn, dessen Namen ich vergessen hatte, seine Frau Uli, Simon, Melanie, Clemens, Benjamin, Patrick und noch tausend andere Cousins und Cousinen, Onkel und Tanten, Partnerinnen und Partner. Nur Johanna *and family* fehlten noch, aber die Coolsten kommen bekanntlich immer zuletzt. Allesamt schüttelten sie sich die Arme lahm, während ich versuchte, mich zu meinem Opa durchzuarbeiten. Die Seniorendichte nahm in seinem Umkreis zu, und kurz bevor ich bei ihm angelangt war, stand da ein riesiger Typ vor mir, ein Türsteher, Fels in der Brandung – Miftar.

Es war Jahre her, dass ich ihn zuletzt gesehen hatte. Wie schön, dass er hatte kommen können – zum neunzigsten Geburtstag seines Adoptivvaters. Bevor ich weitergespült wurde, tauschten wir ein paar Sätze aus. Er wusste gleich, wer ich war, nicht meinen Namen, aber dass ich der Sohn der ältesten Tochter meines Opas war. »Ja, ja, Anita, isch klar«, sagte er lachend, und dass er wegen des Geburtstags ein Visum für zwei Wochen bekommen hatte und jetzt schon ein paar Tage hier war.

Ich fragte nicht, was er mit seiner Zeit in Deutschland anfangen würde, weil ich seine Antwort kannte (»Schaffe, schaffe«), also sagte ich nur: »Cool!«

Er fand das auch cool und hob den Daumen.

Mein Opa sah mal wieder blendend aus. Er hatte eine neue Brille mit schwarzem Hipster-Gestell und trug Krawatte, dazu eines seiner schicken rosa Hemden. Ich musste daran denken, wie er beim letzten Heiligen Abend mit meinen Eltern und mir über dem blubbernden Käsefondue gesessen hatte. Er hatte sich darüber beschwert, dass seine Haare so dünn geworden seien. Vom Thema »Haare« und »Haare im Wasser« kam er auf das Thermalbad in Bad Säckingen zu sprechen, und von dort hangelte er sich erzählerisch weiter zu einer Frau, mit der er beim Tanzen im Kurmittelhaus gewesen war. Zu guter Letzt berichtete er von seiner Unsicherheit darüber, wie er Silvester verbringen sollte. Drei Frauen hatten ihn unabhängig voneinander gefragt, ob er Lust hätte, mit ihnen das Neue Jahr zu begehen. »Von mir aus würden wir ja alle vier zusammen feiern«, meinte er ohne jede Ironie, »aber der Marianne würde das nicht gefallen.«

Jetzt war er neunzig. Noch immer ein Best-Ager, noch immer ein etwas eitler Geck, noch immer um seine Gesundheit zu beneiden.

»Hallo Opa«, sagte ich. »Herzlichen Glückwunsch zum Geburtstag!«

*

Während wir den Vorspeisensalat in uns hineinschaufelten, brachten wir uns am Tisch gegenseitig auf den neusten Stand. Arbeit, Reisen, Studium. Benjamin, mein Cousin aus der Schweiz, erzählte, dass er bei seinem Praktikum in der Kanzlei viertausend Franken (»vierduusig Stutz«) verdiente; da blieb dem Rest von uns erst mal die Spucke weg. Die meisten der älteren Cousins und Cousinen machten irgendetwas Handfestes – Maschinenbau, BWL, Lehramt. Was bei den Jüngeren abging, wusste ich nicht so genau, sie waren noch in der Schule, im Kindergarten oder sogar noch kleiner.

Ich gehörte zu den »Großen«. Meine Schwester war zwar die Älteste, aber nach ihr folgten zunächst nur Jungs. Daher war früher immer »Und, hast du jetzt eine Freundin?« die erste und wichtigste Frage gewesen, wenn wir aufeinandertrafen. Das passte insofern in familiäre Traditionen, als dass auch mein Opa jedes Mal wissen wollte, wann man denn gedenke zu heiraten.

Dieses Mal konnte ich Andeutungen über mein vermeintlich verruchtes Leben in Berlin machen, als wäre ich nicht nur arm (beziehungsweise als Geisteswissenschaftler zur Armut verdammt), sondern auch sexy. Arm und sexy war auch meine neue Freundin. Sarah studierte Malerei an der Universität der Künste, stammte aus Tübingen und hatte mich jahrelang für einen Idioten gehalten (zu Recht!), bis ich sie mit meiner Werbung aber schließlich derart zermürbt hatte, dass sie nicht mehr Nein sagen konnte.

»Und«, fragte ich Benjamin, »hast du eine Freundin?«

Grinsend legte er sein iPhone auf den Tisch und wischte über den Bildschirm. Nach einigen Selfies am Strand war ein Foto von einem Auto zu sehen, einem Audi A4, schwarz und glänzend.

»She waits for me outside«, schweizerdenglischte er, und ich triumphierte innerlich, denn das war einfach zu bitter, ein Auto, also ehrlich! Bevor ich allerdings einige aufmunternde, lobende Worte finden konnte, sagte er: »Scherz, Alter.« Und wischte in der Fotogalerie weiter.

Sie hatte dunkelblondes Haar, strahlte und war wunderschön. Verdammt! Mir blieb nur, anerkennend zu nicken.

Irgendwer klingelte mit dem Löffel gegen sein Glas. Mein Opa erhob sich von seinem Platz. Köpfe drehten sich, Gespräche verstummten. Nur eins von den ganz kleinen Mutter-Kindern, Melanies Sohn, düste noch lautstark durch die Tischreihen und machte Propellergeräusche. Es wurde gelacht. Irgendwer packte sich das Zwergflugzeug, dann war Ruhe.

*

Nach seiner Rede hatte ich Tränen in den Augen. Inhaltlich hatte er nichts Neues gesagt, darin glich die Ansprache denen der vergangenen Familienfeste. Und auch die vehemente, zugleich bescheidene Ernsthaftigkeit, mit der er sich ausdrückte, war dieselbe wie immer. Lag der Unterschied – der Grund dafür, dass mich seine Worte so berührten – in seinem Alter? Ja, er war nicht mehr siebzig, achtzig, fünfundachtzig sondern neunzig – aber das war es nicht. Es lag an *mir. Ich* hatte mich verändert. Und wie ich in die Gesichter der Leute rundherum blickte, die sich nun dem Hauptgang zuwandten, wurde mir plötzlich klar, wie sehr meine Entwicklung auch von meinem Opa, seinen Erlebnissen und seiner Haltung geprägt war – und dass diese positive Energie, wenn auch in unterschiedlichem Maß, ebenso alle anderen in diesem Raum betraf. Erstaunlich, was ein einzelner Mensch in seinem Umfeld bewirken – oder anrichten – kann, einfach nur, indem er ist, wie er ist. Der alte Sturkopf palaverte nicht einfach nur rum. Er lebte seine Haltung aus einer emotionalen Überzeugung heraus. Nicht aus Kalkül. Er hatte ein echtes Anliegen und wollte Aufmerksamkeit dafür schaffen, wenn sich die Gelegenheit ergab, dass jemand zuhörte.

»Josef!«, dröhnte plötzlich eine Stimme durch den Saal, riss mich aus meinen Gedanken.

»Wun-der-bar!«

Oje. Die Stimme kannte ich. Der »Bürgermeister«, wie ich ihn nun sinnigerweise für mich taufte, war aufgestanden und stützte sich wacker auf den Gehstock. Den glasigen Blick auf einen Punkt in der Ferne gerichtet, hob er die freie Hand zu einer ausladenden, weltmännischen Geste. Die Festgesellschaft war abermals verstummt, ich konnte die Anspannung im Raum fühlen. Warum redete der nicht weiter? Ich schaute zu meinem Opa rüber. Zwischen ihm, dem Bürgermeister und mir verliefen die drei unsichtbaren Linien eines perfekten gleichschenkligen Dreiecks. Auf dem Gesicht meines Opas war nichts zu lesen.

»Josef, ich muss schon sagen –«, fuhr der Bürgermeister endlich fort und hob, obwohl er ins Stocken geriet, nochmal die Stimme: »Ich muss schon sagen!«

»Na, was denn?«, murmelte jemand am Tisch hinter mir genervt.

»Du bist und bleibst –«

Was? Ein Teufelskerl? Ein Sauhund? Ein Held? Die längste Praline der Welt?

Tatsächlich lag ich mit der Praline recht nah an der Wahrheit, denn der Bürgermeister brachte seinen angefangenen Satz nicht zu Ende.

»*Wo bleibt das Dessert?!*«, platzte es stattdessen aus ihm heraus, und fast zeitgleich prustete irgendwo einer los, der die ganze Zeit schon kurz vorm Bersten gewesen sein musste, und ein anderer, mein Onkel Alfons, rief: »Genau! Wo bleibt der Kuchen?« Es wurde gelacht und kräftig gegen die allgemeine Verwirrung angeklatscht, ich war versucht, durch die Finger zu pfeifen. Der Bürgermeister verabschiedete sich zufrieden in seinen Rollstuhl, von wo aus er der Menge nach Art der Päpste huldvoll winkte. Mein Opa nickte ihm zu, in sich gekehrt. Dann schaute er nochmal in die Runde und wünschte: »Bon appétit!«

*

Anfang und Ende gaben sich die Hand. Sprichwörtlich. Wieder manövrierte man durch den Raum, kugelte einander die Arme aus vor lauter Geschüttel, dieses Mal aber mit vollem Magen und einem Pfeifen in den Ohren. Der Bürgermeister schien mich zu ignorieren, so jedenfalls interpretierte ich seinen konzentrierten Blick auf den Regen jenseits der Fensterscheibe neben ihm. Ich verabschiedete mich stattdessen bei seiner Begleiterin, die seine Schulter tätschelte. Sie wirkte zerbrechlich und bärenstark zugleich, das silberne Haar halblang, das Gesicht in Falten, Lachfalten – ich fand sie sofort sympathisch. Seltsam, dass ich sie zuvor dermaßen übersehen hatte. Sie musste es schwer haben mit ihm. »Wiedersehen«, sagte ich, »und alles Gute!« Ich verkniff mir das »Frau Bürgermeister«.

Wie gut, dass mein Opa – mal abgesehen von seinem ach so dramatisch ausdünnenden Haar – noch fit war. Wir hatten den Tag über nur einmal kurz gesprochen, über Berlin, das Studium. »Alles beim Alten«, hatte ich gesagt. Und er hatte gelacht, denn wie hieß nochmal der Spruch? »No news – good news«, also ein Grund zur Freude.

Er wolle vielleicht nochmal nach Berlin kommen, sagte er jetzt, als wir uns die Hand zum Abschied gaben. Um seinen Bruder in Templin zu besuchen. Er sei ja nur einmal am Grab gewesen, zu DDR-Zeiten noch. Und immerhin sei die Merkel aus Templin, vielleicht rannte die da rum, dann könnte man ihr eine Aufenthaltsgenehmigung für den Miftar abschwatzen.

»Das klingt nach einem soliden Plan, Opa«, sagte ich und half ihm, den Mantel anzulegen. Ich blickte mich um. Die meisten Gäste waren schon gegangen.

»Ist das eigentlich Weltanschauung?« Er zeigte mit dem Kinn auf mein Shirt. »Oder was soll das heißen?«

»Ähm, joa?«, sagte ich langgezogen, denn viel mehr kam mir auf die Schnelle nicht in den Sinn dazu. Das Wort *Weltanschauung* irritierte mich ziemlich, und ich glaubte, dass mein Opa eh nichts kapieren würde, wenn ich anhand eines T-Shirt-Aufdrucks versuchen würde, meine (überaus kruden) politischen Ansichten auszuführen.

Aber er überraschte mich: »*Sabotage now!*«, las er vor und nickte. »Warum eigentlich nicht?«

Man solle ja nicht müde werden, überlegte er laut – nicht müde werden sich einzumischen. Das habe der Stéphane Hessel in seinem Buch geschrieben, und das sei ein richtiger Spruch. Der Hessel sei so ein bisschen sein Vorbild gewesen, gab mein Opa lachend zu, aber der sei vor kurzem gestorben, und auch bei ihm selbst lasse es mit dem Einmischen langsam nach.

Ich meinte darauf, dass es mit Neunzig vielleicht auch mal ganz gesund wäre, sich nicht immer so viel aufzuregen.

»Vielleicht hast du Recht«, sagte er. Und nach einigen Sekunden, die wir beide mit unseren Reißverschlüssen kämpften, fügte er mit veränderter Stimme an: »Aber du kennst dich doch aus mit so was, gell?«

»Mit was?«

»Mit so *Literatur*«, sagte er irgendwie gequält.

Ich musste lachen. »In der Uni lesen wir nur altes Zeug, insofern ...«

Die Tür wurde von draußen geöffnet, Regen prasselte über die Schwelle.

»Weil – es gibt da schon so verrückte Geschichten, die man eigentlich noch aufschreiben müsste.«

Wir gingen gemeinsam nach draußen, steckten die Köpfe unter seinem Regenschirm zusammen, und ich sagte:

»Erzähl mal!«

Abschied

O-Ton seiner kurzen Ansprache beim Familientreffen am 25. Dezember 2015, drei Monate vor seinem Tod.

Aber – was man damals erlebt hat im Krieg. Das kann man sich gar nicht vorstellen. Heute. Die Jugend ... Aber ich freue mich über jeden Einzelnen, der gekommen ist, und vor allem darüber, dass wir noch keine Unglücke – größere – gehabt haben in der Familie. Das ist eigentlich das, was ich hab sagen wollen. Vielleicht ist es das letzte Weihnachten. Aber – ich weiß es nicht ... Ich hab halt Probleme mit dem Magen und so, gell. Also. Merci beaucoup! Thank you very much, everybody.

JOSEF MUTTER

* 24. 3. 1922 † 20. 2. 2016

Truly yours

Joe

Die Arbeit an diesem Buch
wurde gefördert durch die Kunststiftung
Baden-Württemberg sowie die Kunststiftung
Sachsen-Anhalt, unter Bezuschussung
der Kloster Bergesche Stiftung.
Der Autor dankt für die Unterstützung.

1. Auflage 2020

Merzhauser Straße 111, 79100 Freiburg im Breisgau
www.badische-bauern-zeitung.de

Illustration: Jan Franke, 2019
Porträtfoto Seite 219: Anita Tritschler, 2013
Autorenfoto: Sarah Wohler
Gestaltung: Irina Falkenstein
Lektorat: Monika Schmitt
Druck und Bindung: Pustet, Regensburg
www.valentin-moritz.de
ISBN 978-3-9818089-8-8